ullstein

Bestsellerautorin TANJA JANZ begeistert ihre Leserinnen und Leser auch mit ihren gefühlvollen Romanen vor der traumhaften Kulisse von St. Peter-Ording. Bevor sie mit Mitte dreißig begann, selbst Romane zu schreiben, hat sie mehrere Jahre als Pädagogin gearbeitet und leidenschaftlich gelesen. St. Peter-Ording ist ihr Sehnsuchtsort und seit vielen Jahren ein Fixpunkt in ihrer Urlaubsplanung.

Von der Autorin ist in unserem Hause außerdem erschienen:

Wilkommen in St. Peter-(M)Ording

Fiese Briese in St. Peter-(M)Ording

Tanja Janz

Tödliche Tide in St. Peter-(M)ording

Ein Küstenkrimi

Ullstein

Besuchen Sie uns im Internet:
www.ullstein.de

Originalausgabe im Ullstein Taschenbuch
1. Auflage Mai 2024

Umschlaggestaltung: zero-media.net, München
Titelabbildung: © FinePic®, München
Karte: © Peter Palm, Berlin
Gesetzt aus der Quadraat powered by *pepyrus*
Druck und Bindearbeiten: ScandBook, Litauen
ISBN 978-3-548-06816-9

Für alle Krimifans,
die Ilva, Ernie und Fred
in ihre Herzen geschlossen haben.

Kapitel 1

Zwei Wochen zuvor am Strandabschnitt St. Peter-Bad, Mitte Juni, bei 24 Grad, leichter Brise und strahlendem Sonnenschein

»Und Action!«, schallte eine resolute Männerstimme aus einem Megafon.

Ich linste über die Seiten meines Buchs, mit dem ich es mir in einem der ein wenig abseits des Geschehens aufgestellten Strandkörbe gemütlich gemacht hatte. Doch nicht zu weit entfernt, um das Treiben gut im Blick zu haben. Der Krakeeler mit dem Sprachrohr stand schätzungsweise zwanzig Meter von mir entfernt, in unmittelbarer Nähe zum Restaurant Arche Noah, das in einem der hiesigen Pfahlbauten untergebracht war. Er trug eine gelbe Schirmkappe und eine verspiegelte Sonnenbrille. Um ihn herum war ein Teil des Strandes mit rot-weißen Plastikbändern abgesperrt, hinter denen sich Schaulustige die Füße platt standen. Der Wind wehte aus einer günstigen Richtung. Dadurch gelangten immer wieder Satzfetzen an meine Ohren, und ich musste mich nicht sonderlich darum bemühen, um etwas von der Show mitzubekommen. Das ging fast automatisch.

»Da isser!«, rief eine verzückte Frauenstimme.

Ich beugte meinen Oberkörper etwas vor und blickte nach rechts, wo ein Stück weiter ebenfalls ein Strandkorb stand, auf dessen Dach sich eine Möwe niedergelassen hatte. Eine dralle Blondine in einem grünen Badeanzug zeigte mit einem Finger in Richtung des Pfahlbaus. In der anderen Hand hielt sie ein Fernglas, durch das sie angestrengt schaute. Der Sonnenbrand ihres Dekolletés hob sich knallrot von ihrem sonst eher käsigen Teint ab.

Ich folgte mit meinem Blick ihrem Fingerzeig, der direkt auf einen der bekannten Schauspieler deutete.

»Oh! Ich will ihn auch sehen«, meldete sich daraufhin eine weitere Frauenstimme aus dem benachbarten Strandkorb zu Wort. Eine Hand griff nach dem Fernglas, und kurz darauf erschien der Kopf einer Rothaarigen, deren schon fast weiße Haut mit unzähligen Sommersprossen bedeckt war.

»Das isser ja wirklich«, stellte sie kurz darauf fast ein wenig erstaunt fest und beobachtete mit offenem Mund das Schauspiel. »Der ist aber viel kleiner als im Fernsehen«, sagte sie und gab der anderen Frau den Feldstecher zurück.

Ich legte das Buch weg und setzte mir stattdessen eine Sonnenbrille auf, um nicht von dem grellen Sonnenlicht geblendet zu werden – außerdem hatte ich so unauffälliger alles im Blick. Mit schräg gelegtem Kopf beobachtete ich eine Weile den besagten Schauspieler, der sich nun schon das dritte Mal ungelenk in den Sand warf und danach wieder umständlich aufrichtete. Für Entzückung wie bei meinen Strandkorbnachbarinnen sorgte dies bei mir jedoch nicht.

Seine besten Jahre hatte er zweifellos hinter sich gelassen. Windböen zerzausten immer wieder sein dünnes graues Haar. Selbst sein trainierter Körper wirkte eher mager als gesund. Manche Männer wurden in ihrer zweiten Lebenshälfte trotz Sport hager, und dies schien auch auf ihn zuzutreffen. Obwohl eine gewisse Distanz zwischen uns lag, konnte ich dies erkennen. Die Behauptung, dass die Leute vor der Kamera im Fernsehen oder auf der Kinoleinwand immer fülliger wirkten, als sie es in Wirklichkeit waren, traf auch auf ihn zu. Doch Mitleid hatte ich mit ihm keineswegs. Ein gewisses Unbehagen machte sich in mir breit, ein Gefühl, das ich nicht das erste Mal spürte. Ich wandte meinen Blick von ihm ab und schaute über den Strandabschnitt. Dabei blieben meine Augen an der Menschentraube hängen.

Nicht jeder hatte das vermeintliche Glück gehabt, einen Strandkorb zu ergattern, um eine gute Sicht auf die Dreharbeiten zu haben. Eine kleinere Frau mit einem Strohhut auf ihrem Kopf bemühte sich verzweifelt, einen Blick auf die Schauspieler zu erhaschen. Sie reckte ihren Hals, verbog ihren Oberkörper und versuchte, an den Leuten seitlich vorbeizuschauen. Doch diejenigen, die vor ihr standen, waren nicht nur mindestens zwei Köpfe größer als sie, sie wichen auch nicht einen Zentimeter zur Seite und ließen ihr keine Möglichkeit, irgendetwas vom Geschehen mitzubekommen. Schließlich stellte sie sich auf die Zehenspitzen und hielt mit gestrecktem Arm ein Handy in die Höhe. Vermutlich hoffte sie, so wenigstens ein paar wackelige Aufnahmen von den Schauspielern machen zu können.

Kopfschüttelnd packte ich das Buch in meine Tasche.

Was für ein Theater wegen ein paar Schauspielern, die vorgaben, Ermittler oder Ganoven in einem Krimi zu sein. Ich fragte mich, ob das Interesse der Leute genauso groß wäre, wenn sie die Akteure jenseits ihrer Arbeit kennenlernen würden. Vermutlich nicht. Wie dem auch sei. Ich hatte jedenfalls genug gesehen. Außerdem erinnerte mich mein Magen daran, dass es höchste Zeit für ein Mittagessen war.

Ich erhob mich und schulterte meine Tasche. Mit den Sneakers in der Hand stapfte ich durch den knöcheltiefen Sand. Langsam näherte ich mich den Schaulustigen. Die arme Frau versuchte nach wie vor, einen Blick auf das Geschehen zu werfen. Kurzerhand blieb ich neben ihr stehen und zog die Buchungsbestätigung des Strandkorbs aus einem Seitenfach meiner Tasche. »Entschuldigung«, sprach ich sie an.

»Ja?«, fragte sie mit erstauntem Blick und ließ das Handy sinken.

Freundlich lächelte ich sie an. »Ich habe für heute einen Strandkorb gemietet, brauche ihn aber nicht mehr. Er steht gleich da drüben.« Ich deutete auf die Sitzgelegenheit mit dem blau-weißen Bezug. »Wenn Sie möchten, überlasse ich ihn Ihnen. Er ist bis heute Abend gebucht. Von dort aus können Sie die Dreharbeiten problemlos verfolgen.«

»Wirklich?« Sie lächelte ein wenig ungläubig und legte eine Hand auf ihren Brustkorb.

Ich nickte und hielt ihr die Buchungsbestätigung entgegen. »Der Strandkorb hat die Nummer 1066.«

Sie nahm die Buchungsbestätigung und warf einen Blick darauf. »Ich weiß gar nicht, ob ich das annehmen kann. Lassen Sie mich Ihnen wenigstens einen Teil der Kosten erstatten.«

Ich hob abwehrend beide Hände. »Bitte nicht. Ich freue mich, wenn Sie sich freuen.«

»Dann sage ich Danke.« Die Frau blickte wieder auf die Bestätigung.

»Gerne. Ich wünsche Ihnen viel Spaß beim Beobachten der Dreharbeiten«, sagte ich zum Abschied. An einer Bank auf der Seebrücke machte ich halt, um meine Schuhe anzuziehen. Mit einem Taschentuch entsandete ich meine Füße und schlüpfte in die Sneakers. Bevor ich meinen Weg zurück zur Promenade fortsetzte, schaute ich mich noch einmal um. Nach wie vor standen etliche Schaulustige an dem rotweißen Band, und bestimmt warfen sich Schauspieler weiterhin in den Sand, so wie es ihre Rolle von ihnen verlangte. Die kleine Frau mit dem Strohhut konnte ich nicht mehr ausmachen. Mit einem Lächeln schritt ich über die Brücke. Ich hatte einen Plan und war davon überzeugt, dass er dieses Mal funktionieren würde. Mein Unbehagen war verflogen.

Kapitel 2

Ende Juni in der Aula der Nordseeschule, bei schwülen 26 Grad mit einzelnen Wolken am Himmel

Ilva drückte die Tür nach innen auf und machte sofort reflexartig einen Schritt zurück. »Puh!« Stickige Luft schlug ihr wie ein Brett entgegen und trieb sogleich Schweißperlen auf ihre Stirn.

»Was eine Affenhitze!«, bemerkte ihre Freundin Ute ungerührt, die mit einer Schülergruppe aus dem Deutschkurs der elften Klasse gleich hinter ihr ging und genau wie sie als Lehrerin in der Nordseeschule tätig war. In ihren Händen hielt sie große Papierbögen. Zwei weitere Teilnehmer des Kurses trugen ebenfalls Bögen in verschiedenen Farben.

Ilva und Ute kannten sich bereits aus dem Sandkasten. Sie waren beide in St. Peter-Ording aufgewachsen und hatten später selbst gemeinsam die Schulbank an der Nordseeschule gedrückt. Nach ihrem Abitur waren sie zum Studium nach Hamburg gegangen und hatten dort in einer WG zusammengewohnt. Doch nach dem bestandenen Ersten Staatsexamen hatten sich ihre Wege getrennt. Ute war als

Referendarin für Kunst und Biologie zurück an die Nordseeschule gegangen, während Ilva an einem Hamburger Gymnasium ihr Referendariat in den Fächern Englisch und Deutsch absolviert hatte. Erst vor zwei Jahren hatte es Ilva zurück in ihren nordfriesischen Heimatort verschlagen, um ihre Mutter bei der Genesung von einem Oberschenkelhalsbruch zu unterstützen und ihren Vater zu entlasten, der mit der ungewohnten Situation überfordert gewesen war. Zwar wohnte Ilvas Bruder Ernie auch in St. Peter-Ording, doch war er als Krankenpfleger ebenso ungeeignet wie ihr Vater. Als hiesiger Kommissar hatte er ohnehin alle Hände voll damit zu tun, verirrten Touristen den Weg zu ihren Unterkünften zu erklären, Parksünden zu ahnden oder ältere Herrschaften sicher von einer zur anderen Straßenseite zu geleiten. Kam es ganz dicke, musste er auch schon mal den Feuerlöscher zücken und einer brennenden Mülltonne den Garaus machen oder in jüngster Vergangenheit sogar Mordfälle aufklären. Nein, Ernie war damals keine Hilfe für ihre Mutter gewesen, und so hatte Ilva die Möglichkeit beim Schopfe gepackt, als eine Stelle als Lehrerin an der Nordseeschule frei geworden war.

Seitdem war alles wieder fast wie früher. Sie war mit ihrer Familie vereint und mit ihrer besten Freundin Ute ein Herz und eine Seele. Sogar zwischen Eike und ihr, ihrer großen Jugendliebe, hatte es wieder gefunkt, und sie waren nach vielen Jahren abermals ein Paar geworden – inzwischen sogar verlobt. Manchmal erschien Ilva ihre Zeit in Hamburg wie ein unwirklicher Traum, und sie fragte sich, wie sie es nur so lange ohne ihr geliebtes St. Peter-Ording ausgehalten hatte.

Mit großen Schritten durchquerte sie nun den Raum und zog die schweren Vorhänge mit einem kräftigen Ruck beiseite. Danach riss sie sämtliche Fenster des Schulsaals auf, um frische Luft hereinzulassen.

»So!« Sie lächelte Ute und den Schülern zu. »Damit wir nicht ersticken.«

»Hier bekommt man ja Kopfschmerzen«, moserte eine Schülerin, die einen Rucksack geschultert hatte.

»In zehn Minuten dürfte es hier schon ein wenig erträglicher sein, Lara. Sauerstoff hilft immer!«

»Na, wenn Sie das sagen, Frau Feddersen, dann wird's stimmen«, gab die Schülerin wenig überzeugt zurück und legte ihren Rucksack auf einem der Stühle ab.

Die Tür der Aula wurde weiter geöffnet, und kurz darauf kam Celina Töpfer, eine junge Studentin im Schulpraktikum, mit weiteren Schülern des Deutschkurses herein. Sie trugen große Plastiktaschen, in denen sich verschiedene Stoffe auf Rollen, Farben und Pinsel und weiteres Bastelmaterial befanden.

»Na, wunderbar!« Ute nahm der jungen Kollegin eine der Taschen ab und schaute hinein. »Damit dürften wir alles für das Bühnenbild haben.«

Sie stellten die Plastikbeutel vor der rot gestrichenen Wand ab.

»Wie schön, dass wir nun alle beisammen sind und es endlich losgeht«, begrüßte Ilva die anwesenden Schüler, die sich in einem Halbkreis vor ihr, Ute und der Studentin aufgestellt hatten. »Bei dem schönen Wetter wären sicher einige von euch lieber am Strand.«

Ein paar Schüler nickten zustimmend.

»Beim Surfen«, fügte Mik hinzu und fuhr sich mit einer Hand durch sein blondes kinnlanges Haar.

»Ich wäre lieber bei den Dreharbeiten dabei«, meinte Lara.

»Angeblich werden noch Statisten gesucht«, wusste ihre Freundin Jessy zu berichten.

»Umso mehr wissen wir euer Engagement zu schätzen«, versicherte Ute.

»Ich habe auch zuerst in Theaterstücken mitgewirkt«, meldete sich nun Celina Töpfer zu Wort. »Danach war ich häufiger als Komparsin bei Fernsehproduktionen dabei, und einmal hatte ich sogar eine kleine Sprechrolle.«

»Wirklich?« Aus Laras Blick sprach Bewunderung. »Welche Rolle haben Sie denn gespielt?«

Die junge Studentin lächelte und zuckte mit den Schultern. »Eigentlich war es bloß ein ganz kleiner Auftritt. Ich war Kundin in einer Bäckerei und habe vier Brötchen bei der Verkäuferin bestellt. Und am Ende wurde die Szene aus dem Fernsehfilm rausgeschnitten.«

»Das ist ja voll fies.« Jessy schüttelte entsetzt den Kopf. »Ich wäre so was von enttäuscht gewesen.«

»Das war ich auch. Trotzdem war es eine wertvolle Erfahrung für mich. Danach habe ich mich wieder ausschließlich auf Bühnenstücke konzentriert. Da kann man nichts rausschneiden.«

»Da trifft es sich doch gut, dass wir uns auf ein Theaterstück vorbereiten wollen«, lenkte Ute das Gespräch auf das eigentliche Thema zurück.

»Stimmt genau!«, fand auch Ilva. »Ihr habt ja alle das Stück *Die Physiker* gelesen. Hat jemand von euch schon konkrete Ideen für das Bühnenbild?«

»Nicht für das Bühnenbild, aber für meine Rolle«, sagte Mik, der in dem Theaterstück die Figur des angeblich geisteskranken Physikers Möbius darstellen sollte. Er zog den Reißverschluss an einer Sporttasche auf und beförderte daraus einige Kleidungsstücke zutage. »Alles originale Klamotten von meinem Opa Kurt. Mindestens älter als dreißig Jahre. Vielleicht sogar vierzig.« Er band sich eine altmodische karierte Krawatte um den Hals und schlüpfte in ein braunes Cord-Sakko mit Schulterpolstern, das ihm mindestens zwei Nummern zu groß war. Zum Schluss setzte er sich noch eine Nickelbrille ohne Gläser auf und strich seine Haare zu einem glatten Scheitel nach rechts. »Na? Wie ist das?« Er breitete die Arme aus und drehte sich dann einmal um die eigene Achse.

Die umstehenden Schüler begannen zu kichern.

»Krass! Dein eigener Opa würde dich als durchgeknallter Physiker nicht erkennen!«, johlte Levin und klopfte Mik anerkennend auf eine Schulter.

Ilva und Ute konnten ebenfalls nicht ernst bleiben. »Da trifft es sich gut, dass es sich bei dem Theaterstück um eine Komödie in zwei Akten handelt«, schmunzelte sie. »Du wirst die Lacher definitiv auf deiner Seite haben.«

»Bravo!« Ute klatschte in die Hände. »Du siehst wirklich aus wie ein verrückter Professor.«

»Vielleicht ziehst du dir noch ein Hemd an, das du falsch zuknöpfst«, schlug Celina Töpfer vor.

»Eine sehr gute Idee. Damit machst du darüber hinaus einen zerstreuten Eindruck auf die Zuschauer.« Ilva nickte erst Mik, dann der Kollegin zustimmend zu.

»Nun aber zurück zum Bühnenbild«, forderte Ute mit Blick auf ihre Armbanduhr. Als Kunstlehrerin begleitete sie die ästhetische Umsetzung der Kulisse, und jeder, der sie an der Schule kannte, wusste, dass sie sich nur mit einer formvollendeten Gestaltung zufriedengeben würde. Sie breitete ein großflächiges weißes Papier auf dem Boden aus, auf das sie Stifte legte. »Lasst uns mal anfangen, Ideen zu sammeln. Sonst ist gleich unsere Zeit vorbei, und wir haben nichts geschafft.« Sie hockten sich im Kreis um das unbeschriebene Blatt und griffen nach den Stiften. »Hat jemand schon Vorschläge?«

Eine Stunde später räumten sie wieder alles zusammen. Ute brachte das Plakat mit der Skizze für das vorläufige Bühnenbild ins Lehrerzimmer.

»Lass ruhig. Wir bringen die Stoffe und Bastelsachen wieder zurück in den Kunstraum«, sagte Celina Töpfer, bevor Ilva nach den Taschen greifen konnte.

»Danke.« Ilva lächelte die junge Kollegin an und blickte ihr hinterher, während diese die Aula zusammen mit drei weiteren Schülern verließ, die beim Tragen halfen. Ilva blieb allein zurück, schloss die Fenster wieder und zog die Vorhänge zu. Vor ihrem nächsten Treffen wollte sie mindestens eine Stunde gut durchlüften. Im Sommer staute sich schnell die Wärme in dem Saal. Das war schon zu ihrer Schulzeit so gewesen. Nachdem sie die Tür zum Schulsaal abgeschlossen hatte, spürte sie eine Vibration auf Höhe ihrer Hüfte. Sie griff in ihre Tasche, die sie über der Schulter trug, und zog ihr Handy heraus. Es blinkte und signalisierte den Eingang einer Nachricht. Ilva wischte über das Display.

Hey Ilva
Ich schaffe es leider nicht, dich von der Schule abzuholen.
In Ording ist die Hölle los!
Ich muss unsere Dünen vor den Wahnsinnigen retten!
Brauche dringend deine Verstärkung.
Bis hoffentlich gleich.
Eike

Ilva schüttelte belustigt den Kopf. In ihrer Fantasie konnte sie Eike förmlich sehen, wie er mit hochrotem Kopf und wild gestikulierend zwischen den Dünen hin- und herrannte. Sie tippte eine Antwort an ihn.

Halte durch, mein Lieber!
Ich eile zu deiner Rettung – und der der Dünen!
Ilva

Sie schickte die Nachricht ab und steckte das Telefon zurück in die Tasche. Es musste wahrhaftig Land unter in Ording sein, wenn Eike nicht zu ihrer Verabredung erschien. Normalerweise hielt er sein Wort und war zuverlässig. Doch die Dünen und deren Bewohner waren wehrlos und auf Eikes Verteidigung angewiesen. Sie entdeckte Ute in der Halle vor dem Schuleingang. Sie unterhielt sich mit Mik, der immer noch die Krawatte seines Opas um den Hals trug. Das Sakko hatte er über einen Arm gelegt und die Brille in seine Haare hochgeschoben. Ilva stellte sich zu ihnen.

»Ich könnte einen alten Schaukelstuhl besorgen«, sagte er. »Meine Großeltern haben so ein uraltes Teil im Schuppen stehen. Der knarrt bei jeder Bewegung und ist bestimmt schon mindestens hundert Jahre alt.«

»Ist er nicht zu sperrig zu transportieren?«, fragte Ute stirnrunzelnd.

Mik schüttelte den Kopf. »Das geht schon. Mein Opa hat auch einen großen Bollerwagen, da passt der Schaukelstuhl locker rein. Ich kann ihn dann hinter mir herziehen.«

Ilva nickte wissend. »Opas haben so was. Meiner hatte auch einen kleinen Anhänger für sein Fahrrad. Damit hat er sämtliche Einkäufe bei jedem Wind und Wetter befördert. Sogar Kästen mit Getränken. Und nie ist was kaputtgegangen.«

»Also gut. Bring den Stuhl gerne beim nächsten Mal mit. Als Requisit wird er sich im Theaterstück bestimmt gut machen.«

»Das mache ich.«

»Vielleicht kann der Hausmeister ihn bis zur Vorstellung im Schulschuppen unterbringen«, überlegte Ute. »Ich werde ihn morgen gleich fragen.«

»Okay. Ich muss dann jetzt mal los.« Mik schien es auf einmal eilig zu haben.

»Du willst bestimmt auch wegen einer Statistenrolle zum Drehort?«, vermutete Ute.

»Nee, das ist nichts für mich. Eher was für die Mädchen.« Er winkte ab. »Ich gehe lieber noch eine Runde surfen. Bis morgen dann!« Er beeilte sich, das Schulgebäude zu verlassen.

Ilva guckte zu ihrer Freundin. »Na, er konnte jetzt aber auch nicht schnell genug wegkommen, oder?«

»Er will doch surfen.«

»Oder er ist geflüchtet.« Ilva zog die Augenbrauen hoch und schaute in die Richtung, aus der sich ihnen Schritte näherten.

»Er ist definitiv geflüchtet«, raunte Ute ihr zu, als sie ihren Kollegen, den Chemielehrer Hajo Schröter, erspähte. Dass er und Mik seit geraumer Zeit im Clinch lagen, war kein Geheimnis. Spätestens seit einer lautstarken Auseinandersetzung im letzten Winter auf dem Schulflur wusste die ganze Schule Bescheid. An der bevorstehenden Chemienote hing nicht weniger als Miks Versetzung. Da er in Deutsch ebenfalls keine Leuchte war, hatte er sich gleich mächtig ins Zeug gelegt, um die Rolle des Möbius in der Theateraufführung zu bekommen, denn die Leistung floss zu einem Großteil in die Endnote ein. Trotz Miks mäßiger Deutschnoten hatte Ilva einen guten Draht zu dem Jungen. Ganz im Gegensatz zu Hajo Schröter.

»Moin!« Er blieb bei ihnen stehen.

»Moin!«, grüßten Ilva und Ute zurück.

»Habt ihr Nachmittagskurse?«, fragte er.

»Die Vorbereitungen für das Theaterstück sind gestartet«, erklärte Ilva.

Er steckte seine Hände in die Vordertaschen seiner Jeans. »Ach ja. Welches Stück wird noch mal dieses Jahr aufgeführt?«

»*Die Physiker* von Dürrenmatt«, informierte Ute ihn.

»Stimmt ja. Wären es *Die Chemiker*, hätte ich es mir wohl gemerkt«, machte er einen schwachen Witz.

Ilva und Ute lächelten höflich.

»Zur Aufführung sind aber auch Chemiker willkommen«, meinte Ute.

»Hat der Carstens etwa auch was damit zu tun?«, wollte er wissen und nickte in die Richtung, in die Mik zuvor verschwunden war.

Ilva nickte. »Oh ja! Mik übernimmt sogar eine Hauptrolle. Und ich glaube, er wird seine Sache richtig gut machen. Er war heute sehr engagiert.«

»Na, das wäre ja mal was ganz Neues. Von Engagement kann ich in meinem Unterricht nichts merken. Ich habe ihm letztens sogar gedroht, dass er von mir null Punkte bekommt, wenn er nicht bald etwas Qualitatives zum Unterricht beiträgt.«

»Oje.« Ute wirkte bestürzt. »Dann könnte er noch nicht einmal eine Nachprüfung machen.«

Hajo Schröter gab einen schnaubenden Laut von sich. »Was er sich ganz allein eingebrockt hätte.«

»Na ja, wir kennen doch alle Jugendliche in dem Alter«,

versuchte Ilva, an sein pädagogisches Verständnis zu appellieren.

»Na und? Andere Schüler schaffen es doch auch, sich am Unterricht zu beteiligen und gute Beiträge beizusteuern. Ich kann jedenfalls keine Noten verschenken, und durch bloße Anwesenheit bekommt man bei mir keinen Punkt.« Hajo Schröter redete sich in Rage.

»Vielleicht kriegt er ja doch noch die Kurve«, versuchte Ute, die Wogen zu glätten.

Der Lehrer verschränkte die Arme vor der Brust. »An Wunder glaube ich nicht. Nicht bei Mik Carstens.« Hajo Schröter machte kein Geheimnis daraus, dass er seinen Schüler nicht sonderlich leiden konnte.

Deswegen war es für Ilva kaum verwunderlich, dass Mik es plötzlich eilig gehabt hatte, als sein Chemielehrer aufgetaucht war. Wer hätte es ihm verdenken können? »Ich habe gehört, dass deine Frau beim Gewinnspiel das große Los gezogen hat«, wechselte sie das unerfreuliche Thema.

»Jo.«

»Was denn für ein Gewinnspiel?«, wollte Ute wissen.

»Na, *das* Gewinnspiel, von dem ganz St. Peter redet«, half Ilva ihr auf die Sprünge.

Utes Augen wurden größer. »Doch nicht die VIP-Einladung zur Kinopremiere mit anschließendem Essen mit Titus Frank und den anderen Schauspielern?«

»Jo«, sagte Hajo Schröter erneut.

»Das ist ja ein Ding! Meine Nachbarin hat so gehofft, dass das Los auf sie fallen würde. Sie ist ein Riesenfan der Krimiserie *54° Mord* und würde für so eine Chance morden.

Äh ... ich meine natürlich, nicht wirklich morden, aber irgendwie schon. Ich glaube, sie ist sogar heimlich in Titus Frank verliebt. Das darf ihr Ehemann nur nicht spitzkriegen.«

»Dass Frauen immer so ein Theater machen müssen.« Er schüttelte verständnislos den Kopf.

»Na, dich scheint die Tatsache, dass deine Frau mit einem der beliebtesten Schauspieler Deutschlands ein Date hat, ja nicht sonderlich zu beunruhigen«, stellte Ilva fest.

Hajo Schröter zuckte mit den Achseln. »Warum auch? Erstens ist es kein Date, und zweitens hat Carola ja bloß bei einem Gewinnspiel gewonnen. Vielleicht sieht sie den Typen nur von Weitem – wenn überhaupt.«

»Wie dem auch sei. Sie kann froh sein, dass du es mit der nötigen Gelassenheit siehst.« Ute zwirbelte eine Strähne ihres roten Haares um einen Finger.

»So habe ich auch mal Zeit für mich. Vielleicht treffe ich mich dann mit einem Kollegen. Der letzte Männerabend liegt schon eine Weile zurück.« Er nahm sein Handy aus der Gesäßtasche und warf einen Blick darauf. »Ich würde ja gerne noch länger mit euch quatschen, aber ich muss noch was im Chemieraum für morgen vorbereiten.«

Ilva machte einen Schritt zur Seite. »Lass dich von uns nicht aufhalten. Wir müssen auch gleich los.«

»Dann bis morgen.« Hajo Schröter ging zur Treppe und war bald darauf verschwunden.

»Glaubst du, er gibt Mik wirklich null Punkte?«, fragte Ute zweifelnd.

»Zutrauen würde ich es ihm. Aber wer weiß, vielleicht

sind seine Sprüche auch bloß heiße Luft. Null Punkte sind schon ziemlich hart, und besonders beliebt würde er sich damit nicht machen – auch nicht bei den anderen Schülern.«

»Hoffen wir mal das Beste für Mik. Gehen wir zu den Rädern?«

»Klar.«

Sie verließen das Schulgebäude. »Wollte Eike dich nicht abholen?«

»Ach! Das hat sich zerschlagen.« Ilva winkte ab. »In Ording scheint Ausnahmezustand zu herrschen. Er hat geschrieben, dass er die Dünen beschützen muss.«

»Das hat bestimmt was mit den Dreharbeiten zu tun«, vermutete Ute.

»Den Verdacht habe ich auch.« Ilva blieb stehen und hob einen Finger. »Apropos Dreharbeiten, nimmst du Hajo eigentlich seine Lässigkeit ab?«

»Du meinst, wegen seiner Frau und ihrem Date mit dem Schauspieler?«

»Ja, genau.«

Ute hob die Achseln. »Weiß ich nicht. Er ist ja schon sehr lange mit ihr verheiratet.«

»Na und?« Ilva stellte sich näher zu Ute und senkte die Stimme. »Mich würde es schon wurmen, wenn Eike einen Abend mit einer anderen Frau verbringen würde. Sie müsste noch nicht mal prominent sein. Aber so ein bisschen Eifersucht gehört doch dazu, oder?«

»Vielleicht sehen Männer das nüchterner als Frauen?«, überlegte Ute.

Ilva schüttelte den Kopf. »Also, wäre ich an Carolas

Stelle, und Eike würde nur emotionslos mit den Schultern zucken, wenn ich mit einem der begehrtesten Männer Deutschlands eine Verabredung hätte, dann wäre ich definitiv beleidigt und mindestens besorgt.«

Ute musste lachen. »Das mag ich so an dir, Ilva. Du bist immer gnadenlos ehrlich, selbst wenn du dabei eine heimliche Schwäche offenbarst.«

»Das erzähle ich auch nur dir«, meinte Ilva grinsend und strich sich eine blonde Haarsträhne hinter das Ohr.

»Oh, da fühle ich mich glatt geehrt.«

»Kannst du auch. Und Hajos Verhalten ist in jedem Fall komisch. Man könnte fast glauben, seine Frau und er stecken in einer Ehekrise.«

»Ja, Miss Marple.« Ute verdrehte lächelnd die Augen. »Ich glaube eher, du bist auf Entzug. Unsere letzten Ermittlungen liegen schon fast ein Jahr zurück.«

»Haha!«, machte Ilva und streckte ihrer Freundin die Zunge raus.

Sie liefen weiter zu den Rädern, die sie an einem der Ständer angekettet hatten. Dort trafen sie auf Celina Töpfer, die ebenfalls im Begriff war, ihr Fahrrad aufzuschließen.

»Ach, hallo, Celina. Ich dachte, du seist schon längst weg.« Ilva schaute sie freundlich an.

»Das wollte ich eigentlich auch sein. Aber ich habe mich vorhin mit Lara und Jessy festgequatscht. Sie wollten unbedingt wissen, wie das damals beim Fernsehen so war, und haben mich um Tipps gebeten, wie sie am besten an eine Statistenrolle kommen«, erklärte sie. »Viel konnte ich ihnen zwar nicht dazu sagen, aber ich habe sie ermutigt, einfach mal am Filmset nachzufragen.« Sie schob ihr Fahrrad aus dem Ständer.

»Das werden die Mädels bestimmt umgehend in die Tat umsetzen«, war sich Ute sicher.

»Garantiert. Hätten wir in der elften Klasse doch bestimmt auch gemacht. Wenn schon ein Hauch von Hollywood durch St. Peter weht ...« Ilva zwinkerte ihrer Freundin zu und wandte sich dann an die junge Studentin. »Du hast dich heute wirklich hervorragend mit deinen Ideen eingebracht. Man merkt, dass du Theatererfahrung hast.«

»Wir können von Glück sagen, dass du an unserer Schule dein Praktikum machst.« Ute war ebenfalls voll des Lobes. »Dein Einfall mit den Gardinen für das Bühnenbild war wirklich kreativ.«

»Vielen Dank! Ich freue mich, wenn ich brauchbare Gedanken beisteuern kann. Lara, Jessy und Anne wollen mit mir zusammen die Vorhänge nähen.«

»Können die Mädchen denn nähen?«, fragte Ilva überrascht. Sie konnte sich kaum vorstellen, dass eine ihrer Schülerinnen sich für Handarbeit interessierte.

»Noch nicht«, bestätigte Celina Töpfer Ilvas Vermutung. »Aber ich werde es ihnen beibringen. So schwer ist es nicht, eine Nähmaschine zu bedienen, und ein paar Vorhänge sind ein guter Einstieg. Das werden sie ganz schnell lernen. Ich habe früher oft mit meiner Mutter Kostüme für Aufführungen genäht.«

»Du bist in jedem Fall eine große Bereicherung für uns und die Schule.« Ute schob ihr Rad rückwärts aus dem Ständer und wartete auf Ilva.

»Das ist wirklich nett von dir. Einen schönen Nachmittag noch und bis morgen.« Celina Töpfer schwang sich in den Sattel und winkte ihnen zum Abschied zu.

»Und was machst du jetzt, wo Eike nicht kommt?« Ute setzte ihren Fahrradhelm auf und schloss den Riemen unter ihrem Kinn.

»Ich fahre kurz nach Hause und dann weiter zum Tatort Ording, um ihn zu unterstützen. Dünen verteidigen. Willst du mitkommen?«

»Nein.« Ute schüttelte den Kopf. »Ich bin mit meiner Mutter im Tatort Garten zur Obst- und Gemüseernte verabredet. Bei dem Wetter wächst doch alles wie Unkraut.«

»Grüß sie mal lieb von mir.«

»Mach ich«, versprach Ute. »Und du grüß mir Eike. Schade, dass ich keine Nervenkekse dabeihabe. Die hättest du ihm sonst mitnehmen können.«

»Hätte ich glatt gemacht.« Ilva lachte und stellte einen Fuß auf die Pedale ihres Fahrrads. »Also, tschüss dann!«

Kapitel 3

Zur selben Zeit, etwa drei Kilometer nördlich, in der Polizeistation im Deichgrafenweg 4

Hauptkommissar Ernie Feddersen warf seine Polizeimütze auf den Tisch und ließ sich kurz darauf auf den Bürostuhl fallen. Dann öffnete er hastig die Papiertüte, die er zuvor auf der Fensterbank neben seinem Schreibtisch abgelegt hatte, und biss gierig ein Stück von seinem Fischbrötchen ab. Dabei schloss er die Augen und gab einen genüsslichen Grunzlaut von sich. »Endlich!«

Kommissar Fred Glabotki betrat das Büro der Polizeiwache. Im Schlepptau hatte er den jungen Kollegen Pannenbäcker, der im dritten Jahr in Folge die Polizei von St. Peter-Ording im Rahmen des Bäderersatzdienstes verstärkte. In den Sommermonaten wurden stets einige Kollegen von anderen Standorten in die Ferienorte an der Küste geschickt, um die spärlich besetzten Kommissariate zu unterstützen, wenn dort die Touristen einfielen.

»Eins sage ich dir, wenn die Blagen der Müllers diesen Sommer noch mal auf die Idee kommen, in irgendwelchen

Bäumen rumzukraxeln, leg ich sie persönlich übers Knie«, schimpfte er und stellte eine Tupperdose auf seinem Tisch ab.

»Na ja, es sind doch Kinder«, nuschelte Ernie und schob sich mit einem Finger ein Stück Zwiebel in den Mund. »Bist du in dem Alter etwa nie auf einen Baum geklettert?«

»Und ob! Mit dem Unterschied allerdings, dass ich den Weg rauf und auch wieder runter gefunden habe. Ich habe mich nicht verzweifelt an einen Ast in der Baumkrone geklammert und gehofft, dass mich jemand dort rettet.« Fred hatte wild mit Messer und Gabel in der Luft herumgefuchtelt, um seinen Worten mehr Gewicht zu verleihen.

Pannenbäcker hob die Augenbrauen und platzierte zwei Tassen Kaffee auf den Tischen, die dritte behielt er für sich. »Mein Vater hätte mich im Baum bei Wind und Wetter versauern lassen, bis ich den Abstieg von allein geschafft hätte, und mich dann vermutlich mit einer kräftigen Standpauke zu Hause erwartet.«

Fred nickte zustimmend. »Und das mit Recht.«

»Meine Güte, ihr seid aber hart«, fand Ernie.

Pannenbäcker zuckte bloß mit den Schultern. »Mein Vater ist Kapitän zur See bei der Bundeswehr. Das färbt ab.«

»Wer da nicht schwimmen kann, geht unter«, schlussfolgerte Fred.

Pannenbäcker nickte zustimmend.

»Trotzdem muss man für Kinder Verständnis haben. Selbst wenn sich dadurch unsere Pause verschiebt. Sie meinen es doch nicht böse.« Ernie schaute auf sein Fischbrötchen und dann zu seinem Kollegen Fred. »Mit Elias würdest du doch auch nicht so hart ins Gericht gehen, wenn er auf einem Baum festsitzen würde, oder?«

Fred löste schwungvoll den Deckel der Tupperdose und griff erneut zu seiner Gabel. »Mein Sohn würde nie auf einem Baum festsitzen, weil er zum einen klettern kann und zum zweiten seine eigenen Grenzen gut einschätzen kann. Das ist alles Erziehungssache.«

»Superdad hat gesprochen.« Ernie verdrehte seine Augen und widmete sich wieder dem Fischbrötchen.

»Werde du erst mal Vater, und wir reden weiter.« Fred schaufelte etwas von dem Inhalt der Dose auf die Gabel. Das Telefon im Vorraum der Station klingelte. Er stöhnte auf und ließ das Besteck zurück in die Tupperdose sinken. »Och nö!«

»Ich geh schon, Chef«, sagte Pannenbäcker und verließ mit seinem Kaffee das Büro.

Ernie kaute auf seinem Fischbrötchen herum und beobachtete Fred. Als er sich gerade die volle Gabel in den Mund stecken wollte, sprach Ernie ihn an. »Oh, ist das etwa Kartoffelsalat?« Er hob das Kinn und lugte interessiert zum Inhalt der Dose. »Und eine Frikadelle. Das ist neu.«

Fred ließ die Gabel abermals sinken. »Das ist nicht neu, das ist meine Mutter.«

»Ach, seit wann ist sie denn in St. Peter?«

»Meine Eltern sind gestern früh mit dem Hund angekommen. Seitdem hat sie das Kommando in der Küche übernommen, und mein Vater regelt den Rest. Marina und ich haben die nächsten drei Wochen nichts zu melden. Auch bei Elias nicht.« Er nutzte Ernies Verwunderung und schaufelte sich einen großen Happen Kartoffelsalat in den Mund.

»Davon hast du ja gar nichts erzählt.« Ernies Stimme klang ungewollt vorwurfsvoll.

»Du hattest doch gestern frei«, erinnerte Fred ihn. »Und heute habe ich nicht daran gedacht. War eine ziemlich spontane Aktion. Eigentlich wollten sie erst nächsten Monat kommen, aber als meine Mutter davon Wind bekommen hat, dass ihr Lieblingsschauspieler in St. Peter dreht, hat sie meinen Vater überredet, früher zu fahren. Und da sie die Chefin in unserer Familie ist, war die Frage, ob uns das recht ist, bloß eine Formalität.«

Ernie lehnte sich auf seinem Bürostuhl zurück und verschränkte die Arme vor der Brust. »Dann sind wir jetzt zu viert in St. Peter. Eigentlich nicht schlecht, bei dem zusätzlichen Brimborium, das die Dreharbeiten verursachen. Oder ist dein alter Herr inzwischen im Ruhestand angekommen?«

»Mein Vater und Ruhestand? Was ist das denn? Er hat gestern gleich nach seiner Ankunft die ersten handgeschriebenen Strafzettel an unsere Nachbarn verteilt, weil sie ihre Autos nicht korrekt geparkt hatten – und Distel, sein Rauhaardackel, hat dabei die ganze Straße zusammengebellt. Sogar der schwerhörige Mattes Svensson hat aus dem Fenster geguckt.«

»Verstehe.« Ernie nickte wissend. Er kannte Freds Familiengeschichte. Sein Vater war bis zu seiner Pensionierung in Gelsenkirchen als Hauptkommissar tätig gewesen und im Stadtteil Schalke nach wie vor als *der Kommissar* bekannt. Freds Schwester Melanie fuhr ebenfalls Streife auf Gelsenkirchens Straßen, wenngleich sie ihren Job lockerer sah und nicht vorhatte, ihrem Bruder nach Nordfriesland zu folgen.

Vor einigen Jahren war Fred mit seiner Familie nach St. Peter-Ording gezogen, weil sein Sohn an Asthma litt. Seitdem war er Ernies Kollege. Obwohl das nordfriesische Temperament sich deutlich von der direkten Art im Ruhrgebiet unterschied, hatten sie schnell Freundschaft geschlossen und waren in jeder Hinsicht ein eingeschworenes Team.

»So wie ich meine Mutter kenne, gibt's morgen Nudelsalat mit Würstchen. Ich könnte eine zweite Tupperdose mitnehmen, wenn du willst«, bot Fred an.

»Och ja ... wenn denn genug da ist.« Ernie nickte erfreut und strich sich mit einer Hand über seinen Wohlstandsbauch, der sich über den Hosenbund wölbte. »Da sag ich nicht Nein.«

Pannenbäcker kam zurück ins Büro. Seine Wangen glühten vor Eifer. »Chefs! Yves Brucker, der Regisseur des Filmteams, hat angerufen. In Ording gibt es anscheinend mächtig Theater. Angeblich behindert ein militanter Umweltschützer unter Androhung von Gewalt die Dreharbeiten.«

Fred zog die Augenbrauen hoch. »Angeblich.«

Ernie warf die leere Papiertüte in den Abfallkorb unter seinem Tisch. »Hat er gesagt, wo die Dreharbeiten in Ording genau stattfinden?«

»So wie ich ihn verstanden habe, muss es in der Nähe des Jachthafens sein. Er klang ziemlich aufgeregt, und im Hintergrund habe ich Schreie vernommen.«

Ernie griff zu seiner Polizistenmütze und erhob sich. »Wir fahren sofort hin.«

Fred stand ebenfalls auf und langte nach seiner Kopfbedeckung. Mit der anderen Hand drückte er entschlossen den Plastikdeckel auf die Tupperdose. »Wehe, das ist falscher Alarm. Das sind doch alles Schauspieler.«

Kurz vor der Auffahrt zum Strandübergang Köhlbrand ging nichts mehr. Auf dem Strandweg herrschte das pure Chaos. Eine Blechlawine staute sich in beide Richtungen. Die Autos behinderten sich gegenseitig bei der Auf- und Abfahrt zum Strand.

»Kerle Kiste! Was ist denn hier los?«, fragte Ernie kopfschüttelnd.

»So ungefähr ist das, wenn bei uns Schalke spielt«, meinte Fred nüchtern, der hinter dem Steuer saß. »Rund um die Arena geht dann auch nix mehr.« In diesem Moment hupten sich zwei Pkw-Fahrer an. Fred warf einen mahnenden Blick in den Rückspiegel. »Die Zündschnur scheint bei einigen trotz Urlaub ziemlich kurz zu sein.«

»Was machen wir denn jetzt?«

»Irgendwie müssen wir für Ordnung sorgen, bevor die Leute sich noch an die Gurgel gehen und wir hinterher einen Mord aufklären müssen«, meinte Fred trocken.

Ernie hob einen Finger. »Und die Streithähne am Jachthafen wollen auch besänftigt werden.«

»Allein dafür müssten wir von den Filmfuzzis Schmerzensgeld bekommen«, brummte Fred.

»Wieso?«

»Na, meinste etwa, der Auflauf hat sich hier zufällig gebildet?«

»Glaubst du wirklich, die sind alle wegen der Dreharbeiten hier?« Jemand klopfte an die Seitenscheibe. Ernie zuckte unwillkürlich zusammen, betätigte dann aber den Scheibenheber. »Moin, Frau Glabotki«, begrüßte er Freds Mutter freundlich.

Die Dame lugte neugierig in den Peterwagen. Sie trug ein luftiges Sommerkleid mit Anker-Muster, und in ihrem blondierten Haar saß eine Sonnenbrille mit großen dunklen Gläsern. An ihrem braunen Teint war unschwer erkennbar, dass sie zur Fraktion der Sonnenanbeter gehörte.

»Tach, Ernie. Tach, Fred.« Seit ihrer ersten Begegnung duzten sie und ihr Mann den Kollegen ihres Sohnes konsequent. Schließlich könnte er auch ihr Sohn sein, und irgendwie gehörten sie ja alle zur großen Familie der Polizei. Sie blickte zu Fred. »Da steht ihr aber gut im Stau.«

»Was du nicht alles merkst, Mutti«, sagte Fred mit einem breiten Grinsen. »Da kommen schon fast heimatliche Gefühle in mir auf.«

»Ich habe vorhin erfahren, dass Sie seit gestern in St. Peter sind. Bei dem schönen Wetter wollen Sie bestimmt zum Strand«, vermutete Ernie.

»Eigentlich ja. Dort finden doch die Dreharbeiten für den neuen Krimi statt. Aber bei der Menschenansammlung bin ich mir nicht sicher, ob ich überhaupt nah genug herankomme, um vielleicht sogar Titus Frank zu sehen. Ich habe vorhin in einem Geschäft gehört, dass er einigen Leuten Autogramme gegeben hat.«

Freds Vater, Ede Glabotki, tauchte neben seiner Frau auf. Der Kommissar a. D. trug eine knielange Hose und darüber ein weit geschnittenes Poloshirt in Marineblau. In einer Hand hielt er eine Leine, an der der Rauhaardackel zerrte.

Auf seinem Kopf saß eine Schirmmütze mit dem Logo des FC Schalke 04, und um seinen Hals trug er eine Kordel, an der eine silberne Trillerpfeife baumelte. Wieder hupten einige Autofahrer. Er blickte ebenfalls in den Wagen.

»Gibt's Probleme?«, kam er ohne Umschweife gleich zur Sache.

»Wir sind erst vor ein paar Augenblicken angekommen. Eigentlich wollten wir hoch zum Strandweg«, antwortete Fred.

Ede Glabotki runzelte die Stirn. »Der Verkehr staut sich schon bis zur Höhe der Tankstelle.« Übersetzt hieß diese Feststellung, dass es sich erstens um ein paar mehr Augenblicke handeln musste, als sein Sohn versuchte, ihm zu verkaufen, und dass er zweitens mit der Verkehrslage äußerst unzufrieden war.

»Wir wollten uns gerade absprechen, wie wir am besten vorgehen«, sagte Fred.

»Einer muss ja den Wagen fahren«, fügte Ernie ergänzend hinzu.

Das schien Freds Vater einzuleuchten. Er nickte und blickte zur Auffahrt. Dann nahm er die Schultern zurück und hob sein Kinn ein Stück. Sein Blick ging zur Auffahrt zum Strandweg. »Zu zweit sollten wir das Verkehrschaos ruckizucki in den Griff bekommen«, richtete er das Wort an Ernie.

»Danke, Papa.« Fred warf Ernie einen bedeutsamen Blick zu, mit dem er ihm signalisierte, jetzt bloß nicht zu widersprechen, sondern auf die Anweisung seines Vaters – denn nichts anderes war es – einzugehen.

»Das ist sehr nett von Ihnen, Herr Glabotki. Ihre Hilfe nehme ich gerne an«, antwortete Ernie respektvoll. Nachdem Freds Eltern ein Stück vom Wagen zurückgetreten waren, öffnete er die Tür, um auszusteigen.

Freds Mutter nutzte hingegen die Gelegenheit, um sich blitzschnell an ihm vorbeizumogeln und auf dem Beifahrersitz Platz zu nehmen. Rasch sprang der Dackel hinterher auf ihren Schoß, sie zog die Tür zu und schnallte sich an. »In Begleitung der Polizei könnten sich meine Chancen erhöhen, doch ein Autogramm von Titus Frank zu ergattern.« Lächelnd tätschelte sie Freds Oberschenkel. »Distel und ich sehen dich am Strand, Ede«, rief sie durch das geöffnete Fenster.

Freds Vater nickte kurz. »Ist gut, Gerdi. Ich finde dich.« Danach marschierte er zielstrebig an eine Stelle zwischen beiden Fahrbahnen. Kurz darauf brachte Freds Vater mit deutlichen Arm- und Handzeichen den Verkehr langsam wieder zum Fließen. Ernie schickte er zum Parkplatz, der sich weiter oben am Strandweg befand. »Ich schaffe das hier unten schon allein.«

Als Ernie den Parkplatz erreichte, lichtete sich dort ebenfalls langsam das Chaos, und bald rollte der Peterwagen mit Fred am Steuer und seiner Mutter mit Distel auf dem Schoß an ihm vorbei. Ernie beeilte sich, ihnen zu folgen. Auf der Höhe der Strandsegelschule hielt das Auto an, und er kam gerade rechtzeitig, um Freds Mutter beim Aussteigen die Tür zu öffnen.

Als Erstes sprang ihm Distel entgegen, der laut kläffend

das Geschehen kommentierte. Voller Elan stieg nun auch Freds Mutter aus und schulterte ihre Tasche.

»Ich begebe mich mal auf Autogrammjagd«, sagte sie gut gelaunt und warf Fred und Ernie zum Abschied eine Kusshand zu.

»Viel Glück, Mama!«, rief Fred ihr mit erhobenen Daumen hinterher.

»Und wir sind dann gleich mal Streitschlichter«, meinte Ernie zu seinem Kollegen, während sie den sandigen Weg entlangliefen, der unter anderem zum Jachthafen führte.

»Da ist keiner«, stellte Fred mit einem kurzen Blick nach links fest. »Bloß zwei Frauen mit Walkingstöcken. Keiner, der wem an die Gurgel gehen will.«

»Aber da vorne scheint was los zu sein.« Ernie deutete mit dem Finger in die entsprechende Richtung. Hinter dem Kurkartenhäuschen hatte sich neben dem Bohlenweg eine Menschentraube gebildet, unweit derer auch Freds Mutter mit Distel stehen geblieben war. Der Wind trug immer wieder Schreie durch die Luft bis zu ihnen. »Da geht es ziemlich hoch her. Wir sollten uns besser beeilen.«

Unweit der Fotodüne am Ordinger Strand trafen sie schließlich auf die Streithähne, die sich nicht nur wüste Beschimpfungen an den Kopf warfen, sondern sich auch mit Fäusten drohten. Zwei Männer hatten sich zwischen sie gestellt, um eine weitere Eskalation zu verhindern. Um sie herum waren weitere Mitglieder der Filmcrew und vier Schauspieler versammelt, die missmutig dreinblickten.

Ernie stöhnte auf, als er einen der beteiligten Männer erkannte. »Oh nein! Das ist ja Eike!«, raunte er seinem Kollegen zu.

Fred verdrehte die Augen. »War ja irgendwie klar, dass es sich bei dem militanten Umweltschützer nur um den Verlobten deiner Schwester handeln konnte. Dass er auch jedes Mal so ausflippen muss.«

Ernie zuckte bloß mit den Schultern. »Als Stationsleiter ist er eben für den Naturschutz in St. Peter-Ording verantwortlich – und das nimmt er ernst.«

Sie gingen auf die Querulanten zu, die in ihrer hitzigen verbalen Auseinandersetzung das Erscheinen der Polizeibeamten zunächst überhaupt nicht registrierten. Erst als Fred seine Stimme erhob, konnte er ihre Aufmerksamkeit auf sich lenken. »Jetzt hören Sie doch mal auf, so rumzukrakeelen! Wer von Ihnen hat die Polizei angerufen?«

»Das war ich!« Ein Typ mit gerötetem Gesicht und geblümtem Hawaiihemd unterbrach seine Beschimpfungen und kam zu ihnen. Schweiß stand ihm auf der Stirn, und seine dunklen Locken waren vom Wind wild zerzaust worden. Um seinen Hals hingen Kopfhörer, und in einer Hand hielt er ein Funkgerät, das in einer Tour knackte und knarzte. »Ich bin Yves Brucker, der Regisseur«, sagte der Mann in einem wichtigen Tonfall.

Ernie nickte ihm zu. »Feddersen, Hauptkommissar von St. Peter-Ording. Und das ist mein Kollege, Herr Glabotki.« Er deutete auf Fred. »Um was geht es denn hier überhaupt?«

»Dieser Typ behindert unsere Arbeit.« Yves Brucker zeigte anklagend auf Eike, dessen Wangen ebenfalls vor Wut glühten.

»Arbeit nennen Sie das?«, rief er aufgebracht. »Dass ich nicht lache! Rücksichtslose Umweltzerstörung betreiben Sie, und nichts anderes!«

»Bei Ihnen piept's wohl!«, echauffierte sich der Regisseur. »Wir drehen hier einen Film! Und jede Verzögerung kostet uns einen Batzen Geld. Das werde ich Ihnen persönlich in Rechnung stellen. Darauf können Sie Gift nehmen!«

»Jetzt mal ganz ruhig, und dann von vorne.« Ernie hob beschwichtigend beide Hände, um die aufgebrachten Gemüter zu beruhigen. »Was ist denn bis jetzt überhaupt vorgefallen?«

Eike und der Regisseur begannen wieder, gleichzeitig zu reden, und versuchten, sich durch immer lauteres Geschrei Gehör zu verschaffen.

»Stopp!«, rief Ernie und hielt sich kurz darauf beide Ohren zu, als der grelle Laut einer Trillerpfeife dicht neben ihm erklang.

Freds Vater schob sich durch die umstehenden Leute und schaute mit strengem Blick in die Runde. Eike und Yves Brucker waren verstummt und wirkten fast ein wenig erschrocken.

»Von dem Gebrüll wird man ja taub«, rügte er die beiden Männer und drehte dann langsam seinen Kopf zu Fred und Ernie. »Der Stau hat sich aufgelöst.«

»Danke, Herr Kommissar«, beeilte sich Ernie zu sagen.

»Werde ich hier noch gebraucht?« Ede Glabotki musterte den Regisseur argwöhnisch.

»Wir haben alles im Griff«, versicherte Fred ihm jedoch.

»Na gut, dann schaue ich mal nach der Chefin und dem

Vierbeiner.« Bevor er seinen Weg zu einem weiteren Filmset fortsetzte, das in der Nähe vom Wassersportcenter aufgebaut worden war, bedachte er die Querulanten nochmals mit einem gestrengen Blick.

»Und jetzt schön einer nach dem anderen«, forderte Fred, bevor das Geschrei erneut losgehen konnte.

Es stellte sich heraus, dass Yves Brucker eine Verfolgungsjagd inszenieren wollte, die auch durch die Dünenlandschaft am Strandabschnitt Ording verlaufen sollte. Daran hatte Eike ihn und die Filmcrew gehindert, woraufhin es zum Streit gekommen war. Der Regisseur schien sich keiner Schuld bewusst zu sein, denn er wiederholte seinen Hinweis auf den verursachten finanziellen Schaden, den Eike ihm durch seine Blockadehaltung beschert hatte, und zeigte Ernie und Fred eine schriftliche Drehgenehmigung.

»Nur über meine Leiche, habe ich gesagt.« Eike machte eine entschiedene Handbewegung. »Die Dünen stehen gesetzlich unter Naturschutz und sind nicht umsonst mit Bändern umzäunt. Da hat keiner was drin verloren. Notfalls werde ich Ihr Verhalten zur Anzeige bringen, wenn Sie nicht zur Vernunft kommen«, drohte er. »Da hilft Ihnen keine Drehgenehmigung der Welt!«

Daraufhin klärten Ernie und Fred den Regisseur über die Verhaltensregeln am Strand auf. Ernie zeigte auf ein gelbes Infoschild am Rande des Dünengürtels, vor dem sich allerhand Strandhafer im Wind wiegte. »Dünenschutz ist Küstenschutz. Das muss unbedingt ernst genommen werden. Kinder und auch Erwachsene dürfen die Dünen nicht betreten. Dort befinden sich wichtige Brutgebiete für viele Vogelarten. Außerdem und vor allem sind die Dünen ein natürlicher Schutz gegen Sturmfluten. Für Dreharbeiten werden keine Ausnahmen gemacht«, referierte Ernie.

»So ist es«, fügte Eike hinzu, der den Ausführungen seines Schwagers in spe mit erkennbarer Genugtuung gelauscht hatte.

»Ach, so ist das.« Yves Brucker wirkte nun nicht mehr halb so selbstbewusst wie noch ein paar Minuten zuvor. »Das hätten Sie mir aber auch erklären können«, richtete er nun das Wort an Eike.

»Wie bitte?« Eike schüttelte entgeistert den Kopf. »Das habe ich doch die ganze Zeit versucht. Aber Sie haben mir ja nicht zugehört.«

»Wie dem auch sei«, grätschte Fred dazwischen, bevor sich der nächste Streit Bahn brechen konnte. »Das ist unsere Fotodüne.« Er zeigte nach links auf eine mit Gräsern bewachsene Erhebung aus Sand, die dem Dünengürtel ein ganzes Stück vorgelagert war. »Sie ist auch für Dreharbeiten freigegeben. Vielleicht eignet sie sich als Kulisse für die Verfolgungsjagd.«

Mit in den Taschen vergrabenen Händen blickte der Regisseur zu besagter Düne und nickte schließlich. Er wandte sich an die wartenden Schauspieler.

»Leute, wir werden umdisponieren! Die Szene drehen wir hier.« Er deutete auf die Düne und wandte sich dann Ernie, Fred und Eike zu. »Es tut mir leid, dass es zu einem Missverständnis gekommen ist. Aber nun wissen wir ja Bescheid.«

»Dann wäre von unserer Seite so weit alles geklärt«, schlussfolgerte Fred. »Oder gibt es noch offene Fragen?«

»Keine weiteren Fragen«, bestätigte Yves Brucker. »Doch die zuständige Behörde sollte vielleicht beim nächsten Mal explizit auflisten, für welche Gebiete die Drehgenehmigung nicht gilt.«

»Ihr Vorgänger wusste darüber Bescheid«, warf Eike ein.

Ernie hob beschwichtigend eine Hand. »Lass gut sein, Eike.«

»Wir werden das so weitergeben«, versprach Fred dem Regisseur. »Frohes Schaffen.«

Ernie, Fred und Eike entfernten sich langsam von der Filmcrew.

Eike lächelte triumphierend. »Dem haben wir die Laune aber gehörig verhagelt. Was nehmen sich diese Leute auch raus? Meinen, sie könnten sich alles erlauben, bloß, weil sie Filme machen. Als ob das wichtig wäre.«

Sie blieben auf der Höhe des Fahrradparkplatzes stehen. Ernie blickte noch einmal zurück. Die Filmcrew nahm nun die Fotodüne ins Visier. »Ich glaube, wir sind hier erst einmal fertig. Falls es wieder Schwierigkeiten geben sollte, melde dich bei uns.«

Eike nickte. »Alles klar.«

»Willst du mitkommen? Wir fahren zurück zur Wache«, fragte Fred.

»Nein. Ich bin mit Ilva zur Dünenverteidigung verabredet.« Eike lächelte verschmitzt.

Ernie hob einen Zeigefinger. »Stifte meine Schwester bloß nicht zu Unsinn an.«

»Das ist doch meistens umgekehrt«, erwiderte Eike und grinste schelmisch.

Ernie und Fred verabschiedeten sich von ihm und liefen zurück zum Peterwagen.

»Seit die Film-Heinis da sind, ist hier richtig was los«, stellte Fred fest.

»Das kannst du laut sagen.« Ernie ging zur Beifahrertür des Autos. »Sogar die Nebensaison ist eine Hauptsaison geworden. Wenn das so weitergeht, kann Pannenbäcker ganz nach St. Peter wechseln.«

Fred entriegelte die Türen und stieg ein. Als Ernie sich angeschnallt hatte, lächelte er ihn an. »Oder mein Vater.« Er startete den Motor und legte den Rückwärtsgang ein. »Da würde sich der Wind in St. Peter aber gewaltig drehen.«

Kapitel 4

Ein paar Minuten später am Ordinger Strand mit Blick auf die Fotodüne

Für einen Moment hatte ich die Hoffnung, dass sie ihn festnehmen würden, doch mein Bitten wurde nicht erhört. Noch immer starrte ich auf die Stelle, an der wenige Augenblicke zuvor die Polizeibeamten und die Filmcrew gestanden hatten. Ich war abseits geblieben. Niemand schien Notiz von mir zu nehmen. Das war mir nur recht. Dafür war das Geschehen rund um die Filmleute viel zu interessant für all die Schaulustigen. Niemand achtete auf mich. Ich spürte, wie langsam die Wut wieder in mir hochkochte und eine Welle von Zorn meine Gesichtszüge erstarren ließ. Ich biss die Zähne zusammen. Nach einer Weile spürte ich, dass meine Kiefergelenke schmerzten. Am liebsten hätte ich laut aufgeschrien, mich dann auf ihn gestürzt und ihn so lange gewürgt, bis der letzte Lebenshauch ihn verlassen hätte. Doch ich musste mich zusammenreißen, war ich meinem Ziel doch so nah wie nie zuvor. Ich durfte es nicht vermasseln! Ich ballte die Hände zu Fäusten und spürte das Klopfen meines Herzens in meinem Kopf. Es pumpte kraftvoll wie eine Dampflok bei voller Fahrt. Ich schloss die Augen und konzentrierte mich auf meinen Atem. Und wieder erschrak ich über meine Gedanken, die sich fremd anfühlten, obwohl sie tief aus mir entsprangen. In diesen Augenblicken fühlte ich mein zweites Ich in mir. Mein erstes, mein wahres Ich trat in den Hintergrund, und das zweite Ich, das mit dem Trauma geboren wurde, übernahm die Kontrolle. Mein Atem ging nun stoßweise. Mit zitternder Hand langte ich in eine meiner Hosentaschen und griff nach dem kleinen Döschen mit Bachblütenpastillen, die ich für solche Momente stets bei mir trug. Ich steckte mir zwei Pastillen in den Mund und ließ sie langsam auf der Zunge zergehen. Ob es ein Placeboeffekt war oder ob sie wirklich wirkten, konnte ich nicht mit Sicherheit sagen. Doch fühlte ich mich bald merklich entspannter. Eine Weile schaute ich den Dreharbeiten zu und merkte, wie ich mich weiter emotional stabilisierte. Neben mir erklang ein Kichern, und bald darauf blieben zwei Frauen ein paar Meter von mir entfernt stehen. Ich warf ihnen einen Seitenblick zu. Sie waren beide schätzungsweise um die fünfzig Jahre alt. Neugierig beobachteten sie die Dreharbeiten an der Fotodüne und schnappten gleichzeitig nach Luft, als einer der Schauspieler eine Waffe zog. Wahrscheinlich hatte ich etwas zu auffällig zu den beiden geschaut, denn die etwas größere Frau mit kurzen Locken lächelte mir auf einmal zu.

»Hallo und moin, wie man hier sagt. Sie scheinen ja auch ein Krimifan zu sein – so wie wir.« Sie machte mit ihrem Kopf eine Bewegung in Richtung des Filmteams.

»Och, nicht unbedingt. Ich bin eher zufällig hier vorbeigekommen und mache eine kleine Pause«, antwortete ich möglichst beiläufig. Die beiden Frauen sollten nicht denken, dass ich heimliche Beobachtungen vornahm. »Aber Sie sind Krimifans?«, fragte ich stattdessen und um von meiner Person abzulenken.

»Na, absolut!«, antwortete nun die etwas kleinere Frau, die eine bunte Tunika trug, die ihrer Figur schmeichelte. »Es ist schon was Besonderes, genau bei diesen Dreharbeiten dabei zu sein.«

»Aha. Was ist denn so Besonderes daran?«

Die größere Frau schaltete sich wieder ein. »Für mich ist ja jede Folge ein Highlight. Solange Gio Leone den Ermittler spielt – der ist wirklich top.« Sie zeigte einen erhobenen Daumen. »Und nebenbei ein ganz attraktives Kerlchen, sage ich Ihnen.«

Ihre Freundin lachte auf. »Mensch, Birgit! Der Junge könnte locker dein Sohn sein.«

»Na und? Ein bisschen schwärmen wird man wohl noch dürfen. Außerdem spielt das Alter keine Rolle.« Sie knuffte die kleinere Frau mit der Tunika in die Seite, bevor sie fortfuhr. »So wie wir gehört haben, bekommt Gio in dieser Folge eine neue Filmpartnerin. Soll eine Nachwuchsschauspielerin sein – aber das sei nur am Rande erwähnt. Der wahre Krimi hat sich ja, wie so oft, im echten Leben abgespielt. Sicher haben Sie davon gehört. Die Zeitungen waren voll damit.«

Ich hob die Schultern und gab mich arglos. »Nicht, dass ich wüsste. Ich lese nicht so oft Zeitungen. Was ist denn passiert?« In Wirklichkeit wusste ich natürlich über alles genauestens Bescheid, und noch viel mehr, wovon die Öffentlichkeit nichts ahnte.

Nun kamen die Damen zu mir rüber. Die Kleinere blickte sich um, bevor sie sprach. »Also, es ist nämlich so.« Fast flüsterte sie. »Der Bösewicht wird dieses Mal von Titus Frank gespielt. Kurz vor den Dreharbeiten ist doch tatsächlich rausgekommen, dass er im wahren Leben der Vater von Gio ist. Stellen Sie sich das mal vor!«

»Wir waren vielleicht überrascht, als wir das gehört haben«, übernahm nun wieder Birgit, die Größere, das Wort. »Aber irgendwie haben wir es auch vermutet. Gerüchte gab es schon seit Jahren, aber Titus hat es bis vor ein paar Wochen geleugnet.« Sie sprach von dem Schauspieler in einer vertrauten Weise, als wäre sie tatsächlich mit ihm per Du.

»Dabei weiß ganz Deutschland, dass er nichts anbrennen lässt«, wusste die kleinere Frau zu berichten. »Angeblich ist Gio das Ergebnis eines One-Night-Stands. Aber nun haben sie sich endlich versöhnt, und Titus steht zu seinem Sohn. Vor und hinter der Kamera.«

»Ach, das ist doch schön.« Ich lächelte die Frauen höflich an und hoffte, dass das Gespräch sich damit dem Ende zuneigen würde.

»Für die beiden bestimmt, aber nicht für Benedikt Sommer. In der Zeitung stand, dass eigentlich er den Bösewicht spielen sollte, aber er wurde kurz vor knapp durch Titus Frank ersetzt.« Sie hob die Achseln. »Des einen Freud, des anderen Leid.«

»Oder: Des einen Brot, des anderen Tod!« Birgit kicherte leise hinter vorgehaltener Hand.

»Du immer mit deinen makabren Sprüchen.« Kopfschüttelnd hakte sich ihre Freundin bei ihr unter. »Wir gehen dann mal weiter. Vielleicht ergattern wir Autogramme von den Schauspielern. Einen schönen Tag noch!«

»Das wünsche ich Ihnen auch.« Wieder lächelte ich und war froh, als die Frauen weg waren.

Ich blickte zum Meer und seufzte unwillkürlich. Wie sehr sehnte ich mich nach der Zeit, in der ich mit mir und der Welt eins gewesen war. Ich sehnte mich nach meinem Leben, nach meiner Unbeschwertheit, die mir von der einen auf die andere Sekunde unwiderruflich genommen worden war. Ich wollte wieder der Mensch von einst sein, der an das Gute geglaubt und jeden Tag mit einem Lächeln begonnen hatte. Doch diesen Menschen gab es nicht mehr. Ich wollte kein Mörder sein, doch mein Schicksal ließ mir keine andere Wahl. Die Dinge mussten korrigiert werden, damit es endlich Gerechtigkeit geben konnte. Ich durfte diese Chance nicht versauen!

Kapitel 5

Am nächsten Tag spätnachmittags im Garten von Familie Feddersen, in einer ruhigen Seitenstraße von St. Peter-Dorf, bei lauen 22 Grad und blauem Himmel mit Schäfchenwolken

Ilva machte einen Schritt auf die Terrasse und breitete die Arme aus. »Na, was meint ihr? Ist das dem besonderen Anlass angemessen?« Sie setzte sich einen überdimensional großen Sonnenhut mit einer geblümten Borte auf und drehte sich dann langsam um sich selbst.

Ihre Mutter, die vor einem Blumenkübel kniete, blickte auf. »Der Hut hat was Künstlerisches«, stellte sie fest. »Er passt gut zu dem türkisfarbenen Kleid. Ich habe oben im Schlafzimmer in irgendeiner Schachtel noch schicke Ohrringe mit Muschelanhängern, die kann ich dir leihen. Die peppen deine Kombi noch mal zusätzlich auf.«

»Danke, Mutti.«

»Dafür nicht.« Ihre Mutter griff beherzt zu einer kleinen Schippe und widmete sich wieder der Bepflanzung des Blumenkübels.

Ilva drehte sich zu ihrem Verlobten, der in der Hollywoodschaukel saß, die ebenfalls auf der Terrasse stand. »Und was meinst du, Eike? Kann ich mich so am Kino blicken lassen?«Wieder drehte sie sich.

Er zog die Augenbrauen hoch und nickte. »Du kannst doch alles tragen.« Dann fuhr er fort, Kuschel, den roten Familienkater, zu streicheln, der es sich auf seinem Schoß bequem gemacht hatte.

Ilva lachte auf und stemmte ihre Hände in die Hüften. »Und du kannst dir mal endlich einen neuen Spruch überlegen. Den hast du schon gebracht, als wir Teenager waren. Das ist verdammt lang her!«

»Dein Vater sagt das auch immer zu mir.« Ihre Mutter streifte sich die gelben Handschuhe ab und richtete sich auf. Dann griff sie sich ins Kreuz und wiegte den Oberkörper leicht hin und her.

»Hast du Schmerzen, Mutti?«, fragte Ilva besorgt. Seitdem sich ihre Mutter vor zwei Jahren einen Oberschenkelhalsbruch zugezogen hatte, achtete sie besonders auf sie.

Sie winkte ab. »Nein, nein. Meine Knochen sind nur keine dreißig mehr. Für heute habe ich genug Gartenarbeit gemacht.«

»Ja, schone dich besser«, stimmte Ilva ihr zu.

»Sind Ernie und Fred nachher auch am Kino im Einsatz?«, wollte ihre Mutter wissen.

»Nein. Ernie meinte, dass die Filmleute eigenes Sicherheitspersonal angeheuert haben, das sich um alles kümmert.«

»Pffft!«, machte Eike und zog die Augenbrauen hoch. »Na, das kann ja was geben …«, brummelte er.

Ilvas Mutter winkte ab. »Wird schon schiefgehen.« Ihr Blick wanderte zu Eike und dem Kater. »Komm, Kuschel! Wir gehen in die Küche und gucken mal, was es da für dich gibt.« Das ließ sich der Kater nicht zweimal sagen. Sofort erhob er sich aus seiner gemütlichen Pose, machte einen Katzenbuckel und war mit einem Satz neben seinem Frauchen. Maunzend rieb er sich an ihren Beinen. Als Ilvas Mutter die Terrassentür aufdrückte, war er noch vor ihr im Wohnzimmer verschwunden.

Eike streckte seine Beine aus und machte Lockerungsübungen mit seinem Kopf nach links und rechts.

»Und wann ziehst du endlich bei mir ein?«, fragte er unwillkürlich an Ilva gewandt.

»Das möchtest du wohl gerne wissen.« Lächelnd ging Ilva zur Hollywoodschaukel und setzte sich neben ihn. Sie legte ihre Hand in seine.

»Als dein Verlobter interessiert mich das brennend.« Er küsste ihre Hand. »Allmählich ist es doch an der Zeit, dass wir auch räumlich zusammenkommen. Findest du nicht?«

Ilva hob die Schultern und seufzte. »Eigentlich schon. Aber ehrlich gesagt weiß ich noch nicht, wann wir diesen Schritt machen können. Es gibt doch irgendwie immer was anderes zu tun, und, na ja, ich wohne doch auch ganz gerne hier. Was natürlich nicht heißt, dass ich nicht vorhätte, zu dir zu ziehen. Aber ich habe auch schon darüber nachgedacht, ob wir uns vielleicht gemeinsam etwas ganz Neues suchen sollten.«

Eike runzelte die Stirn. »Könnten wir natürlich, aber ich wohne gerne in Ording.«

»Ich weiß.« Sie lächelte ihn wieder an und legte dann ihren Kopf auf seiner Schulter ab. Dieses Gespräch hatten sie schon einige Male geführt, und irgendwie war jeder von ihnen mit seiner Wohnsituation ganz glücklich – Verlobung hin oder her. »Lassen wir es am besten auf uns zukommen und schauen, was sich ergibt«, schlug sie vor.

Eike brummelte etwas widerwillig. »Dann sprechen wir noch über mögliche Umzugspläne, wenn wir alt und grau sind. Aber na gut, lassen wir es auf uns zukommen«, stimmte er ihr schließlich zu.

Eine Weile schwiegen sie und genossen den Augenblick. Die Bienen summten um den Lavendelstrauch, und ein paar Falter aus der Familie der Weißlinge flatterten durch den Garten. »Und du willst wirklich nicht mitkommen?«, fragte sie ihn, obwohl sie seine Antwort schon kannte.

Eike verzog das Gesicht, als hätte er auf eine Zitrone gebissen. »Zu den Vollpfosten aus Möchtegern-Hollywood? Ganz bestimmt nicht.«

»Schade. Filmpremieren finden nicht so oft in St. Peter statt.«

»Von mir aus bräuchten die hier gar nicht stattzufinden. So ein Zirkus!« Er schüttelte den Kopf. »Außer, Arnold Schwarzenegger dreht einen Film in St. Peter. Das würde mich auch interessieren, und vermutlich wären die Profis aus Hollywood auch wesentlich besser vorbereitet als der Sauverein von der deutschen Produktionsfirma. Drei Kreuze mache ich, wenn diese Leute St. Peter wieder verlassen haben und hier endlich Ruhe einkehrt.«

»Ja, Opi«, neckte sie ihn.

»Das hat überhaupt nichts mit Opi zu tun. Ich möchte einfach nicht, dass sich Leute wie Elefanten im Porzellanladen benehmen und durch ihre rücksichtslose Art noch unschuldige Tiere stören oder geschützte Pflanzen zertrampeln. Das ist doch wohl nicht zu viel verlangt, oder?«

»Nein, ist es nicht.« Ilva erhob sich aus der Hollywoodschaukel und blieb vor Eike stehen. »Hoffentlich langweilst du dich heute Abend nicht, so ganz ohne mich.«

»Bestimmt nicht. Dein Vater und ich werden uns mit der Teichplanung in eurem Garten beschäftigen. Bis wir damit fertig sind, bist du wieder da.«

Sie beugte sich zu ihm und gab ihm einen Kuss auf den Mund. »Dann bis später. Ich hole mir noch die Ohrringe bei meiner Mutter ab, und dann muss ich los. Ute wartet bestimmt schon an unserem Treffpunkt auf mich. Meistens ist sie ja überpünktlich.«

»So früh?«

»Der frühe Vogel fängt den Wurm. Vielleicht ergattere ich ja ein Autogramm – mit Widmung für dich.«

Eike rollte mit den Augen. »Ich kann's kaum erwarten.«

»Das habe ich mir gedacht. Und falls mir Arnold Schwarzenegger über den Weg laufen sollte, bitte ich auch ihn um ein Autogramm für dich. Tschüss.« Sie winkte ihm und verschwand im Haus.

Als Ilva und Ute vor dem kleinen Kino *Nordlicht* in St. Peter-Bad ankamen, herrschte dort bereits riesiger Andrang. Ilva und Ute standen auf der gegenüberliegenden Straßenseite und beobachteten das Treiben mit gebührendem Abstand.

Die Treppen, die zum Lichtspieltheater führten, waren mit einem roten Teppich ausgelegt worden. An den Seiten davor hatte man Absperrungen errichtet, wie man sie von großen Hollywoodveranstaltungen kannte. Sie bildeten eine Art Gang, durch den später vermutlich die Prominenz schreiten sollte. Neben den Absperrungen drängten sich Schaulustige, unter denen sie auch einige ihrer Schüler entdeckten. Am Anfang der Absperrungen hatten sich zwei Männer mit auf dem Rücken verschränkten Fingern und imposant geschwellter Brust nebeneinander postiert. Sie trugen Sonnenbrillen und dunkle Polohemden mit dem Logo einer Sicherheitsfirma. Obwohl ihre Augen durch den Sonnenschutz verdeckt waren, ließen sie durch ihre Kopfbewegungen keinen Zweifel daran aufkommen, dass sie alles registrierten, was in der Umgebung vor sich ging.

»Hui! Die kommen sich ja mächtig wichtig vor.« Ute steckte beide Hände in die Taschen ihres Jeansrocks und wippte mit den Füßen hin und her.

»Dabei ist hier doch noch gar nichts los. Oder hast du schon einen Schauspieler gesehen?«

Ute schüttelte den Kopf. »Nö. Nur Hajos Frau.«

»Ach, wo denn?«

»Da vorne.« Ute nickte nach links.

Ilvas Blick folgte ihrem Kopfnicken. »Wo denn? Ich sehe nix.«

»Auf der Höhe von *Mode Richter*.«

Ilva schaute genauer hin. Auf den zweiten Blick entdeckte sie die Ehefrau ihres gemeinsamen Kollegen. »Meine Güte, die hat sich aber aufgebrezelt«, raunte sie Ute zu. »Sie sieht selbst aus wie eine verhinderte Schauspieldiva. Und was hat sie da eigentlich auf dem Kopf?«

»Das ist ein Damenturban. In manchen Künstlerkreisen ist diese Kopfbedeckung der letzte Schrei. Ich kann mich noch gut an die kleine Florence erinnern, die mal für zwei Schuljahre im Internat gewohnt hat. Ihre Mutter war eine Balletttänzerin gewesen, und sie hat auch immer einen Turban getragen, wenn sie ihre Tochter mit in die Ferien genommen oder danach zurückgebracht hat.«

»Aha.« Ilva schaute wieder zu Hajos Frau, die sich ihnen näherte. Neben dem Turban trug sie auffällige goldene Ohrringe, einen geblümten Hosenanzug und eine Sonnenbrille, deren Gläser fast so groß wie Bierdeckel waren. Die Farbe des Lippenstifts, den sie aufgetragen hatte, leuchtete genauso rot wie Utes Haar. Um ihren Hals hatte sie einen dünnen Stoffschal geschlungen, der in der leichten Brise flatterte. Als sie nur noch wenige Meter von ihnen entfernt war, sprach Ilva sie an. »Hallo, Carola!« Ute und sie winkten Hajos Frau zu.

Sie schaute über die Ränder ihrer Brille. »Ach, ihr seid das!«, sagte sie überrascht. »Fast wäre ich an euch vorbeigelaufen.«

Ute hob einen Finger. »Aber nur fast!«

»Moin, Carola!« Ilva begrüßte sie.

»Seid ihr auch wegen der Filmpremiere hier?«, erkundigte sie sich und nahm die Brille ab.

»Wir wollten mal gucken, was hier so los ist«, antwortete Ute.

»Filmpremieren in St. Peter sind selten, und das können

wir uns natürlich nicht entgehen lassen«, ergänzte Ilva. »Wir haben davon gehört, dass du bei dem Preisausschreiben gewonnen hast. Du freust dich bestimmt.«

»Ja, ich kann es immer noch nicht wirklich glauben. Aber es ist tatsächlich wahr.« Aus ihrer Handtasche zog sie die schriftliche Einladung zu der offiziellen Veranstaltung an diesem Abend. »Ich weiß gar nicht, wie oft ich mir das Schreiben schon durchgelesen habe.«

Ute warf einen Blick auf den Schrieb. »Eine Einladung zur Filmpremiere *und* der Premierenfeier im *Hotel Ambassador*. Nicht schlecht.«

»Da gibt's dann bestimmt Champagner in rauen Mengen«, vermutete Ilva.

»Daran denke ich gar nicht. Die Vorstellung, dass ich nachher neben Titus Frank sitzen und mich vielleicht mit ihm unterhalten werde, wirkt besser als eine ganze Flasche Champagner. Es macht mich doch recht nervös«, gestand sie.

»Steht fest, wo du sitzt?«, fragte Ilva.

Sie nickte. »Rechts von mir wird Titus Frank sitzen und links Vivi Schilling.«

Ilva blickte fragend zu Ute, die bloß den Kopf schüttelte. »Den Namen habe ich noch nie gehört.«

»Das ist die neue Partnerin von Gio Leone. Eine Nachwuchsschauspielerin. Er und sie sind das Ermittlerteam im Krimi«, klärte Carola sie auf.

Ilva lächelte sie an. »Na, dann genieß den Abend. Es wird bestimmt ein unvergessliches Erlebnis.«

»Hoffentlich! Ich werde dann mal langsam zum Kino

gehen.« Carola Schröter verabschiedete sich und setzte die Sonnenbrille wieder auf.

Ilva und Ute beobachteten, wie sie eilig die Straße überquerte und dann den beiden Typen von der Sicherheitsfirma ihre Einladung zeigte. Sie ließen sie durch, und sogleich schwoll der Geräuschpegel hinter der Absperrung an.

»Die Leute scheinen Carola für einen Filmstar zu halten«, meinte Ute grinsend.

»Wundert dich das? Bei dem Aufzug!« Ilva blickte ebenfalls belustigt auf die Szene, die sich ihnen bot.

»Guck mal, jetzt winkt sie den Leuten sogar zu!« Ute blickte ungläubig drein.

Ilva musste schmunzeln. »Fehlt nur noch, dass sie gleich Autogramme gibt.«

»Wenn das Hajo sehen würde ...«

»Vermutlich würde er vom Glauben abfallen.« Ilva zuckte mit den Schultern. »Aber Carola sei es von Herzen gegönnt. Sie scheint wirklich ein Fan der Serie zu sein.«

»Und besonders ein Fan von diesem Titus Frank.«

»Wollen wir uns noch länger die Beine in den Bauch stehen und der Dinge harren?«, fragte Ilva, als die Frau ihres Kollegen im Kino verschwunden war. »Oder gehen wir schnell noch eine Kleinigkeit essen?«

Ute sah sie erfreut an. »Gute Idee! Wer weiß, wie lange es noch dauert, bis die Stars und Sternchen eintreffen.«

»Eben.« Ilva nickte und hakte sich bei Ute unter. Langsam schlenderten sie den Weg in Richtung *Dünen-Therme* entlang. »Bis dahin haben wir uns längst in der Trattoria gestärkt.«

Kapitel 6

Zehn Minuten später auf der Kurpromenade, zwischen Min to Hus *und dem* Restaurant Strand No 1

Möwenschreie lagen in der Luft, und es roch nach einer Mischung aus Gräsern und Salz. Das Marschland leuchtete saftig grün, und das Sonnenlicht spiegelte sich im Wasser der gefüllten Priele. Kraftvoll trat ich in die Pedale meines Rads, der warme Fahrtwind strich sanft über meine Haut. Die Menschen, die mir entgegenkamen, hatten alle eins gemeinsam: diesen beseelten Gesichtsausdruck, den man nur hatte, wenn man mit sich und der Welt zufrieden war, der keinen Zweifel daran aufkommen ließ, dass man sich entspannt und glücklich fühlte. Fast konnte ich mir diesen Gefühlszustand vorstellen.

Während ich rechts in den Strandläuferweg einbog, fragte ich mich, ob es an diesem himmlischen Stück Erde überhaupt etwas anderes außer Glücksseligkeit im Überfluss geben konnte? Am Ende der Straße bremste ich und stieg vom Rad. Auf der Straßenseite mir gegenüber lag das unscheinbare Kino *Nordlicht*. Stimmengewirr flirrte durch die milde Sommerluft. Dutzende Schaulustige standen dicht gedrängt an den Absperrungen. Einige von ihnen hielten sich an der oberen Metallstange fest, um nicht von ihrem erkämpften Platz weichen zu müssen. Ihnen stand die Aufregung auf die bevorstehende Ankunft der Filmstars buchstäblich in ihre Gesichter geschrieben. Einige von ihnen hatten einen hochroten Kopf, andere lachten nervös. Man konnte ihren beschleunigten Puls förmlich spüren. Ich hingegen war ganz ruhig und betrachtete das Spektakel mit nüchterner Sachlichkeit. Wieder einmal fragte ich mich, ob die Leute auch so aufgeregt wären, wenn sie die Möglichkeit hätten, einen Blick hinter die Kulissen zu werfen und so hinter die kleinen und großen Geheimnisse ihrer Stars zu kommen. Nicht jede ihrer Heimlichkeiten war harmlos, und so manche würde vermutlich moralische Diskussionen nach sich ziehen, sobald die Öffentlichkeit davon erfuhr.

Bei dem Gedanken an ein ganz bestimmtes dieser Geheimnisse stellten sich mir die Nackenhaare auf, und ich merkte, wie sich jeder Muskel in meinem Körper anspannte. Für einen Moment verschwamm alles, was mich umgab. Ich war wieder dort, wo mich die harte Realität einst meines schönen Lebens beraubt hatte. Die Erinnerung und die damit verbundenen Gefühle trafen mich hart – so wie sie es seitdem immer taten. Anfangs hatte ich noch gehofft und gebetet, dass diese Qualen eines Tages enden würden, wenngleich ich nie ernsthaft daran geglaubt hatte. Und nun, viele Jahre später, hatte ich die schreckliche Gewissheit, dass meine Befürchtung wahr geworden war. Es war nicht besser geworden. An keinem einzigen Tag, zu keiner Stunde oder Minute. Und dadurch hatte es sich sogar noch gesteigert. Mein Herz blutete, sobald ich bloß daran dachte, und sowohl meine Trauer als auch diese rasende Wut hatten ein dunkles Loch in meine Seele gefressen, von dem nur ich wusste, dass es existierte. Ich umklammerte den Lenker meines Fahrrads und zwang mich, wieder in der Gegenwart anzukommen. Mein Blick blieb am Inhalt des Fahrradkorbs hängen. Eine Flasche Rotwein. Zwei verschiedene Sorten Käse, ein Stück Brie und etwas Gouda. Dazu Tomaten, eine Salatgurke und ein knuspriges Baguette. Alles sah so harmlos aus. Genau so sollte es sein. Unter einer karierten Decke lag noch eine andere Flasche, verborgen vor den Blicken der Leute. Ich richtete meine Augen auf den Bürgersteig. Von hier an musste ich mein Fahrrad schieben bis kurz nach der *Buchhandlung Tewes*, weil die Straße nur in die Fahrtrichtung nach Dorf befahren werden durfte. Ich riss mich von der aufgeregten Stimmung vor dem Kino los und schob das Rad den Gehsteig entlang. Ich musste mich beeilen – obwohl ich keinen ausgeklügelten Plan hatte, bloß eine vage Vorstellung. Aber ich hoffte auf einen günstigen Moment. Darauf, dass es eines Tages endlich Gerechtigkeit geben und das Schicksal sich an meine Seite stellen würde.

Kapitel 7

Am frühen Abend desselben Tags, auf der Eiderstedter Straße zwischen den Ortsteilen St. Peter-Dorf und St. Peter-Bad

Ernie betätigte den elektrischen Fensterheber und fuhr die Scheibe ganz runter. Dann hielt er seine Nase in den Fahrtwind. »Ah! Diese herrliche Luft!« Er schloss genüsslich die Augen. »Kein Wunder, dass so viele Leute zu uns nach St. Peter kommen.«

Fred saß hinter dem Steuer des Peterwagens und drehte den Kopf seinem Partner zu. Er schnupperte. »Also, ich rieche nichts Besonderes.«

»Es duftet nach Sommer und Meer.« Ernie lächelte versonnen. »Mit einer Prise frisch geschnittenem Gras. Das ist der typische SPO-Sommerduft.«

»Aha.« Fred klang wenig überzeugt. »Willst du etwa umschulen auf Tourismus-Direktor?«

»Quatsch!« Ernie fuhr das Fenster bis zur Hälfte hoch. »Ich habe eben eine feinere Nase als du.«

»Wenn du das sagst, wird es stimmen. Dafür habe ich

gute Augen, und die sagen mir, dass kaum Betrieb auf der Straße ist.« Fred hielt an der roten Ampel *Am Kurpark*.

»Die Leute sind bestimmt alle bei der Filmpremiere«, vermutete Ernie. »Meine Schwester wollte auch mit ihrer besten Freundin hin.«

»Ohne deinen Schwager in spe?« Die Ampel sprang auf Grün, und Fred fuhr weiter.

»Ach, der ist gerade bei meinen Eltern. Mein Vater hat sich in den Kopf gesetzt, einen Teich im Garten anzulegen, und Eike hilft ihm dabei.« Er machte eine ausschweifende Handbewegung. »Im nächsten Jahr soll man die Frösche im Garten meiner Eltern quaken hören können.«

»Praktisch, wenn man einen Biotop-Experten in der Familie hat. Wenigstens brauchen wir uns dann keine Sorgen zu machen, dass er Leute vom Film bedroht. Schön, mal wieder ganz entspannt durch das beschauliche St. Peter-Ording zu kurven.«

»Fred!« Ernie riss mit einem Mal die Augen auf und zeigte auf die Fahrbahn. »Vorsicht!«

Fred ging vor der Kreuzung an der Waldstraße und dem Strandweg voll in die Eisen. Die Reifen quietschten. »Boah! Das war knapp! Fast hätte es gescheppert.«

»Kerle Kiste!«, keuchte Ernie. Mit einer Hand hielt er sich am seitlichen Haltegriff fest.

Fred drückte auf den Knopf für die Warnblinkanlage, schnallte sich ab und stieg aus dem Wagen. »Mensch, Junge! Wo warst du denn mit deinen Gedanken? Das wäre um Haaresbreite schiefgegangen!«

Ein paar Zentimeter vor dem Peterwagen krallte sich

Mik Carstens am Lenker seiner Vespa fest und blickte sie geschockt an. »Entschuldigung, Herr Kommissar! Ich habe Sie nicht gesehen«, stammelte er.

»Nicht gesehen, nicht gesehen! Fast wärst du mit deinem Roller unter unserem Wagen gelandet, weil du uns die Vorfahrt genommen hast«, brauste Fred auf.

»Es tut mir wirklich sehr leid, und es wird bestimmt nicht wieder vorkommen. Ab jetzt bin ich aufmerksamer. Versprochen!« Der Junge nahm seinen Helm ab und blickte belämmert drein.

»Zeig mal deinen Lappen und die Zulassungsbescheinigung«, forderte Fred ihn barsch auf.

»Ist ja noch mal gut gegangen«, versuchte Ernie, die Situation weiter zu beruhigen. »Du bist doch der Sohn von den Carstens.«

»Stimmt. Ich bin Mik Carstens, Herr Feddersen«, beeilte er sich zu sagen und händigte Fred die gewünschten Papiere aus. »Ihre Schwester ist meine Lehrerin in der Oberstufe am Gymnasium.«

»St. Peter ist klein. Da sollte man sich besser an die Regeln halten«, mahnte Ernie in wohlwollendem Ton.

»Scheint alles in Ordnung zu sein«, knurrte Fred und gab dem Jungen die Papiere zurück. »Das gibt allerdings eine saftige Strafe. Du hast die Vorfahrt nicht beachtet und dadurch uns als Vorfahrtberechtigte gefährdet. Mit hundert Euro Bußgeld und einem Punkt bei den Flensburger Kollegen bist du dabei.«

In Miks Augen flackerte Panik auf. »So ein Mist! Mein Vater bringt mich um.«

»Und das zu Recht, wenn du mich fragst.« Fred blickte Mik streng an.

Der Junge ließ den Kopf hängen und schaute schuldbewusst auf die Fahrbahn.

»Also, wenn du uns versprichst, dass das nicht noch einmal vorkommt, können wir es heute ausnahmsweise bei fünfundzwanzig Euro Bußgeld belassen«, meinte Ernie milde und nickte dem Jungen aufmunternd zu.

Fred schnappte nach Luft und machte aus seinem Missfallen keinen Hehl. »Ernie! Der junge Rennfahrer wäre um Haaresbreite in uns reingerauscht, wenn ich nicht so geistesgegenwärtig in die Eisen gestiegen wäre. Das muss geahndet werden.«

»Sieh ihn dir doch an. Ich bin mir ziemlich sicher, dass er seine Lektion gelernt hat. Eine Chance hat er verdient. Ich finde, die können wir ihm geben. Beim nächsten Mal allerdings drücken wir kein Auge mehr zu.« Ernie druckte über ein Bezahl-Terminal eine Zahlungsaufforderung aus und übergab sie dem Jungen. »Kannst du dann überweisen.«

»Kann ich jetzt nach Hause fahren?«, fragte Mik unsicher, nachdem er den Bescheid in seiner Tasche verstaut hatte.

»Kannst du.« Ernie hob einen Zeigefinger. »Aber vorsichtig.«

»Geht klar!« Der Junge setzte seinen Helm wieder auf und fuhr langsam auf der Waldstraße weiter.

»Na, du hast ja vielleicht Nerven«, meinte Fred, als Mik außer Hörweite war.

»Ach, komm, Fred! Man muss mit den Jugendlichen

nicht immer gleich so hart ins Gericht gehen. Der Schock war für ihn vermutlich schon schlimm genug.«

»Das sehe ich anders. Der kam wie ein Blitz auf die Kreuzung geschossen. Als wäre er in St. Peter allein auf der Straße.«

»Lass mal gut sein, Fred. Ich kenne seine Eltern seit vielen Jahren. Sie sind bekannte Hoteliers und wirklich ordentliche Leute. Einige Ferienhäuser haben sie auch in St. Peter in der Vermietung.«

»Na, und wenn schon ...« Fred war sichtlich frustriert. »Solch ein Verhalten muss man früh unterbinden. Das ufert sonst irgendwann aus.«

Ernie blickte an seinem Kollegen vorbei. Auf der gegenüberliegenden Straßenseite hatte er einen Fußgänger bemerkt, der ein Rad schob. »Moin, Hajo!«, rief er ihm freundlich zu und hob zum Gruß eine Hand.

Der Lehrer zuckte merklich zusammen und blickte dann erschrocken zu ihnen herüber. Verwirrung spiegelte sich auf seinem Gesicht. Einen Moment später hatte er sich gefangen und hob auch die Hand zum Gruße, bevor er mit strammen Schritten das Fahrrad weiterschob.

»Was war das denn?«, wunderte sich Ernie. »Hajo hat ja reagiert wie jemand, den man auf frischer Tat ertappt hat.«

»Blödsinn!« Fred schüttelte den Kopf und stieg in den Wagen.

Ernie tat es ihm gleich. »Hast du nicht gesehen, wie er geguckt hat?«

»Klar habe ich das mitbekommen. Aber das ist ja auch

kein Wunder. Du bölkst ohne Vorwarnung einfach so dein Moin über die Straße.«

»Ja und? Soll ich vorher hupen, oder was?«

»Nö. Aber vielleicht solltest du in Erwägung ziehen, dass der gute Hajo einfach nur in Gedanken war und du ihn durch deinen lauten Zuruf erschreckt hast.«

»Hm.« Ernie schnallte sich an, dann nickte er einsichtig. »Das könnte sein.«

Pannenbäcker meldete sich über den Funk und schickte sie zu einem Auffahrunfall an der *Dünen-Therme*.

»Wer hat den Unfall gemeldet?«, fragte Ernie den jungen Kollegen routiniert.

»Der Anrufer heißt Ede Glabotki«, kam es durch den Funk.

Fred stöhnte auf. »Mein Vater. War ja klar.«

»Danke, Pannenbäcker. Wir sind gleich da«, sagte Ernie und beendete das Gespräch.

»Wahrscheinlich ist das Unfallprotokoll schon fertig, wenn wir ankommen«, meinte Fred. »Soweit ich weiß, ist Elias mit meinem Vater unterwegs.«

»Na, dann lernt dein Sohn doch gleich was fürs Leben.« Ernie klopfte seinem Kollegen mit breitem Grinsen auf die Schulter.

Eine gute halbe Stunde später kehrten sie zurück in die Polizeistation im Deichgrafenweg. Es war so gewesen, wie Fred vermutet hatte. Sein Vater hatte bereits die notwendige Vorarbeit geleistet, und so war für Ernie und ihn an der Unfallstelle nicht mehr viel zu tun gewesen.

Ernie ließ sich auf seinen Stuhl fallen. Ihm gegenüber nahm Fred Platz. Pannenbäcker lehnte am Türrahmen. »Soll ich noch mal frischen Kaffee kochen?«

»Gute Idee. Der Abend ist ja noch jung. Wer weiß, was noch kommt«, sagte Ernie.

»Ich nehme mir lieber eine Flasche Cola aus dem Kühlschrank«, merkte Fred an. »Hatte heute schon drei Tassen Kaffee.«

Im Vorzimmer klingelte das Telefon. »Ich geh schon ran.« Pannenbäcker verließ das Büro.

»Hoffentlich sind die weiblichen Fans nicht reihenweise vor dem Kino in Ohnmacht gefallen«, scherzte Fred.

»Vielleicht ist es wieder dein Vater.« Eine gewisse Häme konnte sich Ernie nicht verkneifen.

»Dann kündige ich und überlasse meinem alten Herrn meinen Posten«, erwiderte Fred.

Pannenbäcker stürmte in den Arbeitsraum. »Chefs! Das war ein Notruf aus Ording. Ein Ferienhaus mit Reetdach steht in Flammen.«

Ernie sprang auf. »Wo genau?«

»Am Deich. Die Hausnummer konnte mir der Anrufer nicht sagen.«

Fred setzte seine Polizistenmütze auf. »Dann muss die Cola warten.«

Sie liefen zu ihrem Einsatzwagen. Fred schaltete das Blaulicht ein. Kurz darauf rasten sie mit lauten Sirenen hinter einem Löschzug die Eiderstedter Straße Richtung Norden entlang.

Kapitel 8

Zur selben Zeit hinter einem Strauch auf einem Grundstück Am Deich *in Ording, bei milden 18 Grad und auffrischendem auflandigen Wind*

Ich zog die medizinischen Einweghandschuhe aus und stopfte sie in meine Umhängetasche, in der auch schon die leere Plastikflasche lag. Dann ging ich in die Knie. Mein Herz raste. Seine Schläge hämmerten laut in meinen Ohren wie ein Hammer, der auf Stein trifft. Mein Atem ging stoßweise, und die Vielzahl meiner Gedanken überrannte mich förmlich. Ich setzte mich auf den Boden und blickte hinüber zu der Terrasse der Ferienimmobilie. Dort wohnte zurzeit niemand. Ein Glück! Hier war ich sicher vor fremden Blicken.

War das gerade tatsächlich passiert? Es erschien mir unwirklich, fast wie ein Fiebertraum. So lange hatte ich darauf gehofft und dafür gebetet. Ein Wunsch, von dem ich stets Lichtjahre entfernt schien, der schier unerreichbar gewesen war. Langsam krabbelte ich auf allen vieren zum Zaun und lugte vorsichtig durch einen Spalt zwischen den Holzlatten. Dunkler Rauch stieg von dem Haus auf, und ein verkohlter

Gestank lag in der Luft. Der aufkommende Wind fachte die Flammen weiter an, die bereits aus einem Fenster im Erdgeschoss loderten. Unwillkürlich fasste ich mir mit einer Hand an die Brust und atmete auf. Gleichzeitig zitterte ich vor Aufregung.

Die Last, die ich all die Jahre gespürt hatte, war einer leisen Hoffnung gewichen. Konnte es sein, dass nun doch alles besser werden würde? Konnte es sein, dass es kein Zufall gewesen war, sondern mir diese günstige Gelegenheit vom Schicksal förmlich vor die Füße gelegt worden war? War es möglich, dass es so etwas wie Karma gab? Und wie würden sich die Folgen meiner Handlung dann auf mein Leben auswirken?

In meinen Augen hatte ich bloß für ausgleichende Gerechtigkeit gesorgt, die längst überfällig gewesen war. Dabei hatte ich mir noch nicht einmal die Finger schmutzig gemacht. Ein paar Handgriffe hatten genügt, und es war eine Angelegenheit von höchstens ein paar Minuten gewesen. Viel zu einfach, um wahr zu sein. Noch wusste ich nicht mit Gewissheit, ob es tatsächlich funktioniert hatte, ob es mir vergönnt war, endlich etwas inneren Frieden zu finden. Doch würde es im wahrsten Sinne des Wortes mit dem Teufel zugehen, wenn es wider Erwarten glimpflich ausgegangen war. Aufgeregte Stimmen drangen an mein Ohr. Wieder lugte ich durch den Spalt im Zaun. Ich sah eine Menschentraube vor dem brennenden Haus. Ein dunkelblauer Golf hielt vor der Pforte. Wenig später sprang ein Mann heraus, der zum Kofferraum lief und mit einem Schaumfeuerlöscher auf den Brandherd zurannte.

»Sei vorsichtig, Thomas!«, rief ihm eine Frau hinterher.

Der Mann entsicherte den Feuerlöscher und richtete den Schaumstrahl auf das Feuer, doch dies hatte keinen sichtbaren Effekt. Die Flammen schlugen unvermindert weiter aus dem Haus. Inzwischen war der Brand viel zu groß geworden, als dass ein einfacher Feuerlöscher etwas hätte ausrichten können. Aus der Ferne erklangen leise Sirenengeräusche. Die Menschen blickten in die Richtung, aus der das Alarmsignal erklang. Die Gelegenheit war günstig für mich. Niemand würde auf mich achten. Ich schlich wie ein Dieb von dem Grundstück. Auf der Straße angekommen, blickte ich mich noch einmal um. Das Blaulicht flackerte in der Abenddämmerung, und der Ton der Sirene schwoll an. Gleich würde der Löschzug eintreffen. Ich nahm meine Schultern zurück und wandte der Vergangenheit den Rücken zu. Langsam setzte ich einen Fuß vor den anderen und schritt einer besseren Zukunft entgegen.

Kapitel 9

Kurze Zeit später bei einsetzender Abenddämmerung vor dem brennenden Haus in Ording

Fred bog um die Rechtskurve. Zwei Löschzüge und ein Rettungswagen standen bereits quer auf der Straße. Das mit Reet gedeckte Dach des Hauses brannte lichterloh, und die einst weiße Fassade der Immobilie war teilweise rußgrau vom Feuer verfärbt.

»Die Jungs und Mädels vom Heedweg sind schon zugange«, stellte Fred anerkennend fest. »Auf das Team ist echt Verlass!«

»Ein Glück, dass die Truppe der Freiwilligen Feuerwehr in diesem Fall schneller hier war als wir.«

Fred parkte neben dem Rettungswagen und blickte zu dem Haus. »Sieht echt übel aus. Das Haus ist bestimmt hin«, sagte er stirnrunzelnd.

»Das ist eine Ferienimmobilie«, wusste Ernie. »Hoffentlich war kein Gast in dem Gebäude, als das Feuer ausgebrochen ist.«

»Das werden wir zwangsläufig bald rausfinden.«

Ernie und Fred stiegen aus dem Wagen und näherten sich den Leuten von der Freiwilligen Feuerwehr.

»Moin, Friedhelm!« Ernie nickte dem Gemeindewehrführer zu. »Wie ist die Lage?«

»Moin, Ernie! Moin, Fred!« Der Leiter der Freiwilligen Feuerwehr begrüßte sie mit Handschlag. »Was soll ich euch sagen? Ihr seht ja selbst, was hier los ist. Das brennt wie nix.«

»Wisst ihr vielleicht schon, ob jemand in dem Haus anwesend war, als der Brand ausgebrochen ist?«, erkundigte Ernie sich.

»Bis jetzt ist nichts bekannt. Wir löschen erst mal das Gröbste, bevor wir reingehen. Dann hoffen wir, dass wir nur verbrannten Hausrat finden.«

»Wer hat denn den Notruf bei der Feuerwehr abgesetzt?«, fragte Fred.

Friedhelm zeigte auf eine Menschenansammlung, die auf der gegenüberliegenden Seite auf dem Deich stand und die Löscharbeiten beobachtete. »Da drüben, die Dame in Blond mit der weißen Strickjacke und dem blauen Kleid und ihr Mann mit der roten Ferrari-Kappe. Mit ihnen habe ich vorhin kurz gesprochen.«

»Haben sie etwas Sachdienliches zu berichten gehabt?«, wollte Ernie wissen.

»Nur, dass ihnen aufgefallen ist, dass Flammen aus einem der Fenster schlugen. Daraufhin haben sie uns sofort angerufen.«

»Das ist nicht viel.« Fred blickte zur Deichkrone. »Ich gehe mal zu ihnen und mache eine Befragung.«

Ernie nickte. »Ich halte hier die Stellung.«

Friedhelm schaute hoch zum Dach. »Unser Haus hat ein Hartdach. Reet wäre mir persönlich viel zu gefährlich. Das brennt doch wie Zunder. Immer wieder passiert so was.«

Bevor Ernie etwas darauf erwidern konnte, bemerkte er einen Wagen, der hinter ihrem Einsatzwagen stehen blieb. »Moment, Friedhelm. Ich glaube, das Auto möchte durch. Ich gehe mal eben hin.«

»Ist gut, Ernie.«

Er lief zur Fahrerseite des weißen Audi mit Kölner Kennzeichen und blickte hinein. Eine Frau saß hinter dem Steuer und starrte zu dem brennenden Haus. Ihn schien sie überhaupt nicht wahrzunehmen. Ernie klopfte sachte gegen die Fensterscheibe, um auf sich aufmerksam zu machen, was die Dame heftig zusammenzucken ließ, als hätte er sie aus einer Trance gerissen. Beruhigend lächelte er sie an.

Als sie gewahr wurde, dass es sich bei Ernie um einen Polizisten handelte, rang sie sich ein gequältes Lächeln ab und fuhr die Scheibe auf der Fahrerseite herunter.

»Guten Abend. Ich bin Hauptkommissar Feddersen«, grüßte Ernie freundlich. »Leider können Sie aufgrund der Löscharbeiten nicht weiterfahren. Die Straße ist bis auf Weiteres gesperrt. Falls Sie zu einem Haus möchten, das hinter der Absperrung liegt, fahren Sie am besten zurück bis zur Kreuzung. Dort biegen Sie dann links ab und an der Utholmer Straße wieder links. Dann kommen Sie automatisch von der anderen Seite auf die Straße.«

»Nein, Herr Kommissar«, sagte die Frau nur und schüttelte dann den Kopf. »Ich wollte zu dem Haus, das gerade gelöscht wird.«

»Oh!«, sagte Ernie überrascht. »Sind Sie die Mieterin der Ferienimmobilie?«

»Nicht direkt.« Sie schluckte. »Unsere Produktionsfirma hat das Haus für einen unserer Schauspieler gemietet. Ich bin Assistentin in der Firma.« Sie nahm eine Visitenkarte aus einer Tasche und überreichte sie Ernie. »Wir drehen gerade eine Folge unserer Krimireihe in St. Peter-Ording, wissen Sie? Heute Abend hatte die neueste Folge Vorpremiere im Kino *Nordlicht*.«

»Das ist uns nicht entgangen.« Er warf einen Blick auf die Visitenkarte. »Hoffentlich hatten Sie und Ihr Team einen schönen Abend, Frau Petzhold.« Ernie lächelte sie abermals an. »Ich bin wirklich erleichtert, dass die Immobilie an einen Ihrer Schauspieler vermietet ist. Wir haben uns nämlich schon Sorgen gemacht, dass noch jemand in dem Haus sein könnte.«

Sie schluckte wieder. »Das könnte tatsächlich der Fall sein.«

Ernie zog die Augenbrauen zusammen. »Wieso das denn? Die Schauspieler waren doch heute Abend bei der Premiere. Oder habe ich Sie da falsch verstanden?«

»Nein, eigentlich nicht, Herr Kommissar. Es waren alle anwesend, bis auf einen. Titus Frank ist nicht erschienen, obwohl er sein Kommen fest zugesagt hatte. Und gleich fängt die Premierenfeier im *Hotel Ambassador* an. Deshalb bin ich jetzt hier, um ihn abzuholen. Auf dem Handy konnte ich ihn nicht erreichen, und nun steht sein Ferienhaus in Flammen.«

»Gehen Sie davon aus, dass Herr Frank noch in dem Haus ist? Gibt es dafür einen konkreten Anlass?«

»Nein. Theoretisch könnte er auch genauso gut irgendwo gemütlich in einem Fischrestaurant sitzen und ein Bier trinken. Oder am Strand spazieren gehen. Schauspieler sind manchmal ein wenig extravagant und nehmen es nicht immer mit Terminen so genau. Doch mich macht es stutzig, dass er nicht abgesagt hat und ich ihn auch nicht auf seinem Handy erreichen kann. Das passt nicht zu ihm.«

Frau Petzholds Sorge leuchtete Ernie ein. »Wann hatten Sie denn das letzte Mal Kontakt zu ihm?«

Sie überlegte einen Augenblick. »Das ist noch nicht lange her. Ungefähr am frühen Nachmittag. Da war er mit seiner Szene fertig und hat Feierabend gemacht.«

»Hat Herr Frank irgendwas Besonderes gesagt? Was er vorhat, wo er den Rest des Tages verbringen will?«

»Nein.« Sie schüttelte ratlos den Kopf. »›Bis später‹ hat er noch gesagt. Und, dass wir schon mal den Champagner für die Party nach der Premiere kalt stellen sollen. Er war eigentlich in Feierlaune und hat den Eindruck gemacht, dass er sich auf den Abend freut.«

Fred kam zu ihnen. »Guten Abend! Glabotki mein Name, Kommissar in St. Peter-Ording.«

»Das ist Frau Petzhold.« Er reichte Fred ihre Visitenkarte. »Der Schauspieler Titus Frank wird vermisst. Er war in dem Ferienhaus einquartiert. Auf Handyanrufe reagiert er nicht, und bei der Premiere ist er nicht erschienen.«

Fred nickte und wandte sich dann an Frau Petzhold. »Machen Sie sich mal keine Sorgen. Das muss noch gar nichts heißen. Vielleicht hat er unverhofft jemanden getroffen und in einer Hotelbar die Zeit vergessen. Das kann schon mal vorkommen. Wir werden uns um seinen Verbleib kümmern und Sie dann informieren, wenn wir ihn gefunden haben.«

»Mein Kollege hat recht. Das muss noch gar nichts heißen. Fahren Sie ruhig zu Ihrer Feier ins Hotel. Wir kümmern uns um alles Weitere.«

Einen Augenblick zögerte sie noch, doch dann nickte sie zustimmend. »Sie haben recht. Im Haus kann ich eh nicht nachschauen, und vielleicht taucht er ja noch bei der Party auf. Dann war alles falscher Alarm. Vielen Dank für Ihre Hilfe.«

»Wir melden uns«, versprach Ernie.

Sie startete den Wagen und wendete.

»Glaubst du an die Story mit der Hotelbar?«, fragte Fred, als sie weg war.

»Ich bin mir nicht sicher.« Ernie schaute zu dem Haus, aus dessen Fenster Rauchschwaden quollen. Einige der Brandherde waren bereits gelöscht. Das Team der Freiwilligen Feuerwehr rückte dem Brand inzwischen auch von innen zu Leibe. Ein junger Helfer mit Maske kam aus dem Haus und trat auf den Leiter zu. Er nahm die Maske ab und redete aufgeregt mit ihm.

»Lass uns mal rübergehen und hören, was er Friedhelm erzählt«, sagte Ernie.

Der Feuerwehrmann sah geschockt aus. Er schnaufte

und stützte sich mit beiden Händen auf den Oberschenkeln ab. »Sanitäter«, rief Fred und winkte die Leute vom Rettungswagen zu sich, die sich sogleich um den jungen Mann kümmerten.

»Was ist denn mit ihm?«, fragte Ernie.

»Leon hat eine schlimme Entdeckung gemacht, die ich gleich persönlich überprüfen muss.« Der Gemeindewehrführer griff nach einer speziellen Atemschutzmaske. »Er meint, er hat eine Leiche gefunden.«

Gute anderthalb Stunden später zog der Bestatter Petter Grube den Reißverschluss des Leichensacks zu. Der Krankenwagen und die Feuerwehrlöschzüge waren inzwischen abgezogen. Für sie hatte es nichts mehr zu tun gegeben.

»Er kommt in die Gerichtsmedizin«, sagte Frau Doktor Knurrhahn, die Staatsanwältin, in bestimmtem Ton. Sie war eine schlanke Frau mit dunklen Locken, die ihr bis zur Schulter reichten. Neuerdings trug sie eine schwarze runde Brille, die sie noch strenger in ihrem nachtblauen Anzug wirken ließ. In Ermittlerkreisen war sie berühmt-berüchtigt für ihren scharfen Verstand und ihre mindestens genauso scharfen Sprüche. Sie war keine Frau der großen Reden und beschränkte sich stets auf das Nötigste. Sie und ihr Team von der Spurensicherung waren knapp eine Dreiviertelstunde nach dem Leichenfund am Tatort eingetroffen. Wie immer an ihrer Seite war der Kriminaltechniker Morten Pedersen, der sich sogleich mit seinem Team in weißen Overalls mit Kapuze der Spurensicherung widmete.

»Tod in der Sauna.« Fred schüttelte fassungslos den

Kopf. »Ich dachte immer, so was kommt nur in TV-Krimis vor, die am Sonntagabend laufen.«

»Tod in der Gefriertruhe ist auch nicht viel besser«, spielte Frau Doktor Knurrhahn auf den Leichenfund an, den Ernie und Fred zwei Jahre zuvor gemacht hatten.

»Stimmt«, bestätigte Ernie knapp. »Vielleicht war es ja ein Unfall.«

»Da muss ich Sie enttäuschen.« Pedersen brachte einen größeren Gegenstand in einem Spurensicherungsbeutel aus dem Haus. »Ein Unfall war das mit Sicherheit nicht.«

Ernie, Fred und Frau Doktor Knurrhahn warfen einen Blick in den Beutel.

»Sieht aus wie ein verkohlter Schrubber«, stellte Ernie fest.

Fred nickte. »So einen gibt es vermutlich in jedem Haushalt.«

»Und die sind stabiler, als man denkt. So ein Wischer ist sogar dafür geeignet, eine Saunatür von außen so zu verkeilen, dass niemand mehr herauskommt. Besonders, wenn der Abstand der Saunatür zur gegenüberliegenden Wand nicht besonders breit ist.«

»Dann war es Mord?«, fragte Ernie.

»Wir sind zwar erst am Anfang unserer Spurensicherung, aber ich schließe einen Unfall aus, also ja«, meinte Pedersen.

»Aber woher kam dann das Feuer? Ein Defekt in der Sauna?«, überlegte Fred.

»Das werden wir herausfinden«, sagte Frau Doktor Knurrhahn zu Fred und dann zu Pedersen: »Wie immer gute

Arbeit.« Mit Lob ging sie spärlich um, womit es einer Art Ritterschlag gleichkam, wenn ihr doch mal eine Anerkennung über die Lippen kam.

»Dass ein bekannter Schauspieler mal so einen Tod sterben würde, damit hat vermutlich auch keiner gerechnet«, sagte Fred. »Meine Mutter wird betrübt sein, wenn sie davon erfährt. Sie war ein großer Fan von Titus Frank.«

»Den Tod bestätigen wir erst, wenn die Identität zweifelsfrei festgestellt worden ist«, sagte Frau Doktor Knurrhahn scharf. »Kein Wort zur Presse. Darum kümmern wir uns.«

»Frau Doktor Knurrhahn?«, rief Pedersen, der vor dem Haus stand. »Können Sie sich mal was ansehen?«

»Ich komme gleich«, antwortete sie und sagte dann an Ernie und Fred gewandt: »Ich gehe mich mal im Bus umziehen, um den Tatort zu begehen.«

»Wir halten hier die Stellung.« Ernie trat einen Schritt zurück, um ihr den Weg zum Bus der Spurensicherung freizugeben.

»Und ich dachte, das wird ein lauschiger Abend«, sagte Fred schließlich.

»Was meinst du, was ich gedacht habe«, stimmte Ernie ihm zu. »Und jetzt das!«

»Noch nicht mal in Ruhe Cola konnte ich trinken. Wenn das in St. Peter-Ording so weitergeht, dann fordere ich Pannenbäcker für fest an.«

»Ich frage mich, wer ein Interesse an seinem Tod haben könnte.« Ernie blickte gedankenverloren zum Haus, in dem immer wieder der Widerschein der hellen Lampen der Spurensicherung zu sehen war.

»An Pannenbäckers Tod?«

»Quatsch!« Ernie machte eine unwirsche Handbewegung. »Am Tod von Titus Frank – dem ach so beliebten und erfolgreichen Schauspieler.«

»Ich werde mal meine Mutter fragen.«

»Deine Mutter?«, fragte Ernie verständnislos.

»Na ja, sie ist Fan von ihm. Vielmehr *war* Fan. Die Klatschpresse liest sie auch regelmäßig. Bestimmt weiß sie was. Gestern meinte sie noch zu mir, dass Titus Frank nicht nur Freunde hat.«

»Warum nicht?«

Fred verschränkte die Arme vor der Brust. »Das war da noch nicht so interessant, also hab ich nicht gefragt.«

»Na ja, wer hat schon nur Freunde? Aber echte Feinde, die einen sogar umbringen, das muss man erst mal schaffen.«

»Ich werde sie fragen«, wiederholte Fred sein Vorhaben. »Wer weiß, am Ende war es vielleicht doch ein Unfall, oder ein Einbrecher hat ihn eingesperrt.«

»So was gibt es.«

»Es passieren ja die verrücktesten Sachen.«

»Und der Einbrecher hat dann ein Feuer gelegt, um seine Spuren zu vernichten«, spann Ernie die Theorie seines Kollegen weiter.

»Und um den einzigen Zeugen aus dem Verkehr zu ziehen, der ihn hätte identifizieren können.«

Ernie lachte auf. »Damit hätten wir den Fall gelöst.«

Kapitel 10

Mitten in der Nacht Am Deich *in Ording, bei böigem Wind und frischen 12 Grad*

Ich hatte nicht schlafen können. Meine Gedanken waren immer wieder zu dem brennenden Haus gewandert – und zu ihm.

Auf dem Rückweg zu meiner Behausung war ich an einem Hotel vorbeigekommen. Auf dem Hinterhof hatte ich große Müllcontainer entdeckt. Sie waren von der Straße aus frei zugänglich gewesen. Womöglich, damit die Müllabfuhr einmal in der Woche ohne Schwierigkeiten den Abfall abholen konnte. Ich war stehen geblieben und hatte eine Weile das Hotel beobachtet. Als sich nichts geregt hatte, war ich zu den Abfallbehältern gehuscht. Blitzschnell hatte ich eine der Klappen geöffnet und den Beutel mit der Plastikflasche, den benutzten Handschuhen und Papiertüchern aus meiner Tasche gezogen. Mit einem gezielten Wurf hatte ich ihn nach ganz hinten, hinter einen großen grauen Sack geworfen. Dort würde er niemandem auffallen und schon bald in der Müllverbrennungsanlage landen. Genauso flink, wie ich auf den Hof gekommen war, hatte ich ihn auch wieder verlassen. Ich hatte nicht vorgehabt, mein Glück überzustrapazieren, und schlich mich im Schutze der abendlichen Schatten weit weg von dem, was die Aufmerksamkeit der Leute auf sich gezogen hatte.

Nach langer Zeit hätte ich mich endlich wieder entspannen und ein wenig zur Ruhe kommen können. Doch das fiel mir schwerer als gedacht. Die Ungewissheit, ob es wirklich funktioniert hatte, trieb mich schließlich mitten in der Nacht aus dem Bett.

Es war nach drei Uhr, und draußen war es dunkel. Die durch Laternen beleuchtete Straße lag verlassen vor mir. Es fuhr kein Auto, und niemand außer mir war zu Fuß unterwegs. Der frische Wind strich geräuschvoll durch Gräser, Büsche und Bäume. Ich blickte nach oben und konnte unzählige funkelnde Sterne am klaren nächtlichen Firmament erkennen. Alles wirkte so friedlich, doch ich wusste, dass der Schein trügerisch war.

Ich fröstelte und rubbelte mir mit beiden Händen über die nackten Arme. Im Eifer des Gefechts hatte ich vergessen, mir eine Jacke über das T-Shirt zu ziehen. Doch deswegen noch mal zurückgehen wollte ich nicht.

Weiter vor mir konnte ich rot-weiß gestreiftes Absperrband erkennen. Einige der Enden flatterten in der Brise. Ich lief darauf zu. Als ich mich der Absperrung näherte, konnte ich das ganze Ausmaß des Brandes sehen. Ich musste schlucken, obwohl mir klar gewesen war, dass das Haus Schaden nehmen würde. Wo einst eine luxuriöse Ferienimmobilie gestanden hatte, bot sich mir ein Blick totaler Zerstörung. Das

Dach und auch der Dachstuhl waren durch das Feuer komplett vernichtet worden, und der Rest des Hauses bis auf die Grundmauern abgebrannt. Man musste kein Experte sein, um zu erkennen, dass das Gebäude nicht mehr zu retten war.

Ich wusste, dass dies ganz allein auf mein Konto ging. Paradoxerweise fühlte es sich für mich dennoch so an, als hätte ich nichts damit zu tun, was ich auf einen inneren Verdrängungsmechanismus schob. Das Ausmaß der Zerstörung ließ selbst in mir keine Zweifel aufkommen, dass niemand im Haus ein solches Feuer hätte überleben können. Ich seufzte leise und wollte gerade gehen, als neben mir ein Mann mit seinem Hund stehen blieb.

»Guten Morgen.« Es war ein älterer Herr, der einen Trainingsanzug aus Ballonseide trug, wie es vor rund vierzig Jahren mal modern gewesen war. An der Leine führte er einen Rauhaardackel, der neugierig den Boden abschnüffelte.

»Guten Morgen«, grüßte ich zurück und spürte, wie mein Herz sogleich schneller schlug und sich meine Muskulatur anspannte. Mir war bewusst, dass weder der Mann noch jemand anderes wissen konnte, dass ich die Schuld an dem Brand und vermutlich auch am Ableben von Titus Frank trug. Ich durfte mir nichts anmerken lassen!

Der Mann blickte an mir vorbei. »Gehen Sie auch mit Ihrem Hund Gassi?«

Ich hob abwehrend die Hände. »Nein, nein. Ich bin ohne Hund unterwegs und hier rein zufällig vorbeigekommen.«

»Unsere Distel muss nachts mindestens einmal raus. Sie ist schon älter und ihre Blase etwas schwächer. Ist ja bei uns Menschen mit zunehmendem Alter nicht anders, nicht wahr?«

Ich bildete mir ein, einen gewissen Argwohn in seiner Stimme wahrzunehmen.

»Davon habe ich gehört«, beeilte ich mich zu sagen. »Manchmal kann ich nachts nicht schlafen, und dann drehe ich eine kleine Runde und tanke etwas Sauerstoff. Meistens klappt es danach.«

»Hier hat es ordentlich gebrannt«, stellte er sachlich fest. »Da hilft nur noch die Abrissbirne.«

Das war meine Gelegenheit, mich überrascht zu geben. »Ja, so was Ähnliches habe ich auch eben gedacht. Ich bin gerade richtig erschrocken, als ich hier vorbeikam und es gesehen habe. Von dem Brand habe ich nichts mitbekommen.«

»Da kann man nur hoffen, dass niemand körperlich zu Schaden gekommen ist.« Er nickte mir noch einmal zu. »Distel und ich müssen dann mal weiter.«

»Noch einen schönen Spaziergang«, sagte ich und atmete auf, als er mit seinem Hund weiter Richtung Strandauffahrt ging. Ich stand wieder allein vor dem verlassenen Ort und blickte auf den Schaden, den ich verursacht hatte.

Kapitel 11

Am nächsten Tag frühmorgens im Hause der Familie Feddersen in St. Peter-Dorf, bei leicht bedecktem Himmel und milden 17 Grad

Ilva gähnte und reckte dann ihre Arme nach oben. Sie fühlte sich wie gerädert. In der letzten Nacht hatte sie kaum ein Auge zugetan. Sie ging zum Fenster und öffnete es, hielt ihren Kopf nach draußen. Eine angenehme Brise strich durch ihr Haar. Sie schloss die Augen für einen Moment, atmete die frische salzige Morgenluft ein und lauschte dem Gezwitscher der Vögel im Garten.

Nachdem Ute und sie am Vorabend in der Trattoria gegessen hatten, waren sie wieder zurück zum Kino gegangen. Dort hatten sie eine Weile gewartet, bis die Schauspieler in schicken Roben aus Autos gestiegen und dann den roten Teppich hoch zum *Nordlicht* geschritten waren. Ilva wollte sich nicht ins Getümmel stürzen, um ein Autogramm zu ergattern, weil sie ein flaues Gefühl in der Magengegend gehabt hatte. Und Ute hatte auch nicht darauf bestanden. Sie war eher der Typ, der sich »so ein Theater«, wie sie es nannte, lieber aus der Ferne anschaute. Ihr waren die aufgeregten Fans suspekt gewesen. Als die Stars und Sternchen im Kino verschwunden waren, hatten sie sich wieder auf den Heimweg gemacht. Unterwegs hatten sie eine Pause einlegen müssen, weil Ilva sich mit jedem Schritt wackeliger auf den Beinen gefühlt hatte.

»Nicht, dass du dir ein Virus eingefangen hast«, hatte Ute stirnrunzelnd gesagt und eine Hand auf Ilvas Stirn gelegt. »Fühlt sich, glaub ich, ganz normal an.«

»Vielleicht war der Fisch nicht gut«, hatte Ilva gemutmaßt. »Bei dem warmen Wetter kann es ja mal vorkommen, dass die Lebensmittel schneller schlecht werden als sonst.«

Als sie zu Hause angekommen war, hatte sie sich hundeelend gefühlt. Sie war grußlos an Eike und ihren Eltern vorbei nach oben in ihre kleine Wohnung gestürmt und hatte sich dort im Bad mehrmals übergeben. Ihre Mutter war später gekommen und hatte sie mit Kamillentee und Zwieback versorgt, doch davon war ihr noch übler geworden, und kurz darauf war alles wieder rausgekommen. Die Übelkeit hatte die ganze Nacht angehalten und war selbst an diesem Morgen nicht gänzlich verschwunden.

Ilva schlüpfte in ihre Badelatschen, nahm Kuschel auf den Arm, der sich zuvor an ihren Beinen gerieben hatte, und ging mit ihm ins Bad. Während der Kater sich auf der Badematte rekelte, blickte sie in den Spiegel über dem Waschbecken und zog eine Grimasse. Müde und verkatert sah sie aus, obwohl sie gar keinen Alkohol getrunken hatte. Vielleicht war es ab einem gewissen Alter normal, dass man so aussah, wenn es einem an Schlaf mangelte und man sich obendrein den Magen verdorben hatte.

Sie wusch sich und zog sich eine leichte beige Leinenhose und dazu eine dunkelblaue weite Bluse an, die sie lässig seitlich in die Hose steckte. Ihr mittellanges blondes Haar band sie zu einem Knoten zusammen und zupfte ein paar Strähnen heraus. Zum Schluss klopfte sie leicht ihre Wangen mit den Händen ab, damit sie etwas Farbe bekamen und sie nicht mehr ganz so sehr wie Mehl mit Spucke aussah. Zum Schluss zog sie ein Paar geblümte Espadrilles an und lief in Begleitung von Kuschel die Treppenstufen runter in die Familienküche. Obwohl sie in ihrer Wohnung ebenfalls eine eigene Kochnische hatte, nutzte sie diese kaum. Allenfalls, um Teewasser zu kochen oder um Kleinigkeiten und Sprudelwasser im Kühlschrank kalt zu stellen. Ihre Mahlzeiten nahm sie wie immer unten in der Küche ihrer Eltern ein.

»Moin!«, grüßte sie, als sie die Küche mit dem Kater im Schlepptau betrat. Ihre Eltern hockten in Morgenmänteln am Küchentisch. Wie jeden Morgen lief die *R.SH Moin-Show!* im Radio. Ihr Vater köpfte mit einem Messer ein Ei, und ihre Mutter bestrich gemütlich eine Scheibe Brot mit dick Butter. Ilva nahm für sich Geschirr aus einem Schrank und Besteck aus einer Schublade. Für Kuschel füllte sie einen Fressnapf mit Katzenfutter, den sie neben seinen Trinknapf stellte.

»Moin, Ilvalein«, sagte ihre Mutter fürsorglich. »Geht es dir heute wieder besser?«

»Du siehst etwas lebendiger aus als gestern«, merkte ihr Vater an.

»Einigermaßen, würde ich sagen. Mir scheint irgendwas gehörig auf den Magen geschlagen zu haben. Zuerst dachte ich, dass es vielleicht der Fisch in der Trattoria gewesen ist, aber dann ist mir letzte Nacht noch eingefallen, dass ich gestern auch eine Ofenkartoffel mit Sauerrahm gegessen habe. Vielleicht hatte der Sauerrahm durch die Wärme einen Stich weg, und ich habe mir nur eine leichte Lebensmittelvergiftung eingefangen. Der Fisch hätte mich wahrscheinlich noch stärker umgehauen.«

»Dann meldest du dich für heute am besten krank und kurierst dich erst mal in Ruhe aus«, schlug ihr Vater vor.

»Ach, so schlimm ist es nun auch wieder nicht, Papa«, wiegelte sie ab.

»Das wird unsere Tochter bestimmt überleben, Werner«, sagte ihre Mutter Bille und tätschelte liebevoll die Hand ihrer Tochter. »Hauptsache, es ist keine Salmonellenvergiftung. Die kann ziemlich fies sein und sogar im Krankenhaus enden.«

Werner Feddersen nahm den Salzstreuer zur Hand. »Also, mir hilft immer ein starker Kaffee, wenn ich was Unerwünschtes aus meinem Magen loswerden will.«

Ilva erhob sich vom Tisch und legte eine Hand auf ihren Bauch. »Den Kaffee lasse ich heute vorsichtshalber weg. Lieber mache ich mir einen Pfefferminztee.« Sie nahm den Kocher und füllte ihn mit Wasser. Dabei blickte sie aus dem Fenster. Gerade im richtigen Moment, um die Ankunft ihres Bruders mitzubekommen. Sie drehte sich zu ihren Eltern um.

»Ernie kommt.«

»Dann sind wir ja vollzählig«, stellte Werner Feddersen fest. »Haben wir noch genug frischen Kaffee für den Jungen, Bille?«

»Eine gute halbe Kanne«, antwortete Ilvas Mutter und verteilte einen Teelöffel Sanddorngelee auf ihrem Brot.

Es erklangen Schließgeräusche an der Haustür, und kurz darauf tauchte Ernie in der Küche auf.

»Moin!«

»Moin, mein Junge! Willst du mit uns frühstücken?«, fragte Werner Feddersen.

»Jo.« Ernie öffnete einen Küchenschrank und griff nach seiner persönlichen Tasse, auf der sein Name geschrieben stand und die er gefühlt schon immer besaß. »Ich brauche erst mal einen großen Kaffee.« Er nahm die Kaffeekanne und goss das Gefäß randvoll. Dann trank er vorsichtig einen Schluck und stellte die Tasse auf der Arbeitsplatte ab.

»Kerle Kiste!« Er rieb sich über seine Augen. »Was für eine Nacht!«

»Hast du etwa durchgearbeitet?«, wollte Ilva wissen. Sie entnahm einer Dose zwei Beutel mit Pfefferminztee und legte sie in ihre Tasse, bevor sie sie mit heißem Wasser übergoss.

Ernie nickte. »Bis gerade. Zusammen mit Fred. Pannenbäcker hat sich zwischendurch mal aufs Ohr gehauen und gerade die Schicht übernommen, damit Fred und ich eine Mütze Schlaf bekommen.«

»Setz dich doch zu uns, und erzähl, was passiert ist.« Werner Feddersen deutete auf einen freien Platz.

Ernie kam an den Küchentisch, und auch Ilva folgte ihm mit einer dampfenden Tasse Tee.

»In Ording ist gestern Abend eine Ferienimmobilie abgebrannt«, erzählte er.

Bille Feddersen schlug sich mit einer Hand auf den Oberschenkel. »Na! Dann habe ich ja doch keine Halluzinationen gehabt, als ich meinte, gegen sechs Martinshörner zu hören.«

»Ich habe nichts mitbekommen.« Ilva nahm eine Scheibe Brot aus einem kleinen Weidekorb.

»Ich auch nicht«, stimmte Werner Feddersen ihr zu.

»Du warst ja auch mit Eike in die Teichplanung vertieft«, meinte Bille Feddersen zu ihrem Mann.

»Welches Haus war es denn?«, fragte er.

»Ein Reetdachhaus von den Carstens, direkt am Deich. Das war eine der gehobenen Luxusherbergen, doch davon ist nicht viel übrig geblieben. Bis auf die Grundmauern ist alles runtergebrannt. Da kommt nur noch ein Abriss infrage.« Ernie trank einen weiteren Schluck von seinem Kaffee und nahm sich auch ein Stück Brot.

Bille Feddersen holte ihm einen Teller und ein Messer, die sie vor ihm auf dem Tisch platzierte.

»Hauptsache, es ist niemand zu Schaden gekommen.«

Ernie langte nach der Butter. »Das haben wir am Anfang auch gehofft, aber die Jungs von der Freiwilligen Feuerwehr haben leider jemanden in der Sauna entdeckt, der den Brand nicht überlebt hat.«

Ilva merkte, dass ihren Bruder die Ereignisse der letzten Nacht mitgenommen hatten und er Redebedarf hatte. »Weiß man schon, ob es ein technischer Defekt in der Sauna war, der das Feuer ausgelöst hat?«, fragte sie deswegen.

Ernie hielt inne. »Einen technischen Defekt können wir mit höchster Wahrscheinlichkeit ausschließen. Die Spurensicherung hat einen Schrubber gefunden, mit dem vermutlich jemand die Tür der Sauna verkeilt hat. Ein Indiz dafür, dass die Person in der Sauna eingesperrt worden ist. Außerdem konnten Spuren von Waschbenzin sichergestellt werden, die auf eine gezielte Brandstiftung schließen lassen. Das war eiskalt geplante Tötung.«

Bille Feddersen fasste sich reflexartig mit einer Hand an den Hals. »Du liebe Güte! Da bekomme ich glatt eine Gänsehaut!«

»Die Welt wird immer verrückter. Da kommt jemand nach St. Peter-Ording, um sich zu erholen, und dann wird er in der Sauna eingesperrt und verbrennt bei lebendigem Leib. Also, normal ist das nicht.« Werner Feddersen knöpfte sich ein zweites Ei vor.

»Und die Carstens haben auch einen großen Schaden, nicht zu vergessen«, merkte Ilva an. »Ihr Sohn Mik ist einer meiner Schüler.«

»Das hat er mir gestern Abend auch erzählt, als er uns mit seinem Roller die Vorfahrt genommen und fast den Peterwagen von unten gesehen hat.« Ernie konzentrierte sich darauf, mit einem Messer hauchdünn die Rinde von einer Scheibe Käse abzuschneiden.

»Häuser kann man ersetzen. Bestimmt sind die Carstens gut versichert. Den größten Schaden hat ja wohl der tote Urlauber«, fand Bille Feddersen.

»Der tote Urlauber, der gar kein Urlauber war, sondern ein Schauspieler«, murmelte Ernie gedankenverloren und schnitt das letzte Stück der Rinde ab.

»Was?«, riefen Ilva und ihre Eltern gleichzeitig.

Ernie blickte erschrocken auf, als alle Augen auf ihn gerichtet waren. »Oh, das hätte ich jetzt nicht sagen dürfen. Aber nun wisst ihr es.«

»Und um welchen Schauspieler handelt es sich?«, hakte Ilva gleich nach.

»Höchstwahrscheinlich um Titus Frank. Aber da warten wir noch auf die offizielle Bestätigung der Gerichtsmedizin, bevor die Öffentlichkeit informiert wird.« Ernie nahm das Brot in die Hand und führte es zum Mund. Mitten in der Bewegung hielt er inne. Er sah erst seine Eltern und dann Ilva an. »Das bleibt aber alles unter uns.«

Eine halbe Stunde später fuhr Ilva mit ihrem Rad die Pestalozzistraße zur Nordseeschule entlang. Sie hatte an diesem Tag erst zur zweiten Stunde Unterrichtsbeginn. Das war später als gewöhnlich, deswegen hatte Ute nicht wie sonst an ihrem gemeinsamen Treffpunkt an der Ecke auf sie gewartet. Ausgerechnet heute. Dabei hätte sie ihr gerne die Neuigkeiten erzählt, die Ernie ihnen beim Frühstück eröffnet hatte. Vor Ute hatte sie keinerlei Geheimnisse, und schon gar nicht, wenn es um kriminelle Machenschaften in St. Peter-Ording ging. Seit sie wieder zurück in der Heimat war, hatten Ute und sie ihrem Bruder bei einigen Fällen mit ihrer Ermittlungsarbeit unter die Arme gegriffen. Da war es Ehrensache, dass sie ihre beste Freundin auch dieses Mal einweihte.

Auf Höhe der Schule ließ sie das Rad langsam ausrollen, stieg dann ab und kettete es an einem Ständer vor dem Haus fest. Sie klemmte sich ihre Tasche unter einen Arm und schritt auf den Eingang des Schulgebäudes zu. Plötzlich war jemand neben ihr.

»Moin, Hajo!«, grüßte sie lächelnd.

»Moin!« Ihr Kollege machte einen großen Schritt nach vorne und hielt ihr die Tür auf. »Bitte sehr!«, sagte er mit einem breiten Grinsen.

»Danke«, erwiderte Ilva verwundert. »Du scheinst heute ja besonders gut drauf zu sein. Fast könnte man denken, du seist frisch verliebt«, bemerkte sie scherzhaft.

Hajo kicherte verschämt. »Verliebt bin ich doch schon seit vielen Jahren. In meine Frau.« Sie durchquerten die Eingangshalle. »Dann mal viel Spaß heute. Ich muss zum Chemieraum.«

Ilva nickte. »Danke, und dir auch.« Sie ging weiter zum Lehrerzimmer. Vor dem Raum traf sie auf Ute, die eine Tasche mit Farbtuben und Pinseln trug.

»Moin, Ilva. Ich war mir nicht sicher, ob du heute kommst. Geht es dir wieder besser?«

»Das Gröbste scheint durch zu sein. Wobei ich aber immer noch ein flaues Gefühl in der Magengegend habe.« Ute öffnete die Tür, und Ilva folgte ihr.

»Warte mal heute und morgen ab. Danach spürst du bestimmt nichts mehr. Viel stilles Wasser und Kräutertee trinken. Das schwemmt allen Mist aus dem Körper.« Ute stellte die Tasche auf dem großen Tisch des Lehrerzimmers ab.

Ilva schloss die Tür hinter sich. In dem Raum war außer ihnen nur die junge Praktikantin anwesend, die am Kopierer stand. »Moin, Celina.«

Sie drehte sich zu ihnen um. »Guten Morgen, Ilva«, erwiderte sie freundlich und widmete sich dann wieder dem Kopiergerät.

Ute packte einige der Tuben aus der Tasche. Ilva setzte sich dicht neben sie und legte ihre Tasche auf dem Nachbarstuhl ab. »Du wirst nicht glauben, was ich gerade beim Frühstück von Ernie erfahren habe«, raunte sie ihrer Freundin zu.

»Da bin ich aber mal gespannt.« Ute blickte sie neugierig an.

»In Ording ist gestern Abend ein Ferienhaus von Miks Eltern abgebrannt, und die Feuerwehr hat bei den Löscharbeiten darin eine Leiche entdeckt.«

Ute riss die Augen auf. »Eine Leiche?«, fragte sie und vergaß vor Aufregung, leise zu sprechen.

»Ja«, flüsterte Ilva.

Vom Kopierer erklang ein lauter Klatschlaut. Celina Töpfer hatte einen Stapel Papiere fallen lassen. Ute sprang sogleich auf und half ihr dabei, die Blätter aufzuheben, die sich auf dem Boden vor dem Kopierer verteilt hatten. »Vielen Dank. Das wäre aber nicht nötig gewesen.« Celina Töpfer schüttelte den Kopf. »Manchmal bin ich wirklich ungeschickt.«

Ute machte eine abwehrende Handbewegung. »Das ist mir mindestens schon hundertmal passiert. Sind das die Dialoge für die nächste Theaterprobe?«, fragte sie, nachdem sie einen Blick auf die Zettel geworfen hatte.

»Genau. Ich lege sie schnell in mein Fach, und dann muss ich gleich los zur Hospitation bei Doreen Müller.« Die junge Frau verstaute die Arbeitsblätter in einer kleinen Schublade und verließ dann das Lehrerzimmer.

Ute ließ sich wieder auf den Stuhl neben Ilva fallen. »Weiß man schon, wer der Tote ist?«

»Noch nicht offiziell. Inoffiziell ist es höchstwahrschlich der Schauspieler Titus Frank.«

Ute riss ihre Augen noch weiter auf. »Nein! Das gibt es doch nicht.«

»Anscheinend schon.«

»Wann ist das denn passiert? Nach der Premiere im Kino?«

»Meine Mutter hat gegen sechs die Sirenen der Feuerwehr gehört, das war ja noch früh am Abend. Deswegen gehe ich davon aus, dass es davor war.«

»Die arme Carola. Sie hat sich doch so auf ihr Treffen mit dem Schauspieler gefreut. Und dann kommt er gar nicht zur Premiere.«

Ilva sprang von ihrem Stuhl auf. »Natürlich! Jetzt wird es mir klar. Es muss vor der Premiere gewesen sein.«

Ute zog die Augenbrauen zusammen. »Ja? Verstehe ich nicht.«

»Ich habe vorhin Hajo getroffen. Er war total gut drauf und hat mir sogar die Tür aufgehalten. Als ich dann meinte, er hätte aber besonders gute Laune, als wäre er verliebt, meinte er, dass er dies doch seit vielen Jahren in seine Frau sei.«

»Na, dann ist der Fall ja sonnenklar. Carola hat ihren Schwarm nicht getroffen, und seitdem ist Hajo obenauf«, kombinierte Ute.

»So wird es sein«, stimmte Ilva ihr zu.

»Trotzdem ist es ein tragischer Unfall, und auch wenn

ich diesen Titus Frank nicht kannte, tut es mir leid für ihn. Weiß man denn, wodurch das Feuer entstanden ist?«

»Nicht durch einen Unfall.« Obwohl sich außer ihnen niemand im Lehrerzimmer befand, rückte Ilva wieder näher an ihre Freundin heran und flüsterte: »Vermutlich hat ihn jemand in der Sauna eingesperrt. Ernie meinte, dass die Spurensicherung auch Waschbenzin nachweisen konnte.«

»Das ist doch ein Brandbeschleuniger«, sagte Ute aufgeregt. Sie griff zu einer der Farbtuben und drehte nervös an dem Schraubverschluss. »Das klingt für mich wie in einem Krimi.«

»Wem sagst du das? So viele Tote wie in der letzten Zeit gab es früher nicht in St. Peter-Ording.«

»St. Peter-Mording«, sagte Ute in bedeutungsvollem Tonfall. »Der gute Titus Frank muss Feinde gehabt haben, das steht fest.«

»Er war wohl kein Musterknabe, galt als Frauenheld und hat auch einige seiner Kollegen öffentlich durch den Kakao gezogen, wie ich gehört habe. Aber dann gleich ein Mord?« Ilva verschränkte die Arme vor der Brust. »Wer könnte ihm so etwas angetan haben?«, fragte sie nachdenklich.

Ute drehte ihr den Kopf zu und blickte ihr direkt in die Augen. »Jemand, der ihn so sehr gehasst hat, dass er am Ende selbst vor einem Mord nicht zurückgeschreckt ist.« Entschlossen drehte sie den Verschluss der Tube wieder zu und verstaute sie.

Vom Flur erklang die Pausenglocke. Ilva griff wieder nach ihrer Tasche. »Darüber werde ich bei Gelegenheit nachdenken. Aber jetzt habe ich erst mal Englisch in der

Zehnten. Bis später.« Sie tätschelte lächelnd die Schulter ihrer Freundin und verließ das Lehrerzimmer. Auf dem Weg zum Klassenraum rumorte ihr Magen wieder, aber sie war sich nicht sicher, ob dies mit schlechten Lebensmitteln zu tun hatte oder damit, dass sie einen neuen Fall witterte.

Kapitel 12

Am Nachmittag in der Nähe der niedergebrannten Ferienimmobilie in Ording, bei wieder strahlender Sonne und angenehmen 23 Grad

»Ihnen ist wirklich gar nichts aufgefallen?«, hakte Fred noch einmal nach.

Seit Stunden klapperten sie nun schon die nähere Umgebung um das abgebrannte Haus ab und befragten Leute, die in der Nachbarschaft wohnten oder zufällig an ihnen vorbeikamen. Besonders in den Sommermonaten zur Hochsaison herrschte ein Kommen und Gehen in dem Küstenort, sodass bei einer mehr oder weniger ungezielten Befragung durchaus ein nützlicher Hinweis dabei sein konnte.

Die Frau, die in der Tür des Ferienhauses stand, zuckte bloß mit den Achseln. »Nein, mein Mann und ich waren gestern den ganzen Tag auf Helgoland. Als wir wiederkamen, hatte die Feuerwehr den Brand schon fast gelöscht. Tut mir wirklich leid, dass ich Ihnen nicht weiterhelfen kann.«

»Nicht schlimm. Falls Sie zufällig von jemandem hören, der etwas beobachtet hat, dann melden Sie sich doch bitte bei uns in der Polizeistation.« Ernie gab ihr eine Karte mit der Telefonnummer der Wache.

»Das werden wir tun«, versprach die Frau.

Ernie und Fred verabschiedeten sich und liefen den Bürgersteig *Am Deich* entlang. Hin und wieder sprachen sie weitere Fußgänger an oder klingelten an Häusern, an denen sie vorbeikamen. Aber niemand der Befragten schien etwas mitbekommen zu haben.

»Na toll! Keiner hat was gehört oder was gesehen«, meinte Fred, nachdem sie wieder vergeblich ein altes Ehepaar befragt hatten.

»Was erwartest du auch? Die meisten Leute verbringen ihren Urlaub in St. Peter, und kaum jemand hockt den ganzen Tag in der Ferienunterkunft und hängt am Fenster rum, um das Treiben auf benachbarten Grundstücken zu beobachten«, gab Ernie zu bedenken. »Es sei denn, derjenige ist ein Psychopath oder so.«

»In diesem Fall wäre mir jemand von der Sorte gar nicht so unrecht. Immerhin könnte das dann auch der Täter sein, und wir könnten unsere Ermittlungen umso schneller zu Ende bringen.«

Ernie sah sich um. »Und was machen wir jetzt?«

»Pause, würde ich sagen.«

»Noch nicht gleich.« Ernie zog die Augenbrauen hoch und blickte die Straße entlang. »Guck mal, wer da vorne kommt.«

Fred folgte seinem Blick, und seine Miene hellte sich auf. »Mein Sohn!«

»Und dein Vater, deine Mutter und Marina«, ergänzte Ernie.

Kurz darauf kam der Rest der Familie Glabotki bei ihnen an. Marina begrüßte Fred mit einem Kuss auf die Wange, und der Rauhaardackel Distel sprang kläffend vor Freude an ihm hoch.

»Guck mal, Papa, was ich von Oma und Opa bekommen habe. Ist das nicht cool?« Elias zeigte seinem Vater stolz sein neues T-Shirt, auf dem verschiedene Superhelden aufgedruckt waren.

»Oh ja! Supercool! Wo habt ihr das denn gekauft?«

»Wir haben einen Ausflug nach Büsum gemacht«, ergriff Gerdi Glabotki das Wort. »Ihr glaubt nicht, wen wir da getroffen haben!«

»Wen denn?«, stieg Fred auf das Frage-Antwort-Spiel seiner Mutter ein.

»Das möchtet ihr wohl jetzt gerne wissen!«, versuchte Freds Mutter, die Spannung zu steigern.

»Na klar!« Fred blickte in das schmunzelnde Gesicht seiner Frau.

»Vielleicht den Klabautermann?«, klinkte Ernie sich ein und machte eine gruselige Fratze in Elias' Richtung.

»Schon nah dran«, bemerkte Freds Vater trocken.

»Benedikt Sommer!«, rief Gerdi Glabotki voller Begeisterung.

Ernie und Fred schauten sich ratlos an. »Wen?«

»Der Name sagt mir auch nichts«, gab Ernie zu.

»Männer!« Marina verdrehte lachend die Augen.

Freds Mutter kramte in ihrem Beutel und zog kurz darauf

eine Autogrammkarte hervor. »Das ist Benedikt Sommer. Schaut mal, sogar mit persönlicher Widmung.« Sie zeigte mit einem Finger auf die beschriebene Karte. »*Für Gerdi* steht hier.«

»Ein Fußballspieler ist er schon mal nicht, den würde ich kennen«, bemerkte Fred und erntete einen Knuff in die Seite von seiner Mutter.

»Alter Kulturbanause!«

»Er ist ein sehr bekannter Schauspieler«, half Marina ihnen auf die Sprünge.

»Bekannte Schauspieler sind in unserer Gegend zurzeit ja keine Mangelware«, sagte Ernie.

Daraufhin suchte Fred den Blick seines Kollegen. Als der nickte, sprach er seinen Vater an. »Papa, hast du kurz Zeit?«

Die Lippen seines Vaters umspielte ein kaum merkliches Lächeln. »Das hat ja ein Weilchen gedauert, bis du fragst.« Er drückte Marina die Leine mit dem Hund in die Hand. »Geht ihr ruhig schon mal mit Distel vor zum Hundestrand. Ich komme nach.« Zu Ernie und Fred sagte er: »Am besten, wir besprechen die Angelegenheit im Büro.«

Wenig später saßen die Männer im Peterwagen. Ernie und Fred auf den vorderen Sitzen, Ede Glabotki hatte auf der Rückbank Platz genommen. Während sie Freds Vater erzählten, was sich am Vortag zugetragen hatte und welche offiziellen Ergebnisse es bisher gab, hörte er sich alles mit vor dem Oberkörper verschränkten Armen in Ruhe an. »Den Tatort habe ich letzte Nacht bei einer Gassirunde schon genau begutachtet. Schlimme Sache!«, sagte er, nachdem Fred geendet hatte. »Das muss gebrannt haben wie Zunder! Ich werde nie verstehen, warum man heutzutage noch Dächer mit getrocknetem Schilf eindeckt.«

»Reetdachdeckerei ist hier oben im Norden eine der ältesten Handwerkstechniken. Das ist Kulturgut wie im Pott die Zechen«, erklärte Ernie.

Ede Glabotki schüttelte den Kopf. »Der Vergleich hinkt zwar ein bisschen, aber nun gut. Wie weit sind eure persönlichen Ermittlungen?«

»Das ist es ja, Papa. Wir kommen in der Angelegenheit nicht weiter. Es ist wie mit den drei Affen. Hier hat scheinbar keiner was gesehen oder gehört, und im Filmteam kann angeblich auch niemand etwas Sachdienliches sagen. Aber das kann nicht sein, irgendjemand muss doch was mitbekommen haben.«

»Macht euch keine Sorgen! Das ist am Anfang doch immer so. Wir werden den Täter schon zur Strecke bringen, der das alles fabriziert hat. Mir war es hier eh etwas zu ruhig, und ich könnte ein bisschen Abwechslung vertragen.« Ede Glabotki knetete mit einer Hand nachdenklich sein Kinn. »Ich habe auch schon einen Plan, wie wir den Fall lösen können.«

Kapitel 13

Zur selben Zeit auf Höhe des Fahrradverleihs am Strandweg

Ich legte zwei Fünfzigeuroscheine auf die Theke und packte das Portemonnaie wieder zurück in meine Tasche.

»Dann weiterhin gute Fahrt«, sagte der Mitarbeiter des Ladens und legte die Geldscheine in die Kasse. »Falls Sie die Miete des Rads nochmals verlängern wollen, dann geben Sie mir am besten zwei Tage vor Ablauf Bescheid, damit ich Sie einplanen kann.« Er drehte sich um und nahm den Buchungsbeleg aus dem Drucker.

»Das werde ich machen«, antwortete ich und verstaute die Bestätigung ebenfalls in meiner Tasche.

»Ansonsten habe ich natürlich auch genügend andere Modelle im Angebot. Die E-Bikes erfreuen sich bei Vielfahrern und Senioren wachsender Beliebtheit, die können manchmal knapp werden. Da würde eine vorherige Reservierung Sinn machen. Oftmals wollen die Urlauber sich erst wieder hinter das Steuer ihres Wagens setzen, wenn sie aus St. Peter abreisen.«

»Vielen Dank, aber ich bin mit dem Mountainbike vollends zufrieden. Auf ein E-Bike bin ich glücklicherweise noch nicht angewiesen.« Ich verabschiedete mich und ging zu dem Mietrad, das ich vor dem Laden abgestellt hatte. Es war nicht gelogen gewesen, dass für mich das Fahrrad genau richtig war. Das Modell stimmte und auch der Preis. Mit einem Fuß löste ich den Fahrradständer und schob den Drahtesel in Fahrtrichtung Deich. Bevor ich mich in den Sattel schwang, brach ich das Manöver jedoch abrupt ab. Ein Schreck fuhr durch meinen Körper.

Gegenüber dem Wartehäuschen stand ein Polizeiwagen halb auf dem Bürgersteig. Mir wurde gleichzeitig heiß und kalt. Eine panische Furcht ergriff mich. Am liebsten hätte ich die Beine in die Hand genommen und wäre schnell weggelaufen. Doch ich blieb wie angewurzelt stehen. Ich starrte zu dem Peterwagen. Warteten sie etwa auf mich? Hatten sie schon herausgefunden, dass ich den Brand gelegt hatte? Wollten sie mich deswegen festnehmen?

»Entschuldigung! Ist mit dem Fahrrad alles in Ordnung?«

Ich zuckte zusammen und blickte ertappt nach rechts. »Wie bitte?«

Der Mitarbeiter des Fahrradverleihs stand vor dem Laden. Er hob beide Hände. »Tut mir leid, wenn ich Sie erschreckt habe. Ich wollte nur fragen, ob Sie Probleme mit dem Mountainbike haben?«

Fahrig schüttelte ich den Kopf und griff mir in den Nacken. »Nein, nein. Es ist alles in bester Ordnung. Ich war nur in Gedanken.« Ich rang mir ein Lächeln ab und hatte mich gleich wieder einigermaßen im Griff. »Ich muss noch schnell bei Kalle Bäcker Brot kaufen. Dann bis spätestens in zwei Wochen. Tschüss!« Ich drehte das Rad in die entgegengesetzte Richtung.

»Tschüss!« Er hob die Hand und ging wieder zurück in den Laden.

Die Bäckerei war bloß ein paar Häuser vom Fahrradverleih entfernt. Hinter einem eingewachsenen Zaun schob ich das Rad in einen Ständer und betrat kurz darauf den Laden. Vor mir standen zwei Frauen an der Theke, die sich mit der Verkäuferin unterhielten.

»Wir konnten vom Küchenfenster aus alles sehen. Das war vielleicht gruselig. Besonders, als der Leichenwagen kam und wenig später eine Trage mit einem schwarzen Sack aus dem Haus geschoben wurde«, erzählte eine drahtige Frau mit blond gefärbten Haaren, die ich auf ungefähr siebzig Jahre schätzte. »Das war *Tatort* live!«

»Du liebes Lieschen!« Eine etwa gleichaltrige Frau mit dunklen krausen Haaren stemmte eine Hand in die Hüfte. »Dann ist da jemand umgekommen? Heute steht gar nichts darüber in der Tageszeitung.«

»Das war gestern bestimmt schon zu spät und die Zeitung längst gedruckt«, schaltete sich die Verkäuferin ein. »Schauen Sie doch mal im Internet nach. Vielleicht findet sich dort eine aktuelle Meldung.«

Ich spürte, wie meine Hände vor Aufregung leicht zitterten. Er war tot!

Nun fiel der Blick der drahtigen Dame auf mich. »Ach, entschuldigen Sie. Wir waren so in unseren Schnack vertieft, dass ich Sie gar nicht bemerkt habe.«

»Das macht nichts«, beeilte ich mich zu sagen. Am liebsten hätte ich noch ein Danke für die Information angefügt.

Die blonde Frau nahm eine Papiertüte von der Theke und verabschiedete sich.

»Danke für den Tipp mit dem Internet. Ich muss dann auch mal wieder weiter«, sagte daraufhin die andere Dame und verließ ebenfalls den Laden.

»Was kann ich für Sie tun?«, die Verkäuferin lächelte mich an.

Ich trat einen Schritt vor die Theke. »Ich möchte ein Brot kaufen.«

»Welches darf es denn sein?«

»Ein Dinkelbrot, bitte«, bestellte ich, wobei mir die Sorte eigentlich egal war.

Die Verkäuferin drehte sich um und griff schließlich nach einem Laib. »Da haben Sie aber wirklich Glück. Das ist unser letztes für heute.«

»Wie schön.« Ich lächelte die Frau an und konnte mein Glück kaum fassen. Er war wirklich tot!

Kapitel 14

Früh am nächsten Morgen in der Küche von Freds Haus, bei regnerischem Wetter und gefühlten 13 Grad

Ede Glabotki hockte frisch rasiert in seinem Trainingsanzug am Küchentisch. Auf seinem lockigen grauen Haar saß eine dunkelblaue Baseballkappe mit einem aufgestickten Leuchtturm. Vor dem Fenster lag Distel in ihrem Hundekörbchen und schnarchte. Dabei wuffte sie manchmal leise und fletschte die Zähne, was von leichtem Pfotenstrampeln begleitet wurde. Das tat sie häufig. Ede und Gerdi vermuteten, dass sie währenddessen in ihren Träumen auf Hasenjagd ging. In der ersten Etage schliefen auch noch Enkel Elias und seine Mutter Marina tief und fest. Nur Fred war vor einer knappen halben Stunde bereits zum Dienst in die Polizeistation im Deichgrafenweg aufgebrochen – nicht, ohne von Gerdi die obligatorische Tupperdose mit vorgekochtem Mittagessen in die Hand gedrückt zu bekommen. Ede hielt in seiner Hand eine Tasse mit frisch gebrühtem Kaffee, in die er einen Teelöffel Zucker rieseln ließ. Kurz rührte er das dampfende Getränk um und nahm dann einen Schluck.

»Ah!«, machte er mit geschlossenen Augen. »Es geht doch nichts über eine gute Tasse Kaffee am Morgen.«

»Zuckerwasser meinst du wohl.« Seine Frau schaute ihn mit mahnendem Blick über die Fassung ihrer Brille an, während sie eine Scheibe Brot mit Butter bestrich. »Dabei weißt du doch ganz genau, was Doktor Soestmeyer zu dem Thema gesagt hat. Eine Tasse morgens ja, die darfst du trinken, aber dann ohne Zucker. Höchstens mit ein wenig Kaffeesahne oder Milch.«

»Am besten noch entkoffeiniert und mit H-Milch.« Ede verzog angewidert sein Gesicht und stellte die Tasse ab.

Gerdi nickte zustimmend. »Das wäre keine schlechte Idee. Deine Gesundheit würde es dir danken. Aber du bist ja hoffnungslos unvernünftig.«

»Das hat mit Unvernunft nichts zu tun. Dann kann ich ja gleich Blümchenkaffee trinken«, echauffierte er sich. »Du und dein Doktor könnt einem auch jede Kleinigkeit madig machen.«

»Kleinvieh macht auch Mist!«, entgegnete sie mit erhobenem Messer, an dem Butterreste klebten.

»Darf ich dich daran erinnern, dass du mich damals geheiratet hast, weil ich für dich so guten Kaffee gekocht habe?«, bemerkte er.

»Ja, das weiß ich doch. Und ich würde es auch immer wieder tun.« Sie warf ihm einen Handkuss zu und lächelte versöhnlich. »Aber damals warst du auch einige Jahrzehnte jünger und hattest noch keine Probleme mit deinen Zuckerwerten, mein Lieber.«

»Na, und wenn schon. Ich bin hier im Urlaub, da werde ich mir doch auch mal was gönnen dürfen.«

»Urlaub ist gut.« Seine Frau zog die Augenbrauen hoch und öffnete eine Tupperdose mit Wurst.

»Gerdi! Hätte ich etwa Nein sagen sollen? Der Junge und sein Kollege haben mich um kriminalistische Unterstützung in einem Mordfall gebeten. Was wäre ich denn für ein Vater, wenn ich unserem Sohn mit meiner Berufserfahrung nicht unter die Arme greifen würde? Ich kann ihn und Ernie Feddersen doch nicht in dieser Angelegenheit hängen lassen.«

»Ist schon gut, Ede.« Sie zeigte ihm den Inhalt der Dose. »Cervelat, Knochenschinken oder Mortadella?«

»Mortadella. Zwei Scheiben bitte.« Er griff wieder zu seiner Tasse Kaffee.

»Ja doch!« Sie nahm mit einer Gabel wie gewünscht zwei Scheiben aus der Dose und legte sie auf eine Brothälfte. »Seitdem wir uns kennen, willst du immer zwei Scheiben haben – und Fred hat das schon als kleiner Junge von dir abgeguckt.«

»Traditionen sollte man pflegen«, fand Ede.

Seine Frau legte eine weitere Scheibe auf das bereits belegte Brot und schnitt es durch. »Wo willst du denn mit deinen Ermittlungen anfangen?«

»Im Filmmilieu natürlich«, sagte Ede, als wäre dies das Normalste der Welt.

Seine Frau lächelte ihn sanft an. »Das klingt nach einem längeren Unterfangen und eventuell einer Herausforderung. Ich schmiere dir vorsorglich noch zwei Brote mehr für unterwegs.«

Ede erhob sich von seinem Stuhl. »Und ich trinke derweil vorsorglich noch eine weitere Tasse Kaffee.«

Als er sein Herrenrad mit den Gepäcktaschen aus der Garage schob, nieselte es bloß noch leicht. Die Wolkendecke brach an einigen Stellen auf, sodass zunehmend blaue Lücken entstanden, durch die Sonnenstrahlen das trübe Wetter immer mehr verdrängten. Sein Rad nahm er jedes Mal mit nach St. Peter-Ording. Es gab Tage, die seine Frau lesend im Strandkorb verbringen wollte, doch dies war nichts für Ede. Stundenlang herumzusitzen und dabei auf das Meer zu starren, war definitiv viel zu langweilig für ihn. Dann brach er lieber zu Radtouren auf, die ihn oftmals an den Westerhever Leuchtturm oder an manchen Tagen sogar bis zum Eider-Sperrwerk führten. Dort machte er am Aussichtspavillon Rast und gönnte sich ein Backfischbrötchen mit dick Remoulade und vielen Zwiebeln – wogegen seine Frau und Doktor Soestmeyer mit an Sicherheit grenzender Wahrscheinlichkeit ein Veto eingelegt hätten. Meist kam er dabei mit anderen Touristen ins Gespräch, die wie er auch auf zwei Rädern die Gegend erkundeten. An diesem Tag wollte er jedoch in St. Peter-Ording bleiben und die verschiedenen Ortsteile abklappern. Distel hatte er bei seiner Frau gelassen. Die Hundedame war nicht mehr die Jüngste und bevorzugte eher ruhige Spaziergänge, als flott neben dem Rad herzulaufen. Außerdem wusste er nicht, was an diesem Tag auf ihn zukommen würde, und ohne Hund konnte er sich viel flexibler bewegen. In eine seiner Fahrradtaschen steckte er die Dose mit den belegten Broten, eine Trinkflasche mit

Wasser sowie eine Straßenkarte von St. Peter-Ording. Obwohl er sich im Ort gut auskannte, hatte er stets eine Karte dabei, um gegebenenfalls Markierungen machen zu können. Dies war eine lieb gewonnene Angewohnheit, die er während seiner aktiven Zeit bei der Polizei entwickelt hatte. Als er gut zwanzig Minuten später am Strandweg in Ording ankam, hatten sich alle Regenwolken verzogen. Das Wetter machte allen Anschein, dass ein weiterer traumhafter Strandtag bevorstand. Im gemächlichen Tempo fuhr er zum Strandübergang Köhlbrand, wobei er gewohnheitsbedingt seinen Blick nach links und rechts durch die angrenzenden Gärten schweifen ließ. Einige Meter weiter rollte er auf den Bohlenweg und an der Fotodüne vorbei. Am Ende des Weges blieb er mit dem Rad stehen und blickte erst nach Norden und dann zum südlich gelegenen Ortsteil Bad.

Außer ein paar Surfern auf dem Meer waren bloß gewöhnliche Urlauber unterwegs. Einige von ihnen wateten durch die Brandung, verweilten in bunten Strandmuscheln oder Strandkörben, andere genossen das schöne Wetter auf der Außenterrasse des Pfahlbaurestaurants *Strandbar 54° Nord*. Hier schien heute nicht gedreht zu werden.

Er machte wieder kehrt und fuhr auf dem Rückweg noch einmal zu der Stelle, an der die Überreste des abgebrannten Hauses am Deich standen, um bei Tageslicht einige Aufnahmen mit seinem Handy zu machen. Nicht selten hatten ihm Fotoaufnahmen in der Vergangenheit wichtige Hinweise auf den oder die Täter gegeben. Der Tatort war nach wie vor mit rot-weißem Flatterband abgesperrt. Natürlich wären die Plastikbänder für ihn kein großes Hindernis gewesen, um näher an das Haus zu gelangen, doch Ede wusste genau, dass jede Fußspur am Tatort verdächtig war. Als verdeckter Ermittler lag es ihm natürlich fern, überhaupt in Erscheinung zu treten – und sei es nur durch einen Fußabdruck. Deswegen blieb er vor der Markierung stehen und machte aus sicherer Entfernung ein paar Fotos.

Alles sah ganz normal aus – so normal, wie eben ein abgebranntes Reetdachhaus aussehen konnte. Hier kam er nicht weiter, er musste unbedingt die Filmleute aufspüren und dann unauffällig in deren inneren Kreis gelangen. Wie ihm das gelingen sollte, wusste er noch nicht, aber das beunruhigte ihn nicht weiter. Kommt Rat, kommt Tat, war schon seit jeher sein Motto. Er ließ einfach alles auf sich zukommen und bewahrte stets Gelassenheit. Also schwang er sich wieder in den Sattel und nahm Kurs auf den Ortsteil Bad. In dem quirligen Zentrum des Küstenortes hatten vor einigen Tagen Filmaufnahmen auf der Seebrücke und am Strand stattgefunden, wie er wusste. Die Chancen standen vielleicht nicht schlecht, dass an diesen Drehorten weitere Szenen gefilmt wurden.

Doch Edes Vermutung erwies sich an diesem Tag als falsch. Er lief die Seebrücke zu Fuß entlang, bis er an dem Pfahlbau *Arche Noah* am Strand ankam. Aber auch hier bot sich ihm bloß das typische Urlauberbild. Außer privaten Handys und Fotoapparaten war weit und breit keine Filmkamera zu entdecken. Bevor er mit dem Rad weiterfuhr, musste er in Ruhe überlegen, welche weiteren Orte sich in St. Peter-Ording noch als Filmkulisse anboten.

Also kaufte er sich zunächst an einer der roten Hütten

am Seebrückenvorplatz ein Eis und setzte sich auf eine der Bänke. Gut, dass Gerdi ihn mit der Zuckerbombe nicht sehen konnte, dachte er und blickte vergnügt über die weiten Salzwiesen. Dabei kam ihm plötzlich die St.-Peter-Kirche mit ihrem Glockenstapel und dem kleinen Friedhof in den Sinn. Natürlich! In jedem Krimi gab es doch immer mindestens einen Toten. Was lag da also näher, als auch auf einem Friedhof zu drehen? Er steckte sich den Rest des Waffelhörnchens in den Mund und marschierte gut gelaunt zu seinem Fahrrad. Man musste eben nur logisch kombinieren können!

Auf der Straße *Im Bad* war kaum Verkehr. Außer ihm waren bloß ein paar weitere Radfahrer unterwegs, die zeitweilig nebeneinanderfuhren. Auf dem Bürgersteig flanierten Leute in lockerer Freizeitkleidung, führten ihre Hunde aus oder zogen Kinder in Bollerwagen hinter sich her. Manchmal überholte ihn ein Auto in moderatem Tempo und mit ausreichend Sicherheitsabstand, wie er zufrieden feststellte. Hier schienen die Leute so entspannt zu sein, dass sie sich sogar an die Verkehrsregeln hielten.

Auf Höhe der Gemeindebücherei versperrte ein dicker Mercedes mit angeschalteter Warnblinkanlage die halbe Fahrbahn. Ede erkannte das Problem auf den ersten Blick: Plattfuß rechts. Das Auto stand bis auf die Felge schief. Daneben kniete der mutmaßliche Fahrer und mühte sich vergeblich mit einem Wagenheber ab. Neben ihm stand eine Frau auf hohen Hacken und mit viel zu grellem Lippenstift. Ede bremste ab und schluckte die Bemerkung runter, dass ein Warndreieck entgegen der Fahrtrichtung aufgestellt werden musste. »Guten Tag! Kann ich Ihnen irgendwie behilflich sein?«

Der Mann guckte überrascht zu ihm nach oben. Eine Haarsträhne klebte auf seiner schweißnassen Stirn, seine Wangen leuchteten tiefrot vor Anstrengung.

»Was für ein Mist!« Er stand umständlich auf und pfefferte frustriert den Schraubenschlüssel auf den Boden. »Wir wollten nur vom Hotel bis zum Leuchtturm fahren, und jetzt ist der Reifen platt. Entweder bin ich durch Scherben gefahren, oder jemand hat sich an meinem Wagen zu schaffen gemacht.«

Ede hob beschwichtigend eine Hand und stellte sein Rad hinter dem Wagen ab. »Regen Sie sich nicht auf. Ich kann Ihnen helfen. Haben Sie weiteres Werkzeug und ein Ersatzrad im Kofferraum?«

»Hab ich dabei.« Er öffnete den Kofferraum. »Nur kenne ich mich überhaupt nicht damit aus, wie man Reifen wechselt. Ich habe das einmal in der Fahrschule gesehen und danach wieder vergessen.«

»Das kriegen wir schon hin. Ist eigentlich nicht allzu schwer, wenn man es öfter macht.« Ede nahm den kleinen Werkzeugkasten entgegen.

»Wie lange wird es denn ungefähr dauern?«, fragte die Frau mit den hochhackigen Schuhen.

»Wenn Sie mir beide assistieren, dann geht das rubbeldiekatz!«

Die Frau lächelte nun. »Da bin ich aber erleichtert. Wir

müssen nämlich unbedingt zum Leuchtturm, weil wir dort drehen, wissen Sie?«

»Ach, gehören Sie zur Filmtruppe?«, fragte Ede scheinbar beiläufig, obwohl diese Information in Wirklichkeit Musik in seinen Ohren war. Innerlich jubelte er über diese Begegnung mit Kommissar Zufall. Das Schicksal war manchmal auch ein Freund und Helfer.

»Ich bin Schauspielerin und soll mich laut Drehplan gleich mit einem Verdächtigen am Leuchtturm treffen – aber jetzt ist uns der platte Reifen in die Quere gekommen.« Sie hob die Schultern.

Ede nickte. »Dann drücken wir mal ein bisschen auf die Tube, damit das Treffen bald stattfinden kann.« Geschickt löste er mit einem Schraubenschlüssel die Bolzen an dem beschädigten Rad und hob das Auto mit dem Wagenheber etwas an. Nach ungefähr zwanzig Minuten legte er den defekten Reifen in den Kofferraum. »So, fertig!«

»Nochmals vielen Dank.« Der Mann schüttelte Ede mit beiden Händen die Hand. »Ein Glück, dass Sie vorbeigekommen sind. Die anderen Leute sind einfach an uns vorbeigelaufen, ohne zu helfen. Ohne Sie würde ich immer noch ratlos vor dem Schaden stehen.«

Ede winkte ab. »Ist ja noch mal alles gut gegangen. Mit dem Ersatzrad kommen Sie problemlos bis zur Werkstatt auf der Wittendüner Allee.«

»Aber wir müssen doch zum Leuchtturm«, wandte die Frau mit verzweifeltem Blick ein.

»Ich fürchte, wir müssen tatsächlich zuerst in die Werkstatt. Vielleicht bekommen wir dort einen Ersatzwagen«, sagte der Mann.

Die Frau verschränkte die Arme vor der Brust. »Mensch, Richard! Wie lange sollen wir die Kollegen denn noch warten lassen? Ohne mich kann nicht gedreht werden, das weißt du doch. Durch meine Abwesenheit halte ich den ganzen Laden auf!«

Ede witterte seine Chance. Zugegeben, seine Idee war recht kühn, doch wollte er sein Glück wenigstens versuchen. »Also, wenn Sie möchten, dann nehme ich Sie auf meinem Gepäckträger bis zum Leuchtturm mit. Ihre Schuhe erscheinen mir für einen längeren Spaziergang ungeeignet zu sein.« Er deutete auf die Pumps der Dame.

Die Frau schaute ihn erstaunt an, dann aber lachte sie auf. »Ja, warum eigentlich nicht? Das ist zwar eine etwas ungewöhnliche Art, um vorwärtszukommen, aber so erreiche ich immerhin mein Ziel. Ich nehme Ihr Angebot gerne an.«

Während der Mann mit dem Wagen zur Werkstatt fuhr, radelte Ede mit der Dame, die sich ihm als Elfie vorgestellt hatte, zum Böhler Leuchtturm. Er selbst hatte sich mit dem Namen Uwe vorgestellt und angegeben, dass er in St. Peter-Ording seine Familie besuchte. Zumindest das Letzte entsprach der Wahrheit, seinen richtigen Namen wollte er aus ermittlungstechnischen Gründen nicht preisgeben.

Elfie war ohnehin in Plauderlaune, sodass er sich nicht bemühen musste, das Gespräch in Gang zu bringen. Als sie den Deich erreicht hatten, wusste er bereits eine Menge über sie und auch über die Filmcrew.

Richard, der Fahrer des Wagens, war ein Angestellter der Produktionsfirma, und sie spielte in dem Krimi eine Frau, die als Lockvogel auf den mutmaßlichen Täter angesetzt wurde. Das schreckliche Unglück, das ihren Kollegen ereilt hatte, bedauerte sie sehr.

»Ich kannte Titus Frank viele Jahre und habe mich immer gut mit ihm verstanden. Und dann verbrennt er einfach so in der Sauna seines Ferienhauses. Es wird gemunkelt, dass es Mord war. Wir haben öfter zusammen gedreht und sind uns auch sonst häufig auf Filmveranstaltungen über den Weg gelaufen. Er war ein netter Kerl, wenn auch nicht immer ganz einfach. Man hatte ihn zu nehmen, wie er war.«

»Mord? Ich habe ja von dem Brand gehört, aber dass es einen Toten gab ... und dann noch jemand so Berühmten. Das ist wirklich eine schlimme Sache, die man niemandem wünscht.« Ede tat überrascht und versuchte, sein Triumphgefühl zu verstecken. Er hatte die Frau genau da, wo er sie haben wollte. In Plauderlaune über die jüngsten Ereignisse.

Er bremste auf der Deichkrone ab und brachte das Rad schließlich zum Stehen. Der Böhler Leuchtturm war nun in Sichtweite, und er konnte die Leute des Filmteams erkennen.

Elfie stieg vom Gepäckträger. »Das hat uns wirklich alle ziemlich geschockt. Damit hat keiner gerechnet.« Sie lachte bitter auf, zuckte mit den Schultern. »Wie soll man auch mit so etwas rechnen. Zuerst dachte ich, er verspätet sich bei der Premiere. Aber dann ist er gar nicht mehr gekommen. Ich kann immer noch nicht glauben, dass er tot ist.«

»Ich habe noch nirgends davon gelesen, dabei müsste

die Presse sich doch längst auf solch ein Ereignis gestürzt haben. Hat die Polizei schon bestätigt, was Sie eben erzählt haben?«

Elfie schüttelte den Kopf. »Noch nicht. Aber wir wissen es auch ohne Bestätigung. Es gab einen Toten in dem Haus, und Titus ist verschwunden. Es gibt keine andere Erklärung dafür, wo er sein sollte. Trotzdem. Ein Mord …« Sie lächelte ihn an. »Danke, Uwe, dass du mich bis hierher gefahren hast.«

Ein Mann mit einer Kladde in der Hand kam auf sie zugelaufen. »Da bist du ja endlich! Richard hat vom Handy aus angerufen.«

»Und wir hatten so ein Glück, dass Uwe vorbeigekommen ist.« Sie zeigte auf Ede. »Ohne ihn würden wir noch immer auf der Straße stehen. Er hat den Reifen gewechselt.«

»Das ist toll. Von so was habe ich auch keine Ahnung.« Der Mann nickte anerkennend und grinste ihn dann an. »Sie können nicht zufällig auch Kaffee kochen?«

Das war sein Stichwort. Ede nahm eine gerade Haltung an und hob selbstbewusst das Kinn. »Zufällig schon. Sogar den besten! Meine Frau hat mich wegen meines Kaffees geheiratet.«

Kapitel 15

Eine Stunde später, hinter dem Deich, auf Höhe des Böhler Leuchtturms

Auf einem Parkplatz hatte die Filmcrew mehrere Lounge-Trailer abgestellt. Dabei handelte es sich um größere Wohnwagen, die als Garderobe mit Maske, Aufenthaltsraum oder mobile Küche fungierten. Ede hatte nicht lange gezögert und zunächst die Aufgabe des Kaffeekochers für die Filmcrew übernommen. Besser hätte es schließlich nicht laufen können, als dass eine Schauspielerin ihn von sich aus als verdeckten Ermittler am Filmset einschleuste.

Er stand in einem Wohnwagen und beobachtete, wie der frische Kaffee langsam aus dem Filter in die Glaskanne floss. Sein Auftrag war, die nächste volle Pump-Isolierkanne in die Maske zu bringen. In dem beengten Raum des Trailers hatte sich die Sonnenhitze gestaut, und es war kaum auszuhalten. Ede öffnete die Verriegelungshebel des Fensters und drückte es einen Spaltbreit nach außen auf. Mit einer Hand fächelte er sich frische Luft zu. Für einen Moment schloss er die Augen, ließ sich die angenehme Brise um die Nase wehen und atmete das Aroma des Kaffees ein.

Als plötzlich Motorengeräusche erklangen, öffnete er seine Augen wieder. Vielleicht kam Richard von der Werkstatt zurück. Neugierig beugte er seinen Oberkörper über die Spüle vor und lugte aus dem Fenster. Ein roter Sportwagen kam flott auf den Parkplatz gefahren und drehte schwungvoll eine Runde, wobei seine Räder Staub aufwirbelten. Zwar war es nicht Richard, aber die rasante Fahrweise in Kombination mit dem protzigen Luxusschlitten weckte Edes Interesse.

Das Auto parkte neben dem Wohnwagen, in dem die Maske und Garderobe untergebracht waren. Kurz danach stieg ein Mann mit schulterlangem blonden Haar aus der Karosse. Er trug einen hellen Sommeranzug und dazu ein auffallend türkisfarbenes Shirt. Auf seiner Nase saß eine große verspiegelte Sonnenbrille, und seine Füße steckten in luftigen, aber trotzdem eleganten ledernen Sommerschuhen. Bestimmt italienisch, dachte Ede.

Eine Frau mit langen dunklen Locken trat aus dem Wohnwagen und steuerte auf den Mann zu. Sie trug ein knielanges geblümtes Flatterkleid und große goldene Ohrringe. Der Mann nahm seine Sonnenbrille ab. Lächelnd schloss er die Frau in die Arme. Beide hauchten sich links und rechts Küsschen auf die Wangen. Sie schienen sich gut zu kennen. Jedenfalls wirkten sie vertraut miteinander. Die Brünette hakte sich nun bei dem Mann ein und nahm ihn mit in den Wohnwagen und aus Edes Blickfeld.

Da traf es sich gut, dass er ebenfalls gleich dorthin

musste. So konnte er eventuell herausfinden, um wen es sich bei dem Mann handelte. Mittlerweile war der Kaffee vollständig durchgelaufen. Ede schaltete die Maschine aus, kippte den Inhalt der Kanne in den Pumpbehälter und machte sich damit auf den Weg zu besagtem Wohnwagen. Schon von draußen konnte er Stimmen hören. Er blieb neben dem Eingang stehen und überlegte, ob er direkt hineingehen oder eine Weile lauschen sollte. Trotz seines Alters hatte er ein gutes Gehör. Es war kein Geheimnis, dass Menschen oftmals brisante Dinge preisgaben, wenn sie glaubten, unter sich zu sein. Er schaute sich um. Außer ihm und den Leuten im Wohnwagen schien niemand auf dem Parkplatz zu sein. Deswegen entschied er sich fürs Lauschen, kniete nieder und gab vor, seine Schuhe neu zu binden. Dabei spitzte er beide Ohren und horchte.

»Wir sind alle so froh, dass du einspringen kannst!«, sagte die Frau.

»Ich freue mich auch, dass es doch noch geklappt hat«, erklang eine männliche Stimme.

»Der Brucker war nach Titus' Tod noch unausstehlicher als sonst und hat uns allen vorgerechnet, wie teuer sein plötzliches Ableben für die Produktion ist. Allein schon die Szenen, die neu gedreht werden müssen, und die Zeitverzögerung kosten ein Vermögen.«

»Womit er nicht ganz unrecht hat«, bemerkte der Mann ungerührt. »Eine normale Produktion könnte diesen Verlust gar nicht auffangen. Brucker kann von Glück sagen, dass er hier nicht irgendeinen Krimi verfilmt, der irgendwo im Programm versenkt wird, sondern *den* Sonntagabendkrimi, für den ein ausreichendes Budget vorhanden ist.«

»Na ja, das stimmt schon. Aber ein bisschen mehr Taktgefühl hätte ich mir von ihm trotzdem gewünscht. Immerhin ist nicht irgendein unbekannter Nebendarsteller verstorben, sondern einer der bekanntesten Schauspieler Deutschlands. Wobei ich eine gewisse Empathie im Todesfall für jeden für angebracht halte, unabhängig vom Bekanntheitsgrad.«

»Brucker ist eben ein Profi und hält sich nicht mit Gefühlsduseleien auf. Ich habe schon oft mit ihm gedreht. Ob bekannt oder nicht, das ist für ihn eher zweitrangig. Es zählen nur der Ablauf und ein gutes Endergebnis. Ist der Drehplan gestört, ist auch der Flow am Set weg. Da ist es doch Glück im Unglück, dass ich mich auf die Rolle im Vorfeld vorbereitet und den ganzen Text im Kopf abgespeichert habe. Ich kann Titus problemlos ersetzen, so wie es eigentlich von Anfang an geplant war.«

Ede band sich nun schon zum vierten Mal seine Schuhe zu. Höchst interessant, was man so alles mitbekam. Der Mann war also Schauspieler. Genau genommen der Schauspieler, der ursprünglich die Rolle des Verstorbenen übernehmen sollte. Und er machte ebenso wenig wie der Regisseur den Eindruck, als wäre er sonderlich betroffen vom Tod seines Kollegen. Das machte ihn zumindest verdächtig, und deswegen wollte er sich den Typen gleich mal aus der Nähe ansehen. Ede stand auf und stieg mit der Kanne in einer Hand die Stufe zum Wohnwagen hoch. Noch während er klopfte, öffnete er die Tür und grüßte laut: »Guten Tag! Ich bringe frischen, mit Liebe gekochten Kaffee für Sie.« Er lächelte die Frau und den Mann an und stellte die Kanne auf einem Tisch ab, auf dem schon Tassen mit Löffeln, Gläser und einige Wasserflaschen standen.

Der Mann saß auf einem Stuhl vor einem großen Spiegel, und die Frau stand hinter ihm und frisierte sein Haar.

»Ach, das ist ja toll. Vielen Dank«, sagte sie. »Ich glaube, wir kennen uns noch nicht.« Sie legte den Kamm auf einem Hocker ab und kam zu Ede. »Ich bin die Angelika und zuständig für die Maske.« Sie schüttelte Ede beherzt die Hand.

»Angenehm. Mein Name ist Uwe. Zurzeit bin ich für den Kaffee zuständig, aber im Grunde genommen bin ich Mädchen für alles. Sollten Sie mal handwerkliche Hilfe benötigen, dann fragen Sie mich ruhig.«

Der Schauspieler drehte ihnen sein Gesicht zu und grinste breit. »Die Mädchen sahen früher auch mal anders aus.«

»Man muss eben mit der Zeit gehen«, gab Ede keck auf seinen Scherz zurück.

»Da sagst du was. Ich bin übrigens Ben.« Die Männer schüttelten sich ebenfalls die Hände. »Und leider handwerklich völlig unbegabt, aber dafür kaffeesüchtig«, fügte er hinzu.

»Ich werde darauf achten, dass immer genug da ist«, versprach Ede. »Und deshalb widme ich mich nun auch wieder der Kaffeemaschine.« Er verließ nachdenklich den Wohnwagen. Irgendwie kam ihm der Schauspieler bekannt vor. Von woher nur? Fast wäre er in Elfie hineingelaufen, die aus dem Wagen mit der Küche kam.

»Huch!«, rief sie.

»Entschuldige bitte. Ich war etwas in Gedanken.«

»Nicht schlimm. Eigentlich wollte ich die Pause für eine Tasse Kaffee nutzen, aber es ist gar keiner mehr da.«

»In der Maske steht eine frische Kanne, und ich koche gleich noch eine. Wenn du willst, komm doch mit, dann kannst du mir dabei Gesellschaft leisten.« Sie betraten den Wohnwagen.

Elfie ließ sich auf einen Stuhl neben dem Tisch fallen und schaute Ede bei der Zubereitung des Kaffees zu. »Hast du schon gehört, wer Titus Frank ersetzen wird?«

Ede wandte sich um. »Vorhin ist ein junger Mann angekommen, und gerade habe ich ihn in der Maske kennengelernt. Er sagte, sein Name wäre Ben. Vielleicht war er das?«

»Na, wenn er sich dir mit Ben vorgestellt hat, dann bist du ihm sympathisch. Normalerweise sagt er immer ganz förmlich seinen Vor- und Nachnamen.«

»Aha. Und wie lautet der?«

»Benedikt Sommer.«

»Ach!« In dem Moment fiel es Ede wie Schuppen von den Augen. Natürlich! Daher kannte er den Mann. Sein Gesicht lachte ihm von Gerdis Autogrammkarte entgegen. Er war der Schauspieler, den sie zufällig in Büsum getroffen hatten. Ob es sich aber um einen Zufall handelte, dass ausgerechnet der eigentlich abgesetzte Schauspieler die Rolle spontan übernahm, noch dazu die Zeit dafür hatte und sich genau zum richtigen Zeitpunkt quasi einen Steinwurf vom Drehort aufhielt, wagte Ede zu bezweifeln. Er musste unbedingt mit seinem Sohn und dessen Kollegen sprechen.

Kapitel 16

Am Nachmittag im Büro der Polizeistation im Deichgrafenweg, bei noch immer strahlend blauem Himmel und mittlerweile schwülen 25 Grad

»Tschüss, Papa.« Fred beendete das Gespräch auf seinem privaten Handy und legte es auf dem Schreibtisch ab. Dann schüttelte er den Kopf und richtete den Blick gegen die Decke. »Mein Vater wieder!«

»Was denn, dein Vater wieder?«, fragte Ernie ungeduldig, der ihm gegenübersaß.

Fred verschränkte beide Hände hinter seinem Kopf. »Mein Vater hat die Ermittlungen inzwischen aufgenommen. Er arbeitet jetzt ehrenamtlich im Filmteam mit. Heute war sein erster Einsatz. Er war drei Stunden für die Kaffeeversorgung der Crew zuständig und verfolgt jetzt schon eine heiße Spur. Über die er aber nicht am Telefon sprechen wollte.«

»Hut ab. Dein Vater ist eben ein Vollprofi. Jetzt brauchen wir nur noch die offizielle Bestätigung der Gerichtsmedizin, dass es sich bei dem Toten um Titus Frank handelt. Dann können wir auch mit unseren heißen Spuren beginnen.«

Pannenbäcker kam ins Büro und legte ein Fax vor Ernies Nase auf den Tisch. »Die Bestätigung ist gerade gekommen. Der Tote aus Ording ist der besagte Schauspieler.«

Ernie nahm den Zettel zur Hand, überflog den Text und reichte ihn dann an Fred weiter. »Hat dein Vater gesagt, wo heute die Dreharbeiten stattfinden?«

Fred nickte. »In Böhl. Am Leuchtturm.«

»Na, dann los!« Ernie stand auf und setzte sich seine Polizistenmütze auf.

Um möglichst wenig Aufsehen unter den Schaulustigen zu erregen, die immer wieder die Dreharbeiten verfolgten, wurde Ernie und Fred für die Befragungen der noch anwesenden Schauspieler der Wohnwagen, der auch als Aufenthaltsraum genutzt wurde, zur Verfügung gestellt. Doch bereits nach den ersten Befragungen hatten Ernie und Fred das Gefühl, nicht vorwärtszukommen.

Alle Befragten hatten angeblich keinen näheren Kontakt zu dem Toten gehabt und wussten nicht viel über ihn zu berichten, außer dem, was sich auch in der Presse fand. Selbst Gio Leone, der uneheliche Sohn des Toten, konnte nicht viel über seinen leiblichen Vater sagen, da erst kürzlich der Kontakt zu ihm entstanden war. Am Ende der Befragung waren Ernie und Fred regelrecht enttäuscht.

Ernie stieg in den Peterwagen und klemmte seinen Kugelschreiber an die Kladde. Er blickte zu Fred, der sich eben hinter das Steuer fallen ließ, und setzte an: »Ziemlich magere Ausbeute, wenn du mich fragst.«

»Mager ist gar kein Ausdruck.« Fred startete den Motor und setzte zurück. »Die haben unter Garantie einen Maulkorb von der Produktionsfirma bekommen.«

»Für die Presse vielleicht. Aber doch nicht, wenn die Polizei Befragungen durchführt.«

Fred hob eine Augenbraue. »Hast du etwa sachdienliche Antworten auf deine Fragen bekommen?«

»Nee.«

»Siehste.«

»Es waren ja nicht alle Schauspieler anwesend. Vielleicht haben wir bei den noch zu Befragenden mehr Glück«, hoffte Ernie.

»Auf eventuelles Glück möchte ich mich nicht verlassen«, schimpfte Fred und bog von der Straße *Zum Leuchtturm* nach rechts auf die Pestalozzistraße ab.

Ernie zuckte mit den Achseln. »Hast du einen anderen Vorschlag?«

Fred nickte. »Jap.« Woraufhin Ernie seinen Freund und Kollegen eine Weile abwartend anblickte. Als der schwieg, hakte er nach: »Wärest du vielleicht so gnädig, mich in deine Pläne einzuweihen?«

Fred grinste schief. »Na, ist doch eigentlich klar, was wir machen.«

Langsam wurde Ernie ungeduldig. »Mensch, Fred. Du immer mit deinen Ratespielchen. Willst du etwa das Orakel von Delphi befragen, oder was?«

»Nicht das Orakel von Delphi, aber dafür den besten Ermittler, den ich kenne: meinen Vater.«

Ernie ging ein Licht auf. »Ah! Du meinst die heiße Spur.«

»Exakt.« Fred nickte. »Wir fahren mal eben bei mir rum. Meine Mutter wollte heute Wiener Schnitzel mit Bratkartoffeln machen. Bestimmt ist noch genug für ein Dienstessen da.«

Wenig später hockten sie zusammen mit Ede Glabotki am Küchentisch. Fred hatte recht behalten, seine Mutter hatte genügend Schnitzel und Kartoffeln gebraten, dass es auch noch für ihren Kollegen Pannenbäcker gereicht hätte. In der Mitte des Tisches stand ein offenes Glas mit kleinen Gewürzgurken. Während sie aßen, berichtete Ede von seinen Beobachtungen am Drehort. Besonders kritisch äußerte er sich zu seiner Begegnung mit dem Schauspieler Benedikt Sommer.

»Er wirkte in keinster Weise betroffen vom Tod seines Kollegen. Für ihn schien nur wichtig zu sein, dass er nun doch in die Rolle des Bösewichts schlüpfen konnte, wie es anfänglich wohl einmal geplant gewesen war. Außerdem haben wir ihn doch in Büsum getroffen, kurz bevor der andere Schauspieler in der Sauna zu Tode gekommen ist. Deine Mutter hat ein Autogramm von ihm.« Er hob einen Finger. »Ein möglicher Zufall? Vielleicht. Doch kommt mir die Sache ein bisschen spanisch vor. Ausgerechnet jetzt, wo hier gerade der Film gedreht wird, für den dieser Mann ursprünglich als Antagonist vorgesehen war und abgesägt wurde, hält er sich ganz in der Nähe auf und macht was? Urlaub? Und dann wird auch noch sein Konkurrent ermordet. Ihr solltet den Kameraden gründlich abklopfen, wenn ihr mich fragt. Eventuell hat es zwischen den Schauspielern einen Streit gegeben, weil die Rolle einfach umbesetzt wurde. Geld könnte auch ein Tatmotiv sein, schließlich ist ihm ein Engagement durch die Lappen gegangen, und damit auch das Honorar für die Rolle. Ich würde sagen, dieser Benedikt Sommer hätte definitiv ein Motiv für den Mord an Titus Frank gehabt.«

»Von Büsum aus ist es wirklich bloß ein Katzensprung nach St. Peter-Ording«, stimmte Fred seinem Vater zu.

»Wir sollten diesen Schauspieler möglichst schnell überprüfen«, fand Ernie ebenfalls und zückte sein Diensthandy. »Pannenbäcker soll herausfinden, wo dieser Sommer untergebracht ist.«

»*Ambassador*«, sagte Ede nur und steckte sich eines der Gürkchen in den Mund. »Da wohnt die ganze Schauspielertruppe.«

Das *Hotel Ambassador* lag direkt am Seebrückenvorplatz und bot seinen Gästen einen einzigartigen Blick über die Salzwiesen bis zu den Pfahlbauten am Strand, die Wahrzeichen von St. Peter-Ording. Ernie und Fred waren direkt zum Hotel gefahren und hatten ihr Dienstfahrzeug auf dem Besucherparkplatz abgestellt. Sie kannten die Beschäftigten an der Rezeption, und so war es kein Problem für sie, in Erfahrung zu bringen, wo sich der Schauspieler aufhielt. Heute hatte Mia Evers Dienst. Eine ehemalige Schülerin von Ernies Schwester Ilva. »Herr Sommer ist in der Spa-Suite im vierten

Obergeschoss untergebracht«, gab sie bereitwillig Auskunft.

»Spa-Suite hört sich gut an«, fand Ernie.

Mia nickte. »Ist es auch. Die Räume sind alle klimatisiert, und die Dachterrasse verfügt über einen Whirlpool. Sogar eine eigene Sauna hat die Suite.«

»Dann sollten wir uns besser beeilen, bevor Herr Sommer die Sauna ausprobiert«, sagte Fred mit vielsagendem Blick zu Ernie und ging zum Fahrstuhl.

»Soll ich ihn anrufen und Bescheid geben, dass Sie kommen?«

»Nein, nein. Nicht nötig. Danke und noch frohes Schaffen.« Ernie lächelte die junge Frau an und beeilte sich dann, zu seinem Kollegen aufzuschließen.

Mit dem Fahrstuhl ging es in die vierte Etage, dann einen langen Gang entlang. Fred klopfte an die Tür, die zur Spa-Suite gehörte. Von der anderen Seite hörten sie schlurfende Schritte, die sich näherten. Wenig später wurde die Tür geöffnet. Der Schauspieler blickte sie überrascht an. Er trug eine kurze Hose und ein weites T-Shirt, an dessen Ausschnitt eine Brille klemmte.

»Polizei St. Peter-Ording.«

Ernie und Fred zeigten ihre Ausweise, was den Schauspieler dazu veranlasste, die Brille aus dem Hemdkragen zu ziehen und aufzusetzen. Dann schob er seinen Kopf nach vorne, um besser lesen zu können, was auf den kleinen Karten stand. »Guten Tag, Herr Feddersen und Herr Glabotki«, las er die Namen ab. »Was verschafft mir die Ehre?«

»Sind Sie Herr Benedikt Sommer?«, fragte Ernie.

»Ja.« Er blickte sie fragend an. »Stehe ich mit meinem Auto etwa im Parkverbot?«

»Können wir die Angelegenheit drinnen besprechen?«, fragte Ernie.

»Natürlich.« Er öffnete die Tür weiter und ließ sie eintreten.

»Eine schöne Unterkunft haben Sie.« Ernie schaute sich in der Suite um. Sie war aufgeräumt. Nirgendwo lagen Kleidungsstücke oder andere Dinge herum. Lediglich auf einem Schreibtisch stand ein Laptop. Benedikt Sommer schien ordnungsliebend zu sein.

»Die Produktionsfirma ist sehr großzügig«, sagte der Schauspieler und verschränkte beide Arme vor der Brust. »Darf ich fragen, was der Grund Ihres Besuchs ist?«

»Dürfen Sie.« Fred öffnete die Tür zur Sauna und schaute hinein. »Ist es richtig, dass Sie sich kürzlich in Büsum aufgehalten haben?«

»Ja. Ich habe dort Urlaub mit meiner Familie gemacht«, bestätigte er.

»Wo ist Ihre Familie jetzt?«, wollte Ernie wissen.

»Immer noch in Büsum. Wir haben dort ein Ferienhaus gemietet. Für insgesamt drei Wochen.«

»Aber Sie wohnen jetzt hier?«, vergewisserte sich Fred und stellte sich neben Ernie.

»Nur, solange ich in St. Peter-Ording arbeite.« Er blickte verunsichert zwischen Ernie und Fred hin und her, dann schluckte er sichtbar. »Ist meiner Familie etwas zugestoßen?«

»Nein, nein, kein Grund zur Sorge. Wegen Ihrer Familie

sind wir nicht hier«, beschwichtigte Ernie und lächelte ihm aufmunternd zu. »Uns interessiert, seit wann Sie in St. Peter-Ording sind und wo Sie sich vorgestern Abend aufgehalten haben.«

Der Schauspieler setzte sich auf einen Hocker. »Ich bin erst heute am frühen Mittag in St. Peter-Ording angekommen. Vorgestern hatte ich eine Lesung aus meinem ersten Buch in der *Buchbar* in Büsum.«

»Dafür gibt es bestimmt Beweise, oder?«, fragte Fred.

»Natürlich.« Der Schauspieler erhob sich von der Sitzgelegenheit und ging zu seinem Laptop. »Hier ist ein Bericht über die Lesung aus dem heutigen *Büsumer Tagesanzeiger*.« Er hielt Ernie und Fred das Gerät entgegen, auf dessen Display ein Artikel aus der digitalen Ausgabe der Zeitung zu sehen war, einschließlich zweier Fotos, die Benedikt Sommer beim Vorlesen und das Publikum vor ihm sitzend auf Stühlen zeigte. »Den Vertrag mit der Buchhandlung kann ich Ihnen auch vorlegen, wenn Sie möchten.«

Fred winkte ab. »Das reicht erst einmal. Was mich noch interessiert, kannten Sie den verstorbenen Kollegen Titus Frank?«

Benedikt Sommer zuckte mit den Schultern und stellte dann den Laptop wieder auf dem Schreibtisch ab. »Was heißt schon kennen? Wie man sich halt so kennt in der Branche. Manchmal läuft man sich bei gemeinsamen Projekten über den Weg, oder bei Filmveranstaltungen, dann wechselt man ein paar Worte. Titus Frank und ich waren einander oberflächlich bekannt, aber nicht mehr. Wir waren privat keine Freunde, wenn es das ist, was Sie wissen wollen.«

»Gab es Unstimmigkeiten zwischen Ihnen?«, hakte Fred nach. »Hatten Sie jemals Streit?«

Der Schauspieler nahm die Brille ab und klemmte sie wieder an den Ausschnitt seines Shirts. »Nein. Weder das eine noch das andere. So gut kannten wir uns gar nicht, dass der eine den anderen nicht hätte leiden können oder es gar zu einem Streit hätte kommen können.«

»Wie haben Sie eigentlich darauf reagiert, als Sie von der Produktionsfirma erfahren haben, dass Ihre Rolle mit Titus Frank neu besetzt wurde? Das war doch bestimmt ärgerlich für Sie«, vermutete Ernie.

»Die Nachricht habe ich von der Agentur erhalten, die mich vertritt«, korrigierte Benedikt Sommer. »Natürlich habe ich mich darüber geärgert, dass ich so kurzfristig eine Absage bekommen habe. Wer würde das nicht tun? Immerhin hatte ich den Text bereits gelernt und mich auch anderweitig in die Rolle eingearbeitet. Aber so ist das Business eben. Die Geschichte, dass Titus Frank mit seinem Sohn, den er erst nach so vielen Jahren anerkannt hat, gemeinsam vor der Kamera steht, das treibt natürlich die Einschaltquote in die Höhe.«

»Sie waren also nicht wütend auf Ihren Kollegen?«, fragte Fred nach.

»Warum sollte ich? Das hätte auch genauso gut umgekehrt passieren können, wenn ich einen heimlichen Sohn hätte. Außerdem habe ich eine finanzielle Entschädigung erhalten.« Er grinste sie an. »Falls Sie glauben, ich wäre ein eiskalter Mörder, bloß weil ich den häufig im Fernsehen darstelle, dann muss ich Sie enttäuschen. Ich bin bloß ein äußerst guter Schauspieler.«

Ernie warf Fred einen Blick zu. Als er nickte, sagte er: »Vielen Dank für Ihre Zeit, Herr Sommer. Im Moment haben wir keine weiteren Fragen.«

»Die heiße Spur deines Vaters ist hiermit wohl ziemlich schnell erkaltet«, resümierte Ernie, als sie mit dem Fahrstuhl ins Erdgeschoss fuhren.

Fred lehnte sich gegen eine Wand des Lifts. »Glaubst du ihm?«

»Eigentlich schon. Immerhin konnte er uns beweisen, dass er zur Tatzeit eine Veranstaltung in Büsum hatte. Meinst du, er lügt?«

Fred zuckte mit einer Achsel. »Wie er schon sagte, er ist ein guter Schauspieler.«

Kapitel 17

Am nächsten Morgen im Lehrerzimmer der Nordseeschule an der Pestalozzistraße, bei schwülen 24 Grad und ein paar Schleierwolken am Himmel

Ilva gähnte hinter vorgehaltener Hand. Sie griff nach ihrer Flasche, trank einen Schluck Wasser und drückte danach das kühle Glas gegen ihre Stirn. Obwohl sie nach Betreten des Lehrerzimmers zwei Fenster sperrangelweit aufgerissen hatte, hielt sich die Schwüle hartnäckig im Raum.

Celina Töpfer hatte wieder den Kopierer in Beschlag genommen und vervielfältigte akribisch Arbeitsblätter für ihre Unterrichtsstunde, die sie im Beisein einer Kollegin halten durfte. Auch sie fächelte sich mit einem Stück Papier ein wenig Luft zu.

Ilva musste lächeln und dachte an ihre Zeit als Praktikantin an der Schule in Hamburg zurück. Wie begeistert und engagiert sie damals gewesen war. Voller Ideale und Visionen, mit ihrer Arbeit die Welt ein Stück besser machen zu wollen. Die Begeisterung und das Engagement waren ihr bis heute erhalten geblieben, doch was den Anspruch an die Weltverbesserung anbelangte, da war sie inzwischen bescheidener geworden.

In der letzten Nacht hatte sie glücklicherweise etwas besser geschlafen, aber trotzdem fühlte sie sich geschlaucht. Ihr Magen war noch nicht wieder vollends zur Ruhe gekommen. Deswegen hatte sie sich selbst auf Schonkost gesetzt und befolgte auch Utes Rat, viel Wasser und Kräutertees zu trinken. Sie stellte die Flasche auf dem Tisch ab, an dem sie saß, und wandte sich mit einem unterdrückten Seufzen wieder Miks Deutschklausur zu, die womöglich für ihr Magengrummeln mit verantwortlich sein könnte. Obwohl sie ihrem Schüler wohlgesonnen war, konnte sie anhand seiner inhaltlichen Leistung beim besten Willen keine Punkte zusammenkratzen, die ihm die schlechtere Note erspart hätten.

Mik hatte die politische Rede von Helmut Kohl völlig falsch verstanden und sich deswegen vergaloppiert. Er hatte nicht nur die falschen Schlüsse daraus gezogen, sondern auch deutlich zu wenig sprachliche Mittel analysiert und damit wichtige Punkte verschenkt, die ihm im Ernstfall noch eine Gnadenvier hätten einbringen können. Ilva griff zu ihrem Rotstift und schrieb schweren Herzens *Leider nur 2 Punkte* unter die Klausur. Am liebsten vergab sie gute Noten, doch eine realistische Bewertung der schulischen Leistungen gehörte ebenso zu ihrem Job. Hinter ihr öffnete sich die Tür, und einen Moment später ließ sich Ute neben ihr auf den Platz fallen.

»Hast du es auch schon gehört?«, fragte sie gleich.

»Was soll ich denn gehört haben?«

»Na, es steht heute offiziell in der Zeitung. Ich habe es gerade auf dem Handy gesehen.« Ute holte ihr Smartphone aus der Tasche und rief die Seite der *BILD*-Zeitung auf. »Da! Ganz groß!« Sie gab Ilva das Telefon.

»Titus Frank tot. Leiche des bekannten Schauspielers identifiziert«, las Ilva laut vor und scrollte dann den Text hinunter. »Aber keine näheren Details von der Polizei.«

Celina Töpfer war im Vorbeigehen neben ihnen stehen geblieben und blickte interessiert auf das Display.

»Oh, Titus Frank ist tot?«, fragte sie überrascht. »Ich dachte, er spielt in der Krimiserie mit, die in St. Peter-Ording gedreht wird.«

»Jetzt nicht mehr.«

»Hast du denn nichts von dem Brand in Ording mitbekommen?«, fragte Ute.

»Bloß am Rande. Hat der Brand etwas mit dem Tod des Schauspielers zu tun?«

Ilva nickte und reichte ihr das Handy. »Am besten liest du selbst.«

»Das ist ja furchtbar«, sagte Celina Töpfer, nachdem sie den Artikel gelesen hatte. »Ich hatte keine Ahnung, dass in dem abgebrannten Haus jemand ums Leben gekommen ist. Das klingt nach einer Tragödie.« Sie gab Ilva das Telefon zurück. »Entschuldigt mich, ich muss nun leider zum Unterricht.«

»Gutes Gelingen.« Ilva lächelte der jungen Kollegin aufmunternd zu und gab dann das Handy Ute.

»Am Filmset ist bestimmt die Hölle los.« Ute steckte das Handy zurück in ihre Tasche.

»Da ist durch die Schaulustigen doch jeden Tag eine Menge los.«

»Ja, schon. Aber nun kommt auch noch die Presse hinzu. Bestimmt belagern sie die Filmleute nun auf Schritt und Tritt, um geheime Details über Titus Frank in Erfahrung zu bringen.«

»Hm.« Ilva verstaute die Klausuren in einer Mappe. »Ernie hat mir erzählt, dass Freds Vater auch seit gestern für das Filmteam aktiv ist.«

»Als Schauspieler?«

»Quatsch! Er hat sich dort als Kaffeekocher eingeschmuggelt und ermittelt nun verdeckt. Ernie meinte, für ihn war gleich klar, dass der Mörder aus dem näheren schauspielerischen Dunstkreis von Titus Frank kommen muss.«

»Glaubst du das auch?«

»Ich weiß nicht. Aber ich hätte nicht übel Lust, es herauszufinden.« Ilva schaute auf ihre Armbanduhr. »Ich habe noch eine Doppelstunde frei, weil die Stufe sieben doch heute auf Exkursion in Friedrichstadt ist.«

»Bei mir fällt auch der Kunstkurs aus.«

»Dann lass uns die Zeit nutzen und mal am Drehort vorbeischauen. Vielleicht werden noch Statisten gesucht, und wir können uns unbemerkt unter das Filmvolk mischen«, schlug Ilva vor.

»An sich eine gute Idee, wenn wir wüssten, wo heute in St. Peter-Ording gedreht wird«, gab Ute zu bedenken.

»Na, dort, wo Freds Vater Kaffee kocht. Bei uns ums Eck. Am Böhler Leuchtturm«, erklärte Ilva.

Von der Nordseeschule bis zum Böhler Leuchtturm war es bloß ein Fußmarsch von knapp einer Viertelstunde. Ute sollte mit ihrer Vermutung recht behalten. Rund um den Leuchtturm wimmelte es nur so von Paparazzi, die mit professionellen Fotoapparaten und Kameras parat standen, um jeden kleinsten Skandal, jede Besonderheit sofort festzuhalten. Sogar ein paar Übertragungswagen von verschiedenen TV-Sendern waren angereist. Die dazugehörigen Moderatoren berichteten live vom Ort des Geschehens. Ein Krimidreh, der zum wahren Tatort wurde. Das war eine Sensation.

Ilva und Ute waren ein paar Meter entfernt vor der Absperrung zum Drehort stehen geblieben.

»Was für ein Aufstand!«, meinte Ute kopfschüttelnd.

»Das Sommerloch muss dieses Jahr besonders groß sein, sonst wäre nicht die gesamte Medienlandschaft nach St. Peter-Ording gekommen«, stellte Ilva fest. »Bei dem Trubel könnte man fast meinen, dass für Titus Frank ein Staatsbegräbnis vorbereitet wird.«

»Das wohl kaum. Aber unter diesen Umständen werde ich bestimmt keine Statistenrolle ergattern. Wahrscheinlich ist die Filmcrew total genervt von dem übermäßigen Interesse und froh, wenn sie überhaupt noch zum Drehen kommt.« Ilva reckte den Hals. »Sieh mal, da drüben. Das ist der uneheliche Sohn von Titus Frank.« Sie zeigte in die Richtung eines jungen Mannes, der von drei Männern begleitet wurde, die unschwer einer Sicherheitsfirma zuzuordnen waren.

»Er wird besser abgeschirmt als die Kronjuwelen. Da haben weder Presse noch Fans eine Chance, mit ihm in Kontakt zu treten.«

Ilva nickte. »Nur Freds Vater war schlau genug, sich vor der offiziellen Bekanntgabe des Todes von Titus Frank bei der Crew einzuschleusen.« Sie verzog den Mund.

Ute musste lächeln. »Und das schmeckt dir gar nicht.«

»Na ja ... willst du etwa nicht selbst herausfinden, warum Titus Frank sterben musste?«

»Natürlich möchte ich das. Vielleicht steht es demnächst in der Zeitung.«

Ilva zog die Augenbrauen zusammen. »Weil Freds Vater den Mord aufklärt.«

Ute musste lachen. »Du traust deinem Bruder und seinen Kollegen ja eine Menge zu.«

»Ach, Ute, du kennst doch Ernie. Er kümmert sich lieber um entlaufene Katzen oder hilft den Bewohnern der Seniorenresidenz vom Heedweg über die Straße. Mordfälle aufzuklären gehört nicht unbedingt zu seinem Spezialgebiet.«

»Manchmal frage ich mich wirklich, wer von euch in der Familie der Polizist ist.«

»Nicht nur du.« Ilva knuffte ihre Freundin lächelnd in die Seite. »Dann lass uns mal langsam wieder zurückgehen, sonst kommen wir zu spät zum Unterricht. Hier können wir heute ohnehin nichts ausrichten.«

»Aber immerhin sind wir für eine Weile dem stickigen Lehrerzimmer entkommen«, stellte Ute zufrieden fest.

Der Schulgong signalisierte das Ende des Unterrichts. Die Schüler packten ihre Sachen zusammen und verließen den

Schulraum. Ilva wischte das Whiteboard mit einem Schwamm sauber.

»Entschuldigung, Frau Feddersen.« Neben ihr stand Mik Carstens. Er hielt seine Klausur in den Händen.

»Ja?«

»Kann ich Sie kurz sprechen?« Sein zerknirschter Gesichtsausdruck sprach Bände.

»Aber natürlich.« Sie legte den Schwamm beiseite und setzte sich mit einer Pobacke auf das Pult. »Es tut mir wirklich leid, aber ich konnte dir beim besten Willen keine bessere Note geben.«

Er nickte. »Ich weiß, ich bin voll am Thema vorbeigeschlittert.«

»Gut, dass dir das klar ist.«

»Ja, schon. Aber ich kann mir kein Defizit auf dem Zeugnis erlauben, sonst kann ich mir die Abi-Zulassung in die Haare schmieren. Ich bin bereit, alles zu tun, damit es noch klappt«, sagte er mit flehendem Blick.

»Du musst definitiv im Mündlichen Vollgas geben. Dann hast du eine Chance, das Schriftliche auszugleichen.«

»Meinen Sie, dass ich durch meine Rolle im Theaterstück meine Note noch retten kann?« Er schaute sie wie ein treuer Dackel an.

»Das fließt auf jeden Fall in die Endnote ein, und wenn du dich dann noch zusätzlich aktiv am Unterricht beteiligst, könnte das durchaus machbar sein.«

»Das wäre meine letzte Rettung.« Mik wirkte verzweifelt.

»Chemie?«, fragte Ilva.

Der Junge nickte. »Da kämpfe ich wohl auf verlorenem

Posten. Herr Schröter hat mir null Punkte angedroht, und dann wäre alles aus. Dabei bemühe ich mich wirklich. Aber es ist immer alles falsch, was ich sage.«

»Kopf hoch. Das wird schon werden!« Ilva nickte ihrem Schüler aufmunternd zu. »Ich werde dein Engagement beim Theaterstück gebührend berücksichtigen. Das zählt mindestens so viel wie deine Beteiligung im regulären Unterricht.«

»Ich werde wirklich mein Bestes geben, um meine Note zu retten«, beteuerte der Junge. »Ich habe auch noch eine Idee, wie ich durch ein Requisit den vermeintlich verrückten Physiker optisch noch unterstreichen kann. Was halten Sie davon, wenn ich während der Aufführung einen Erlenmeyerkolben mit mir herumtrage?«

»Eine schöne Idee. Obwohl ein Erlenmeyerkolben natürlich auch oft in der Chemie benutzt wird«, warf sie augenzwinkernd ein. »Aber von mir aus können wir das ruhig so machen. Man muss es ja nicht so genau nehmen.«

»Toll!«, freute sich Mik.

»Für die nächste Probe besorge ich dir einen Erlenmeyerkolben aus dem Chemieraum«, versprach Ilva ihm.

»Danke, Frau Feddersen«, sagte der Junge erleichtert. »Dann bis zur Probe.« Er verließ den Klassenraum.

»Bis zur Probe.« Sie schaute ihm lächelnd nach und fragte sich, ob eine Benotung mit null Punkten tatsächlich angebracht war, wenn ein Schüler regelmäßig anwesend war und zumindest versuchte, sich am Unterricht zu beteiligen. Sie nahm sich vor, noch einmal mit Hajo Schröter zu sprechen und ein gutes Wort für Mik einzulegen.

Am Abend vermischte sich der Duft von gebratenen Würstchen mit dem des Lavendelstrauchs in Familie Feddersens Garten. Eike stand zusammen mit Werner Feddersen am Grill. Beide kümmerten sich um die Würstchen und Gemüsespieße. Bille Feddersen hatte in der Hollywoodschaukel Platz genommen und kraulte Kater Kuschel, der sich neben ihr zusammengerollt hatte und döste. Ernie und Ilva deckten den Terrassentisch.

»Ich hole eben noch Senf, Ketchup und Knoblauchsoße«, sagte Ilva.

»Dann nimm Ernie doch mit, und bringt auch gleich den Kartoffelsalat und den gemischten Salat mit. Steht beides im Kühlschrank«, meldete sich ihre Mutter zu Wort. »Und zwei große Löffel.«

»Wird gemacht.« Ilva ging mit ihrem Bruder in die Küche. Sie öffnete den Kühlschrank und griff nach den Glasschalen mit den Salaten. »Gibt es was Neues im Fall *toter Schauspieler*?«, nutzte sie die Gelegenheit, um sich auf den neuesten Stand der Dinge zu bringen.

»Nö. Die Spur, die wir verfolgt haben, hat sich als eiskalt erwiesen.«

»Welche war es denn?«

»Benedikt Sommer. Der Schauspieler, der nun die Rolle übernommen hat, die er ursprünglich spielen sollte, bevor sie mit Herrn Frank besetzt wurde. Freds Eltern haben ihn kurz vor dem Brand in Büsum getroffen, aber er hat ein wasserdichtes Alibi für die Tatzeit.«

»Und sonst?« Sie stellte eine Flasche Ketchup auf den Tisch.

»Nix.« Ernie zuckte mit den Achseln. »Wir haben heute noch mal Feriengäste und Angestellte in Ording befragt, aber keiner wusste was. Unsere bisherigen Nachforschungen in seinem persönlichen Umfeld haben auch keine Ergebnisse gebracht. Verheiratet war er nicht, und bis auf eine Schwester, der die Kollegen vor Ort die Todesnachricht übermittelt haben, gibt es keine weiteren Angehörigen.«

»Das ist übersichtlich.«

Ernie nickte. »Aber wir bleiben weiter am Ball.«

»Ich habe am Anfang einen meiner Kollegen verdächtigt, der Mörder zu sein«, sagte Ilva lachend mit einer Tube Senf in der Hand.

»Ja?«

»Aber das ist natürlich Quatsch.« Sie winkte ab und nahm zwei große Löffel für die Salate aus einer Schublade. »Seine Frau hatte das Preisausschreiben für das Treffen mit Titus Frank gewonnen, was dann nicht mehr stattgefunden hat. Am nächsten Morgen war mein Kollege so gut gelaunt, dass er mir sogar die Tür aufgehalten hat. Da habe ich zu Ute gesagt, dass seine gute Laune höchst verdächtig sei. Er schien hocherfreut und sehr zufrieden, dass seine Frau sich nicht mit dem Schauspieler treffen konnte. Bestimmt habe er Titus Frank aus Eifersucht umgebracht.«

»Von welchem Kollegen sprichst du?«

»Von Hajo. Hajo Schröter. Du müsstest ihn eigentlich kennen.«

Ernies Augen weiteten sich. »Kerle Kiste!« Dann setzte er sich auf einen Stuhl.

»Was ist denn los?«, fragte Ilva verwundert.

»Wir haben Hajo Schröter am besagten Abend in Ording getroffen. Er hat sich wirklich ziemlich merkwürdig verhalten. Als ich ihn gegrüßt habe, hat er mich ganz erschrocken angesehen.«

»Hm, merkwürdig.« Ilva setzte sich auch auf einen Stuhl. »Hajo und Carola wohnen in einem Neubaugebiet in Böhl.«

»Was hatte Hajo ausgerechnet an dem Tag und zu der Zeit in Ording verloren?«, fragte Ernie laut. »Sein Verhalten kam mir gleich sonderbar vor.«

»Er hatte am Nachmittag etwas davon gesagt, dass er sich vielleicht mit einem Freund treffen wollte, während Carola auf der Filmpremiere ist«, fiel Ilva ein. »Vielleicht wohnt der Kollege in Ording, und er kam gerade von seiner Verabredung.«

Ernie schüttelte den Kopf. »Nach jemandem, der sich mit einem Kumpel getroffen hat, sah er nicht aus. Eher, als ob er bei etwas Verbotenem ertappt worden sei.«

Kapitel 18

Am selben Abend auf dem Deich in Ording, bei einem lauen Lüftchen und noch immer 20 Grad

Ich setzte mich auf eine Bank, klappte die Pappschachtel auf und nahm das köstlich duftende Fischbrötchen in beide Hände. Mit großem Appetit biss ich hinein und schloss für einen Augenblick die Augen. Genüsslich ließ ich den Geschmack von frischem Fisch, knusprigem Brötchen, Salat und saftiger Remoulade auf meiner Zunge zergehen.

Ich blickte über eine beeindruckende Dünenlandschaft bis zum Meer, das weit hinten im Sonnenlicht glitzerte. Bunte Drachen tanzten über dem Strand durch die Lüfte, und von irgendwoher erklang das Geschrei von Möwen. So musste es im Paradies sein! Eine Weile betrachtete ich die unbeschreibliche Schönheit der Natur und spürte eine angenehme Ruhe in mir aufkommen. Ich versuchte, diesen entspannten Augenblick mit allen Sinnen zu genießen und gedanklich festzuhalten.

Erneut biss ich in mein Fischbrötchen. Nun fühlte ich mich bereit, um zum Handy zu greifen und mich über die aktuelle Berichtslage zum Tod von Titus Frank zu informieren. Das abgebrannte Reetdachhaus lag mir keine zweihundert Meter entfernt im Rücken.

Ich brauchte nicht lange, um festzustellen, dass der Tod des Schauspielers das beherrschende Thema in den großen, kleinen und sozialen Medien war. Schauspielerkollegen, Fans und andere Weggefährten drückten ihr Bedauern und auch ihre Trauer aus. Einige von ihnen waren voll des Wohlwollens. Sie erzählten rührselige Geschichten, die sie mit Titus Frank erlebt hatten. Einmal habe er zu einer Spendenaktion für ein Kind aufgerufen, das einen speziellen Rollstuhl benötigt hatte, und sich ein anderes Mal an einer Müllsammelaktion in seinem Heimatort beteiligt. Na, halleluja! Damit stand er in der Öffentlichkeit knapp vor einer Seligsprechung. Ich erinnerte mich auch daran, da beide Aktionen medial begleitet wurden und im Endeffekt einer kostenlosen PR-Maßnahme für den Schauspieler gleichkamen. Wäre er in Wirklichkeit auch nur annähernd so edel gewesen, wie es die Erzählenden darstellten, hätte er anonym für den Rollstuhl des Kindes spenden und sich auch ohne weiteres Tamtam am Müllsammeln beteiligen können. Ich ließ das Handy sinken und seufzte frustriert auf. Warum ließen sich die Leute so leicht blenden? Warum hinterfragten sie nicht, wie selbstlos sein Handeln tatsächlich gewesen war? Allein die Tatsache, dass es keine Frau länger an seiner Seite ausgehalten hatte, sollte einem doch zu denken geben.

Obwohl ich es nicht wollte, spürte ich, wie allmählich Groll in mir aufstieg. Nein, dieser Mensch war nicht einer der Guten gewesen. Wer könnte dies besser wissen als ich?

Resigniert legte ich das Handy auf der Bank ab. All die positiven Erzählungen hatte er nicht verdient, dachte ich mit einem Anflug von Verzweiflung. Konnten noch nicht einmal nach seinem Tod die dunklen Geschehnisse aufgedeckt werden, die er zu Lebzeiten so gut geheim gehalten hatte? Wo blieb eigentlich die Gerechtigkeit, und wo derjenige, der endlich sichtbar machte, was für ein schlechter Mensch Titus Frank in Wirklichkeit gewesen war? Inzwischen war das angenehme Gefühl von Ruhe einer inneren Anspannung und aufkommender Beunruhigung gewichen. Noch schrieben die Zeitungen nichts darüber, dass er womöglich nicht zufällig bei dem Brand umgekommen war. Bisher wurde sein Tod als ein tragischer Unfall dargestellt und nicht erwähnt, dass Titus Frank in der Sauna eingesperrt gewesen war, während es brannte. Auch wurde bisher nicht öffentlich nach einem Mörder gesucht. Mir war klar, dass es bloß eine Frage der Zeit sein würde, bis sich das änderte und die Schlagzeilen von der Suche nach dem Killer erzählen würden. Die Schlinge würde sich dann langsam, aber stetig zuziehen. Ich machte mir auch keine Illusionen darüber, dass nicht ein cleverer Ermittler oder Reporter eines Tages die richtige Spur fand, die ihn zu mir führen würde. Eigentlich hoffte ich es sogar. Denn dann würde ich reden, und das ganze Land würde endlich die Wahrheit über Titus Frank erfahren.

Kapitel 19

Am nächsten Morgen am Nordstrand in Ording, bei kühleren 17 Grad und einem böigen Wind mit vielen Wolken am Himmel

Die Filmcrew hatte an diesem Tag an einen anderen Ort gewechselt. Auf dem Drehplan standen Szenen an der *Silbermöwe*, einem beliebten Restaurant, das in einem der Pfahlbauten untergebracht war. Auch Ede hatte ein neues Betätigungsfeld zugeteilt bekommen. Er war ab sofort vom Kaffeekocher zum Garderobier aufgestiegen. Bei den kühleren Temperaturen bestand sein Job darin, den Schauspielern ihre Jacken anzureichen, sobald eine Drehpause gemacht wurde. Die Darsteller trugen allesamt luftige Kleidung, da die Krimiepisode im Hochsommer spielte.

Nachdem Fred ihm am Vorabend von seinem und Ernies ergebnislosen Gespräch mit Benedikt Sommer erzählt hatte, war er zunächst einen Moment enttäuscht gewesen. Immerhin war er sich ziemlich sicher gewesen, dass der Schauspieler etwas mit dem Tod von Titus Frank zu tun haben musste. Sein Irrtum wurmte ihn gewaltig. Sollte der Täter doch im privaten Kreis des Toten zu finden sein? Insgeheim stellte er sich die Frage, ob er inzwischen gar zu alt und seine beste Zeit als Ermittler vorbei war. Vor Fred hatte er sich jedoch nichts anmerken lassen, sondern nur ein weiteres Mal wiederholt, dass sie dem Mörder schon gemeinsam auf die Schliche kommen würden.

Trotz allem hatte sich seine Intuition nicht geändert. Er vermutete den Mörder nach wie vor im Umfeld des Filmteams und nicht im privaten oder im Freundeskreis des Schauspielers – nur verdächtigte er keine konkrete Person. Jeder von ihnen konnte der Mörder sein. Er hatte Gespräche zwischen den Schauspielern und anderen Leuten des Filmteams mitbekommen, die keinen Zweifel daran gelassen hatten, dass Titus Frank in der Medienbranche nicht zu den Sympathieträgern gezählt hatte, auch wenn niemand es wagte, diese Einschätzung nach außen zu kommunizieren. Deswegen beobachtete Ede weiterhin aufmerksam, was am Filmset vor sich ging, und nahm jede Kleinigkeit zur Kenntnis. Er würde allen beweisen, dass er noch lange nicht zum alten Eisen gehörte und seine Spürnase nach wie vor tadellos funktionierte, nahm er sich vor. Mit Kriminalarbeit war es doch wie mit dem Fahrradfahren, das verlernte man nicht.

Für Gio Leone und seine neue Filmpartnerin Vivi Schilling stand als Nächstes eine Kussszene auf dem Drehplan. In der Krimifolge, so auch im wahren Leben, hatten sie erst kürzlich beruflich zueinandergefunden. Im Fernsehen verkörperten sie ein junges Ermittlerteam, das nicht nur brisante Kriminalfälle aufklärte, sondern sich schon bald ineinander verliebte.

»Den Kuss gebt ihr euch am besten bei den Stelzen.« Der Regisseur Yves Brucker lief zwischen den dicken Holzpfählen der Strandbude umher und fand schließlich die passende Stelle, an der das Holz mit Muscheln bewachsen war. »Vivi, du lehnst dich gleich mit dem Rücken an diese Stelze und lässt dich dann von Gio küssen«, kommandierte er.

»Alles klar!« Die junge Schauspielerin übergab Ede ihre leichte Steppjacke, unter der sie ein kurzärmeliges blaues Polizeihemd zur dunkelblauen Uniformhose trug. »Vielen Dank«, sagte sie höflich und lächelte ihn dabei an.

»Immer gerne, junge Frau.« Ede erwiderte ihr Lächeln und hängte ihre Jacke auf einen Bügel, den er wiederum an einem Kleiderständer auf Rollen platzierte, den er bei jedem Ortswechsel mitnahm. Die Schauspielerin war ihm sympathisch. Dass sie gute Manieren hatte, war ihm gleich aufgefallen.

Ihr Schauspielkollege schien hartgesottener zu sein. Er hatte keine Jacke dabei und trotzte der kühlen Brise, ohne eine Miene zu verziehen. Die Klappe fiel, und die beiden Schauspieler schlenderten zwischen den Pfählen des Holzbaus umher. Ede konnte nichts von dem hören, was sie sagten, weil er dafür zu weit entfernt stand. Doch dafür hatte er eine direkte Sicht auf den Pfahlbau. Die Schauspielerin lehnte sich wie abgesprochen gegen eine Stelze. Als der Kopf ihres Filmpartners sich ihrem näherte, drehte sie sich jedoch abrupt lachend zur Seite. Scheinbar verlegen klemmte sie eine Haarsträhne hinter ein Ohr.

»Aus! Schnitt!«, rief Brucker aufgebracht und stapfte zu den Schauspielern.

Gio Leone fuhr sich mit einer Hand durch sein Haar und schüttelte den Kopf.

»Wiederholung!« Wild gestikulierend gab Brucker der jungen Schauspielerin erneut Anweisungen. Vivi Schilling nickte pflichtbewusst und bemühte sich, ihr Lachen in den Griff zu bekommen. Brucker kehrte zurück, und es fiel die zweite Klappe. Wie beim ersten Mal schlenderten sie zunächst zwischen den Pflöcken umher, und noch einmal lehnte sich Vivi Schilling an die Stelze. Langsam näherte sich Gio Leone ihr. Kurz bevor es zum Kuss kommen konnte, hob die Schauspielerin hastig beide Hände und drückte ihn bestimmt von sich weg. »Nicht!«

Gio Leone warf die Hände in die Luft. »Was soll das?«, schrie er.

Einen Moment rührte sich die junge Frau nicht, aber dann stürmte sie davon. »Ich kann das nicht!«, hörte Ede sie rufen.

»Was ist denn los?« Gio Leone hob die Schultern.

»Aus!«, schrie Brucker und feuerte vor Wut seine Baseballkappe in den Sand.

Gio Leone lief seiner Kollegin hinterher, die geradewegs auf den Kleiderständer zusteuerte. »Warum stellst du dich denn so an?«

Ede machte einen Schritt zur Seite. Seine Ermittler-Antennen waren auf Empfang geschaltet. Was wurde hier in Wirklichkeit gespielt? Es roch förmlich nach einer neuen Spur.

»Gerade du müsstest mich verstehen!«, schrie sie ihren Kollegen an und riss ihre Jacke vom Bügel. Ohne ein weiteres Wort ließ sie ihn stehen und stapfte durch den Sand von dannen.

»Hab ich Mundgeruch, oder was?« Gio Leone blickte seiner Filmpartnerin ratlos hinterher. »Da soll einer die Frauen verstehen.«

Brucker hob seine Kappe wieder auf und klopfte den Sand ab. »Wir machen erst mal eine Pause und drehen weiter, wenn Vivi sich wieder beruhigt hat.« Er klopfte dem Schauspieler aufmunternd auf die Schulter. »Du machst einen guten Job, Gio.«

Der junge Mann hauchte in seine Hände. »Also, ich rieche nichts.«

»Mach dir keinen Kopf.« Der Regisseur setzte sich die Kappe wieder auf.

Unterdessen blickte Ede zu dem kleinen Pavillon, unter den sich die Schauspielerin gesetzt hatte und nun aus einer Flasche etwas trank. Sie wirkte gestresst und wippte rastlos mit einem Fuß. Ede rief sich ihre letzten Worte in Erinnerung. Wenn gerade Gio Leone sie doch verstehen müsste, dann musste es irgendetwas geben, was die beiden Schauspieler verband. Aber was konnte das sein? Grüblerisch blickte er zu Gio Leone. Der junge Mann schien genauso ahnungslos zu sein, wie Ede es war. Doch Letzteres würde sich bald ändern.

Kapitel 20

Am Mittag in der Polizeistation im Deichgrafenweg, bei Landregen und frischen 15 Grad

Der Kollege Pannenbäcker hatte an diesem Tag Spätdienst. Deswegen waren Ernie und Fred allein auf der Wache und erstaunt gewesen, als gegen die Mittagszeit plötzlich Ede Glabotki unangemeldet in der Tür gestanden hatte.

Jetzt legte Ernie seinen Stift auf dem Tisch ab und überflog noch einmal die Notizen, die er sich gemacht hatte, während der Kommissar a. D. ihnen die Geschehnisse bei den Dreharbeiten vom Morgen geschildert hatte. »Das klingt in der Tat nicht nach einem professionellen Verhalten unter Schauspielern«, wunderte sich Ernie.

»Als es anfing zu regnen, konnte man der jungen Frau förmlich ihre Erleichterung ansehen. Das schien wie ein Befreiungsschlag für sie gewesen zu sein, denn es bedeutete, dass die Szene heute nicht mehr abgedreht würde«, berichtete Ede Glabotki. »Dabei sollte man doch meinen, dass Liebesszenen zum täglichen Brot von Schauspielern gehören.«

Er lehnte sich auf seinem Stuhl zurück und verschränkte beide Arme vor der Brust.

»Was kann es sein, das die beiden verbinden könnte?«, fragte Fred und zog seine Computertastatur näher zu sich heran. »Wie heißt noch mal der Kerl, der sie küssen sollte?«

»Gio Leone. Gustav, Ida, Otto«, buchstabierte Freds Vater.

Fred gab den Namen in eine Suchmaschine ein. »Dann wollen wir mal sehen, was die Klatschpresse so zu bieten hat.«

»Hat die Schauspielerin sich nach dem Vorfall noch einmal mit ihrem Kollegen unterhalten?«, wollte Ernie wissen.

»Soweit ich es mitbekommen habe, nicht. Dafür hat sie sich zu schnell aus dem Staub gemacht. Vielleicht war ihr ihr Verhalten im Nachhinein unangenehm. Die Filmleute warten jetzt auf schönes Wetter, damit die Dreharbeiten weitergehen können. Deswegen konnte ich so früh vorbeikommen.«

»Der Typ ist der uneheliche Sohn von Titus Frank«, meldete sich Fred zu Wort.

»Wissen wir doch«, erinnerte Ernie ihn.

»Ach ja. Ich kann mir Namen manchmal nicht so gut merken«, gab Fred zu.

»Zu Weihnachten schenke ich dir ein Notizbuch, mein Junge«, bemerkte Ede ungerührt.

»Er hat jahrelang darum gekämpft, dass sein Vater ihn endlich offiziell als seinen Sohn anerkennt«, erzählte Fred weiter. »Hier steht, dass er sich erst vor ein paar Wochen mit Titus Frank ausgesprochen hat. Beide hatten vor, eine familiäre Verbindung zueinander aufzubauen. Auf die gemeinsame Arbeit vor der Kamera haben sich Vater und Sohn gefreut. Das ist ganz schön tragisch.«

»Damit können wir ihn als möglichen Mörder vermutlich ausschließen«, sagte Ernie und kritzelte wieder etwas auf seinen Block.

Ede nickte zustimmend. »Mir scheint das auch eher unwahrscheinlich.«

»Was steht denn da noch über die Beziehung zwischen Vater und Sohn?«, wollte Ernie wissen.

»Seine Mutter hatte damals eine kurze Affäre mit Titus Frank, während er einen Film in ihrem Heimatort im Allgäu gedreht hat. Sie haben sich in einem Restaurant kennengelernt, in dem er jeden Abend nach Drehschluss gegessen hatte«, fuhr Fred fort. »Als die Presse von der Affäre Wind bekam, hat er alles geleugnet, weil er zu dem Zeitpunkt mit einer anderen Frau verheiratet gewesen war. Gios Mutter musste ihren Sohn allein großziehen und hat keine finanzielle Unterstützung von dem Schauspieler erhalten.«

»Puh!« Ernie drehte den Verschluss einer Wasserflasche auf und goss sich ein Glas halb voll. »Nicht gerade sympathisch. Ich weiß nicht, ob ich an der Stelle seines Sohnes zu so einem Menschen Kontakt hätte aufbauen wollen, wenn der so gar kein Interesse an seinem Leben gezeigt hatte. Vater hin oder her. Kein Wunder, dass sich da die Trauer in Grenzen hält.«

»Ja, aber nicht genug, als dass ich ihn als Täter für relevant halte. Wir sollten uns also jetzt darauf konzentrieren, was ihn mit seiner Schauspielkollegin verbinden könnte«, erinnerte Ede Glabotki ihn. »Ich bin nur noch eine gute Woche in St. Peter-Ording. Bis zu meiner Abreise müssen wir den Fall aufgeklärt haben.«

»Na, wenn du das sagst. Wie hieß die besagte Dame doch gleich noch?«, fragte Fred.

»Vivi Schilling.«

Fred tippte ihren Namen ein. »Hübsche junge Frau«, sagte er kurz darauf. »Und nur zwei Jahre jünger als ihr Filmpartner.«

»Und sonst? Irgendwelche Gemeinsamkeiten? Kommen sie vielleicht aus demselben Ort?« Ernie trank einen Schluck Wasser und stellte das Glas zusammen mit der Wasserflasche auf der Fensterbank ab.

Fred überflog den Artikel einer Zeitung, die ein Interview mit der Schauspielerin abgedruckt hatte. »Gebürtig kommt sie aus Kiel. Das liegt schätzungsweise achthundertfünfzig Kilometer vom Allgäu entfernt. Hört sich nicht so an, als wenn sie sich mal zufällig über den Weg gelaufen wären. Nach dem Abitur hat sie eine Schauspielausbildung in Hamburg gemacht. Gio Leone hat in München gelernt.«

»Hm«, brummte Ede Glabotki und massierte mit einer Hand sein Kinn. »Gib mal den Namen Titus Frank und ›Freundinnen‹ ein«, forderte er schließlich seinen Sohn auf. »Vielleicht gibt es da eine Verbindung.«

Fred tat wie ihm geheißen. »Oh, da gab es einige.«

»Dann schau doch mal, ob du rausfinden kannst, mit welcher der Frauen er vor zweiundzwanzig oder dreiundzwanzig Jahren liiert war.«

Fred scrollte durch die Ergebnisse und klickte dann einen Link an. Wenig später weiteten sich seine Augen. »Mensch, Vatter! Du hast wirklich eine gute Spürnase. Volltreffer!«

Ernie und Ede Glabotki erhoben sich sogleich von ihren Sitzgelegenheiten und stellten sich hinter Fred, um mitlesen zu können. »Ein gutes Jahr nach dem Bekanntwerden einer angeblichen Affäre hat die erste Frau von Titus Frank die Scheidung eingereicht. Zu dieser Zeit hatte er eine weitere kurze Beziehung mit einer gewissen Levke Hoppe, die eine Tochter von ihm bekommen hat. Ihr Name ist Viviane. Das könnte passen.«

»Vivi ist bestimmt ihr Künstlername«, vermutete Ernie.

»Such mal nach Levke Schilling«, forderte Ede Glabotki ihn auf.

Die Suche nach dem Namen brachte einige Einträge, unter anderem auch ein Profil auf einem Social-Media-Kanal. Fred klickte es an und scrollte durch die Fotos.

»Stopp!« Ede Glabotki zeigte mit einem Finger auf eines der Fotos. »Mach das hier mal größer.«

Fred klickte auf den Schnappschuss und nickte zufrieden. »Treffer! Versenkt!«

»Wenn das nicht Mutter und Tochter sind«, stimmte Ernie ihm zu und beugte sich noch ein Stück weiter vor, um besser sehen zu können.

»Die junge Dame ist auch ein uneheliches Kind des Schauspielers«, fasste der Kommissar a. D. sachlich zusammen. Mit sichtlich zufriedener Miene setzte er sich wieder auf seinen Stuhl.

Ernie pfiff leise durch die Zähne. »Das werden ja immer mehr.«

»Vielleicht hat sie ihren Vater umgebracht?«, sprach Fred seinen Verdacht aus. »Wenn er sich genau wie bei Gio nie um sie und ihre Mutter gekümmert hat, hätte sie sicherlich Anlass, wütend und verletzt zu sein.«

Ede Glabotki seufzte. »Das wäre tragisch. So eine sympathische Frau. Aber man weiß nie, wozu die Menschen fähig sind. Gerade, wenn verletzte oder unerwiderte Gefühle im Spiel sind. Das sind natürlich bloß Vermutungen, aber so etwas hat schon die gutmütigsten Leute zu Mördern werden lassen. Man kann jedem nur vor den Kopf schauen.«

»Jedenfalls konnte sie ihren wohl ahnungslosen Bruder nicht auf den Mund küssen«, resümierte Fred.

Der Kommissar a. D. hob einen Finger. »Und das ist höchst verdächtig. Warum weiß Gio Leone nicht, dass er mit Vivi Schilling verwandt ist? Es muss einen Grund geben, warum sie das für sich behalten hat.«

Fred sah seinen Vater an. »Klingt für mich, als ob sie inkognito bleiben wollte. Aber wieso?«

»Gute Frage. Wer weiß schon, was in ihr vorgeht.«

»Der Sache sollten wir schnellstmöglich auf den Grund gehen«, meinte Ernie. Er ging zu seinem Schreibtisch, öffnete eine Schublade und nahm die Visitenkarte von Yves Brucker heraus. »Am besten, wir laden sie gleich zu einer Befragung ein. Solange es regnet, dreht sie nicht, wenn ich das richtig verstanden habe.« Ernie nahm den Hörer seines Diensttelefons in die Hand und wählte die Handynummer des Regisseurs.

Kapitel 21

Eine Stunde später in der Polizeistation im Deichgrafenweg, bei abklingendem Regen und noch immer 15 Grad

Vivi Schilling saß auf einem Stuhl im Polizeibüro und trocknete ihre Augen mit einem Papiertaschentuch.

Nachdem Ernie und Fred sie mit ihren Rechercheergebnissen konfrontiert und gefragt hatten, ob sie eine uneheliche Tochter des Schauspielers Titus Frank sei, war sie statt einer Antwort in Tränen ausgebrochen. Ede Glabotkis Beobachtungen während des Drehs ließen sie unerwähnt. Freds Vater war zum Mittagessen nach Hause gegangen, hatte aber darauf bestanden, gleich informiert zu werden, sobald es Neuigkeiten gab.

»Ja«, schniefte Vivi Schilling schließlich und zerknüllte das Taschentuch in einer Hand. »Ja, es stimmt. Ich bin ebenfalls eines von Titus Franks heimlichen Kindern.«

»So wie Ihr Halbbruder Gio Leone.« Fred nickte.

»Ja, Gio ist mein Halbbruder«, sagte sie mit leiser Stimme. »Aber er hatte es viel schwerer als ich. Im Gegensatz zu seiner Mutter hat meine wenigstens finanzielle Unterstützung bekommen.«

»Wirklich?«, fragte Ernie erstaunt. »Das wundert mich aber.« Er stellte der jungen Frau ein Glas Wasser hin.

Vivi Schilling lächelte gequält und hob dann die Achseln. »Es war eine Art Schweigegeld. Meine Mutter hat mir erzählt, dass sie eine Abmachung mit ihm hatte. Solange sie ihre Beziehung von damals und mich geheim hält, so lange erhält sie monatlich Geld.«

»Wussten Sie all die Jahre, wer Ihr Vater war?«, fragte Fred nach.

»Nein. Meine Mutter hat mir mal erzählt, dass sie schon vor meiner Geburt keinen Kontakt mehr zu meinem leiblichen Vater hatte.«

Fred zog die Augenbrauen zusammen. »Und damit haben Sie sich dann zufriedengegeben?«

»Nein, natürlich nicht. Ich habe nach seinem Namen gefragt, wollte alles über ihn erfahren. Wie er aussah und wo sie sich kennengelernt haben. Irgendwann hat sie mir mal einen Vornamen genannt, der aber nicht stimmte, wie ich später herausgefunden habe. Beim Ausgehen habe sie ihn kennengelernt, und irgendwann sei er einfach vom Erdboden verschwunden gewesen, hatte sie behauptet. Mir kam die Geschichte die ganze Zeit merkwürdig vor, weil meine Mutter mir immer alles finanziell ermöglichen konnte, obwohl sie nur stundenweise putzen gegangen ist. Ich durfte teure Ballettstunden nehmen und sogar Klavierunterricht an einer Musikschule. Als ich dreizehn war, hat sie meinen Stiefvater kennengelernt und geheiratet. Danach habe ich nicht mehr nachgefragt, denn nun hatte ich ja quasi eine richtige Familie, und mir fehlte es an nichts.«

Ernie stützte sich mit den Ellenbogen auf dem Tisch ab. »Wie kam es denn, dass Sie irgendwann doch herausgefunden haben, wer Ihr leiblicher Vater war?«

»Das war einige Jahre später. Ich war in der Oberstufe und habe in einem Schultheaterstück eine der Hauptrollen gespielt. Nach der Veranstaltung bin ich dann zu meiner Mutter gegangen. Sie stand mit meiner Lehrerin zusammen, die mit uns das Theaterstück eingeübt hatte. Meine Lehrerin hat mich für meine schauspielerische Leistung gelobt. ›Ihre Tochter hat großes Talent‹, hat sie zu meiner Mutter gesagt. Vor lauter Stolz ist meine Mutter für einen Augenblick leichtsinnig geworden und hat gesagt, dass ich das schauspielerische Talent von meinem Vater geerbt hätte. Meine Lehrerin war mit dieser Antwort zufrieden, aber ich war irritiert. Ich dachte an meinen Stiefvater, der in einer Werkstatt gearbeitet und Autos repariert hat. Irgendwie passte ihre Antwort nicht zu ihm. Ich habe sie dann so lange gelöchert, bis sie mir alles erzählt hat. Sie hat mir eingebläut, mit niemandem darüber zu reden, und das habe ich bis heute nicht getan. Sie sind die Ersten, denen ich diese Geschichte erzähle.« Sie nahm das Glas Wasser und trank hastig einen großen Schluck.

»Und wie ging es dann weiter?«, wollte Ernie wissen.

»Mir war klar, dass ich nur eine Möglichkeit hatte, meinen Vater kennenzulernen. Deswegen bin ich nach dem Abitur auf eine Schauspielschule gegangen. Ich wollte eine gute Schauspielerin werden, damit er irgendwann stolz auf mich sein konnte. Ich hoffte, dass ich ihm irgendwann gegenübertreten und die Wahrheit würde sagen können und er mich als seine Tochter akzeptieren würde. Die Rolle in der Krimiserie habe ich zunächst wegen der guten Bezahlung angenommen. Als dann die Umbesetzung kam, war ich zuerst überglücklich, denn das war die Chance, auf die ich so lange hingefiebert hatte. Meinem Vater nahe zu sein, ihn kennenzulernen und ihm zu zeigen, was ich konnte. Dann erfuhr ich, dass mein Filmpartner mein Halbbruder war. Dieses Wissen brachte mich in Schwierigkeiten. Heute hätte ich eine Liebesszene mit ihm drehen sollen. Aber ich konnte ihn nicht wie eine Liebende küssen – nicht mit dem Wissen, dass er mein Bruder ist, auch wenn mir natürlich klar ist, dass es nur eine Filmrolle ist.«

»Warum haben Sie sich ihm bisher nicht zu erkennen gegeben?«, wollte Fred wissen.

Die Schauspielerin rutschte nervös auf ihrem Sitz hin und her. »Es sind einfach zu viele Dinge in viel zu kurzer Zeit geschehen. Zuerst wird mein Vater in der Rolle des Bösewichts neu besetzt, und dann erfahre ich auch noch, dass Gio mein Halbbruder ist. Stellen Sie sich vor, die Presse hätte davon Wind bekommen. Dann wäre ich in der Öffentlichkeit garantiert diejenige gewesen, die ihrem Halbbruder nicht die Aufmerksamkeit gönnt, der verlorene Sohn zu sein. Von der Reaktion meines Vaters mal ganz abgesehen. Es war für ihn schon nicht leicht, endlich zu Gio zu stehen, und dann komme ich auch noch daher und bringe wieder alles durcheinander? Nein, das wollte ich vermeiden.«

Fred blickte sie mit schief gelegtem Kopf an. »Hatten Sie

denn überhaupt vor, Ihre wahre Identität irgendwann preiszugeben?«

»Das wollte ich. Aber erst, wenn ich meinen Vater und meinen Halbbruder ein wenig kennengelernt hatte. Mein Plan war, nach den Dreharbeiten und ganz privat mit den beiden zu sprechen. Ohne Presse und Öffentlichkeit. Um die ging es mir nicht. Ich wollte nur, dass die beiden es wussten.«

»Also hatten Sie nicht den Plan, Ihren Vater umzubringen?«

Vivi Schilling blickte Ernie entsetzt an. »Was? Nein! Natürlich nicht! Auf solch eine Idee wäre ich nie gekommen. Mein ganzes Leben wollte ich meinen Vater kennenlernen. Ich hatte das große Bedürfnis, ihm näherzukommen und endlich eine Beziehung zu ihm aufzubauen.« In ihren Augen schimmerten wieder Tränen.

»Und es war auch nicht bereits zu einer Aussprache zwischen Ihnen und Ihrem Vater gekommen, in der er aus Ihrer Sicht die falsche Reaktion gezeigt und Sie damit zu dieser Tat verleitet hat?«, hakte er nach.

»Um Himmels willen ...«

»Schon gut. Ich glaube Ihnen«, versicherte Ernie schnell, bevor die Frau wieder in Tränen ausbrechen konnte. Das Erschrecken über diese Anschuldigung, das sich auf ihrem Gesicht abgezeichnet hatte, hatte echt gewirkt. Selbst eine Schauspielerin hätte das vermutlich nicht so hinbekommen.

»Bitte, Herr Kommissar, hängen Sie meine Verbindung zu meinem Vater nicht an die große Glocke. Ich möchte mit meinem Halbbruder ein Gespräch unter vier Augen führen und ihm behutsam beibringen, dass wir verwandt sind.«

Ernie und Fred versprachen der Schauspielerin, natürlich Stillschweigen über die Angelegenheit zu bewahren, da es sich um eine Privatsache handelte und für die Ermittlungen vorerst nicht weiter relevant war.

»Sollten wir noch Fragen haben, melden wir uns bei Ihnen«, erklärte Fred, bevor die Frau die Polizeistation verließ.

Ernie ging zur Kaffeemaschine, und Fred folgte ihm.

»Was bin ich froh, dass ich in so geregelten Familienverhältnissen aufgewachsen bin«, sagte Ernie, während er einen Papierfilter in die Maschine einlegte.

Bevor Fred darauf etwas erwidern konnte, wurde die Tür aufgeschlossen, und Pannenbäcker erschien pünktlich zum Dienst.

Während Pannenbäcker einen gemütlichen Spätdienst in der Polizeistation absaß, in dem erfahrungsgemäß so gut wie nie etwas passierte, hatten es sich Ernie und Fred zusammen mit Ede Glabotki bei einem Feierabendbier gemütlich gemacht. In der Küche von Freds Haus roch es noch nach Marmorkuchen, den Gerdi Glabotki zusammen mit ihrem Enkel am Nachmittag gebacken hatte und der nun auf einem Gitter zum Auskühlen auf der Arbeitsplatte stand.

Jetzt war Gerdi mit ihrer Schwiegertochter, Elias und Distel im Garten. Die Männer waren unter sich und konnten ungestört über den aktuellen Stand der Ermittlungen sprechen.

»Damit ist noch immer nicht der Mörder des Schauspielers gefunden«, fasste Fred ihre Ermittlungsarbeit zusammen.

»Benedikt Sommer und Vivi Schilling können wir immerhin ausschließen«, merkte Ernie an und widmete sich seinem Bier.

»Alles in allem können wir die gesammelten Erkenntnisse trotzdem als Teilerfolg verbuchen. Ich bin mir sicher, dass wir auf der richtigen Fährte sind«, sagte der Kommissar a. D. »Wo man ein Geheimnis findet, gibt es doch meistens auch ein weiteres.«

Kapitel 22

Am nächsten Tag mittags in der Nordseeschule an der Pestalozzistraße, wieder bei traumhaftem Sommerwetter und angenehmen 22 Grad

Ilva wechselte ihre schwere Tasche von einer Schulter auf die andere, während sie den Schulflur entlanglief. Ihre neunte Klasse hatte eine Gedichtanalyse geschrieben, und die Schulstunde davor hatte sie in der Sechsten einen dreiseitigen Grammatiktest schreiben lassen. Die Klassenarbeitshefte und die Testbögen befanden sich nun in ihrer Tasche. Wieder einmal merkte sie, wie schwer Papier sein konnte. Sie drückte die Lehrerzimmertür auf und stellte ihre Tasche geräuschvoll auf dem langen Tisch ab. Sie seufzte unterdrückt auf und rieb sich dann mit einer Hand über die Schulter.

Es waren einige Kollegen anwesend. Jeder von ihnen war mit einer anderen Tätigkeit beschäftigt, keiner schien besondere Notiz von ihr zu nehmen. Ilva ging zu ihrem Fach, um genügend Platz für die Tests und Klassenarbeiten zu schaffen, als Ute und Hajo Schröter aus dem Nebenraum kamen, in dem sich zwei Regale mit verschiedenen Lehrmaterialien befanden.

»Also, Amelie Hillmann ist ein wahres Naturtalent. Sie malt mit ihren dreizehn Jahren schon jetzt wie eine große Künstlerin. Ich habe selten eine Schülerin gehabt, die sich künstlerisch so ausdrücken konnte«, sagte Ute. »Bestimmt wird sie mal eine berühmte Malerin.«

»Auf diese Talente warte ich in meinem Unterricht bisher vergeblich.« Hajo verdrehte seine Augen. »Bei mir ist eher ein großes Sammelsurium an Talentfreien anwesend. Ganz vorne dabei ist Mik Carstens. Ich glaube, er hat noch immer nicht verstanden, dass Wasser seinen Aggregatzustand ändern kann.«

»Na, so schlimm wird es schon nicht sein.« Ilva hatte sich zu ihnen gestellt.

»Du hast ja keine Ahnung! Der Junge ist wirklich der hoffnungsloseste Fall, der mir in meiner gesamten Schullaufbahn als Lehrer bisher begegnet ist«, beharrte Hajo Schröter.

»Er hat eben andere Talente. Sportlich ist er ein Ass! Seine letzte Deutschklausur bei mir hat er leider auch verhauen. Aber dumm ist er keinesfalls. Ich werde ihn dabei unterstützen, dass er trotzdem fünf Punkte zusammensammeln kann.«

Hajo Schröter schüttelte entschieden den Kopf. »Ein barmherziger Samariter bin ich noch nicht. Ich kann doch keine Noten verschenken.«

»Davon redet doch keiner, aber wir können unsere Schüler dazu bringen, ihre Stärken zu nutzen und damit ihre

Schwächen auszugleichen. In unserem Theaterstück spielt Mik eine der Hauptrollen. Durch diese Leistung macht er seine schlechte Klausur locker wieder wett. Außerdem versucht er, sich am Unterricht zu beteiligen. Ich spüre, dass er sich Mühe gibt. Das sollte man schon honorieren.«

»Du kannst Mik doch ein Referat halten lassen«, schlug Ute vor.

»Ich kann es aber auch bleiben lassen«, antwortete Hajo Schröter wenig begeistert. »Er soll lieber vernünftige Chemietests schreiben, dann braucht er auch keine Referate zu halten«, fügte er reserviert hinzu.

»Aber vielleicht ist es genau das, was ihm schwerfällt. Es macht auf mich den Eindruck, als hätte er Schwierigkeiten, sein Wissen zu verschriftlichen. Apropos, könnte ich mir mal deinen Schlüssel vom Chemieraum ausleihen?«, fragte Ilva und lächelte dabei freundlich.

Hajo Schröter zog aus seiner Tasche ein Schlüsselbund. »Was willst du denn im Chemieraum?«

»Ich brauche einen Erlenmeyerkolben als Requisit für unser Theaterstück.«

Der Lehrer löste einen Schlüssel vom Ring und gab ihn an Ilva weiter. »Wiedersehen macht Freude.«

»Na sicher. Danke, Hajo.«

»Ich begleite dich«, entschied Ute, wartete noch, bis Ilva ihre Schülerarbeiten verstaut hatte, und machte sich mit ihr zusammen auf den Weg zum Chemieraum. »Ich bin gespannt, wie die Probe heute laufen wird«, sagte sie. »Mit dem Bühnenbild sind wir ja auch schon ein gutes Stück weitergekommen.«

»Wir liegen gut in der Zeit, würde ich sagen.« Ilva öffnete die Tür zu dem Fachraum. Abgestandene Luft schlug ihnen entgegen. Ilva rümpfte die Nase. »Das ist noch der gleiche Geruch wie damals, als wir in der siebten Klasse waren«, stellte sie fest.

Ute musste lachen. »Meinst du, seitdem wurde hier nicht mehr gelüftet?«

»Es riecht zumindest so.« Sie gingen in einen Nebenraum, in dem verschiedene Geräte und Chemikalien aufbewahrt wurden. Ilva öffnete einen Schrank und schaute hinein. »Weißt du zufällig, wo die Erlenmeyerkolben aufbewahrt werden?«

»Nö. Dafür habe ich mich nie interessiert. Wir hätten Hajo fragen sollen.«

»Ja, hätten wir.« Ilva zog die nächste Schranktür auf. »Aber ich war froh, als unsere Unterhaltung mit ihm vorbei war. Heute war er ja wieder richtig schlecht drauf. Schlimm, dass er so wechselhaft ist.«

»Vielleicht hat seine Frau bei einem anderen Preisausschreiben gewonnen«, scherzte Ute.

»Wahrscheinlich.« Ilva ging in die Hocke und zog eine Schublade auf. Sie schaute kurz hinein und schob sie gleich wieder zu – keine Erlenmeyerkolben. Bevor sie aufstehen konnte, blieb ihr Blick an einem Gegenstand hängen, der auf dem Boden lag. Sie langte danach und hielt kurz darauf einen hölzernen Anhänger mit einem Schlüssel daran in der Hand. »Was ist das denn?«

»Was ist was?« Ute kam zu ihr.

»Das habe ich gerade in der Ecke neben dem Papierkorb

gefunden.« Sie zeigte Ute den Schlüssel, der in ihrer Handfläche lag.

»Hat bestimmt jemand verloren.« Ute blickte in den Abfallkorb und zog dann die Nase kraus. »Riechst du das auch?«

»Was?«

»Es riecht leicht nach Benzin.«

»Na ja, das kann in einem Chemieraum schon mal vorkommen, oder?« Sie zwinkerte ihrer Freundin zu. »Lass uns lieber herausfinden, wem der Schlüssel gehören könnte.« Ilva drehte den Anhänger. »Oh, da steht was.« Sie guckte genauer hin. »Ich fass es ja nicht!«

»*Beachhouse Am Diek*«, las Ute die Gravur des Anhängers vor.

»Das ist der Schlüssel von dem Ferienhaus, das in Ording abgebrannt ist! Die Unterkunft, in der der Schauspieler gestorben ist.« Ilvas Herz schlug schneller.

»Das gehört doch Miks Eltern.«

»Stimmt! Wie um alles in der Welt kommt der Schlüssel hierher?«

»Gute Frage. Ob Titus Frank hier war?«

»Das kann ich mir nicht vorstellen. Was sollte ein Schauspieler in der Chemiesammlung unserer Schule?« Ilva fiel etwas ein. »Wo hast du das Benzin gerochen? Bei dem Brand wurden doch Spuren von Brandbeschleuniger gefunden.«

»Der Geruch kommt aus dem Abfalleimer.«

Ilva blickte hinein. »Der Eimer ist leer. Aber trotzdem ist der Geruch unverkennbar. Es muss sich also vorher etwas darin befunden haben, das mit Benzin getränkt worden ist«, kombinierte sie.

»Glaubst du etwa, es gibt einen Zusammenhang zwischen dem Schlüssel und dem Geruch?«, fragte Ute mit gesenkter Stimme.

»Ich bin mir ziemlich sicher. Ich meine, das kann doch kein Zufall sein! Oder?«

»Nein, wahrscheinlich hast du recht«, fand auch Ute.

»Wir müssen nur die Zusammenhänge aufklären.«

Sie blickten einander ratlos an, bis auf einmal Ute einen Finger hob. »Ich habe eine Idee.« Sie lief zielstrebig auf einen hohen Schrank zu. Ilva folgte ihr. »Ich meine, das war immer hier.« Ute nahm einen Ordner aus dem Schrank und schlug ihn auf. »Jawoll, da ist es.«

Ilva schaute interessiert auf ein Formular. »Die Inventarliste?«

»Na klar! So verschaffen wir uns einen Überblick über die gelagerten Chemikalien.«

»Eine geniale Idee«, lobte Ilva sie.

»Dann lass uns am besten sofort die Bestände prüfen, bevor jemand kommt.«

Sie beeilten sich und wunderten sich gleichzeitig, welche Substanzen im Chemieraum gelagert wurden. Ilva nahm eine Flasche in die Hand. »Mit dem ganzen Zeug kannst du locker das halbe Lehrerzimmer um die Ecke bringen.«

»Hier ist es!« Ute hielt zwei Plastikflaschen hoch.

»Ah! Das ist Waschbenzin«, stellte Ilva fest.

»Laut Inventarliste verfügt die Schule über zwei noch verschlossene Flaschen Waschbenzin und eine dritte, die bereits angebrochen ist. Die zwei vollen habe ich hier, aber die dritte, die angebrochene, fehlt.«

»Das ist ja Wahnsinn! Mensch, Ute! Ich glaube, wir haben tatsächlich eine heiße Spur entdeckt!«

Kapitel 23

Eine halbe Stunde später im Chemieraum der Nordseeschule auf der Pestalozzistraße

Während Ute Klaus Korte, den Direktor der Nordseeschule, in seinem Büro aufsuchte, um ihn über ihre Entdeckung zu informieren, rief Ilva bei ihrem Bruder an, damit er und Fred sich die Beweise ebenfalls ansehen konnten. An einem Seiteneingang nahm sie die Polizisten in Empfang, um möglichst ohne viel Aufsehen in den Chemieraum zu gelangen, wo Ute und Klaus Korte sie schon erwarteten.

Nachdem Ilva Ernie den Schlüssel übergeben hatte, erzählten sie und Ute noch einmal genau, was sie entdeckt hatten.

Ernie beugte sich runter zum Papierkorb und schnupperte. »Es ist eindeutig Benzingeruch. Das wird konfisziert.« Ernie zog sich einen Handschuh über und packte die Abfalltüte, mit der der Eimer ausgekleidet war, und den Schlüssel in spezielle Beweismitteltaschen.

Währenddessen studierte Fred konzentriert die Inventarliste und glich sie mit dem tatsächlichen Bestand ab. »Es ist alles vorhanden, wie in der Liste dokumentiert. Bloß die angebrochene Flasche mit Waschbenzin fehlt«, bestätigte er schließlich.

»Sag ich doch!«, entfuhr es Ilva. »Das kann doch unmöglich ein Zufall sein.«

»Ich bin seit zwanzig Jahren Direktor dieser Schule, und normalerweise fehlt hier nie was. Die Fachlehrer achten penibel genau darauf, dass immer alles exakt dokumentiert wird.« Der Direktor wirkte ratlos. »Ich kann mir das gar nicht erklären.«

»Wer hat denn alles Zugang zu dem Raum?«, wollte Ernie wissen.

»Alle Fachlehrer haben einen Schlüssel, und natürlich darf auch jeder andere des Kollegiums die Räume betreten. Schulklassen haben aber ausschließlich in Begleitung von Lehrern Zutritt. Das hat vor allem rechtliche Gründe, Sie sehen ja selbst, was hier alles für Gefahrstoffe lagern. Benzin ist noch das Harmloseste. Na ja, und dann sind da natürlich noch der Hausmeister und das Reinigungspersonal, das hier aktiv ist. Aber von denen interessiert sich bestimmt keiner für Waschbenzin. Und für unseren Hausmeister lege ich ohnehin meine Hände ins Feuer. Er ist noch länger als ich an der Schule tätig und geht nächstes Jahr in Rente.«

»Können Sie uns trotzdem die Namen der Reinigungskräfte geben?«, fragte Fred.

»Natürlich. Begleiten Sie mich gerne in mein Büro, dann nenne ich Ihnen die Personen.«

Ilva nickte Ernie und Fred zu. »Ute und ich müssen gleich in den Unterricht, den Rest schafft ihr ja allein.«

Nachdem der Direktor mit Ernie und Fred im Schlepptau abgerauscht war, schloss Ilva die Tür zum Chemieraum von innen.

»Ute, wir werden den Fall aufklären«, verkündete sie selbstbewusst.

»Dann sollten wir uns aber beeilen.« Ute schaute auf ihre Armbanduhr. »In zehn Minuten muss ich nämlich im Kunstraum sein.«

Ilva verdrehte, ob des trockenen Humors ihrer Freundin, die Augen. »Lass uns mal kurz zusammentragen, was bisher passiert ist.«

»Ein Haus brennt in Ording nieder, während dort ein bekannter Schauspieler in der Sauna eingesperrt sitzt«, fasste Ute das Hauptgeschehen zusammen.

»Das Ferienhaus gehört Mik Carstens Eltern, und es werden Spuren von Brandbeschleuniger gefunden, die auf eine Brandstiftung und gezielten Mord schließen lassen. Dann finden wir einen Schlüssel des Ferienhauses in unserem Chemieraum, in dem es verdächtig nach Benzin riecht und eine angebrochene Flasche Waschbenzin fehlt. Wie hängt das nun alles zusammen? Wer hatte Zugriff auf den Schlüssel des Ferienhauses und konnte im Chemieraum ungestört ein und aus gehen?«

Ute verzog den Mund. »Denkst du das Gleiche wie ich?«

»Wenn du Hajo meinst?«

Ute nickte. »Kein anderer Lehrer hält sich so oft im Chemieraum auf wie er, und seine Frau Carola hat ein Treffen mit Titus Frank gewonnen und ihm damit ein Motiv gegeben. Er wollte es bestimmt verhindern.«

»Und keiner außer Hajo hat mir am Morgen nach dem Tod des Schauspielers auffallend gut gelaunt die Tür aufgehalten«, ergänzte Ilva.

»Es wäre für ihn ein Leichtes gewesen, das Waschbenzin aus dem Chemieraum zu entwenden und damit den Brand zu legen«, schlussfolgerte Ute. »Aber wie soll er an den Schlüssel zum Ferienhaus gekommen sein? Das verstehe ich nicht ganz.«

»Vielleicht hat er den von Mik, seinem talentfreiesten Schüler bekommen«, überlegte Ilva. »Für ihn wäre es bestimmt ebenso einfach gewesen, sich den Schlüssel heimlich zu besorgen.«

Ute schüttelte entschieden den Kopf. »Nein. Das kann ich mir beim besten Willen nicht vorstellen. Mik und Hajo? Die beiden sind sich doch spinnefeind.«

»Und wenn schon!«

»Ich verstehe deine Logik nicht.«

»Überleg doch mal.« Ilva ging mit langsamen Schritten durch den Raum. »Was haben beide denn gemeinsam?«

Ute blickte wieder auf ihre Uhr. »Keine Ahnung. Aber du wirst es mir bestimmt gleich verraten.«

Ilva blieb am Fenster stehen und schaute für einen Moment hinaus. Dann nickte sie und drehte sich zu Ute um.

»Beide sind verzweifelt. Mik, weil er mit null Punkten in Chemie sein Abitur begraben kann, und Hajo, weil seine Frau mit einem der attraktivsten Männer Deutschlands eine Verabredung hat und er sich Sorgen um seine Ehe macht. In der Not frisst der Teufel bekanntlich Fliegen. Mik hat was, was Hajo braucht, und umgekehrt ebenso.«

»Den Schlüssel.«

»Und die gute Benotung in Chemie«, ergänzte Ilva.

»Du glaubst also, sie haben sich zusammengeschlossen?«, fragte Ute nachdenklich. »Zu einer Art Schicksalsgemeinschaft?«

»Ist natürlich bloß ein Gedanke, aber ich könnte mir gut vorstellen, dass es vielleicht eine Art Deal zwischen Hajo und Mik gab. Mik hat die Sache mit dem Gewinnspiel mitbekommen und Hajo zum Tausch für eine bessere Note auf dem Zeugnis den Schlüssel zum Haus des Schauspielers angeboten. Natürlich meckert Hajo weiter rum, damit niemand Verdacht schöpft. Und auch Mik beklagt sich natürlich weiterhin lautstark über die ungerechte Behandlung seines Chemielehrers. Bis es am Ende dann doch zu einem unerwarteten Happy End kommt.«

»Ein bisschen abenteuerlich klingt das Ganze schon«, fand Ute.

»Sogar ziemlich«, stimmte Ilva ihr zu. »Aber Verzweiflung lässt ja so manchen verrückte Ideen haben.«

»Wie in einem Krimi eben.« Ute zeigte auf das Zifferblatt ihrer Uhr. »Ich muss jetzt wirklich zum Kunstraum.«

»Ich möchte mir auch gar nicht vorstellen, dass es wirklich so abgelaufen ist. Aber die Möglichkeit besteht trotzdem, wir sollten sie im Hinterkopf behalten.« Sie betraten den Flur, und Ilva schloss die Tür zum Chemieraum ab. Sie lächelte ihre Freundin an. »Manchmal schreibt das Leben eben die unglaublichsten Geschichten.«

Kapitel 24

Zur selben Zeit im Fasanenweg in St. Peter-Dorf, auf der Höhe des Sportplatzes

Ernie blickte von der Liste auf, die der Direktor für sie ausgedruckt hatte. »Ganze vierzehn Reinigungskräfte putzen die Schulgebäude. Und kein einziger Mann ist dabei. Alles Frauen.«

»Von den Damen wird bestimmt keine den Schauspieler umgebracht haben«, vermutete Fred. »Es sei denn, eine von ihnen hat ein uneheliches Kind mit ihm.«

»Eher unwahrscheinlich, trotzdem sollten wir das im Hinterkopf behalten. Aber kannst du dir auf die Sache einen Reim machen?«, fragte er vom Beifahrersitz des Peterwagens aus.

»Nee. Ich bin mir aber sicher, dass deine Schwester mit ihrer Freundin und mein Vater uns bestimmt tatkräftig darin unterstützen werden, damit uns bald ein Licht aufgehen wird.«

Ernie betrachtete den Schlüssel mit dem Holzanhänger durch die Folie des Beweismittelbeutels hindurch. »Vielleicht entdeckt die Spurensicherung verwertbare Spuren auf dem Beweisstück.«

»Den Schlüssel werden bestimmt einige Leute in der Hand gehabt haben«, vermutete Fred.

»Weißt du, woran ich gerade wieder denken muss?«

»Nee. Unter die Gedankenleser bin ich bis jetzt noch nicht gegangen.«

»Solltest du mal.«

Fred nickte. »Sollte ich.«

»An den Abend, als es gebrannt hat, und unsere Begegnungen kurz vorher in Ording.«

Fred schaute zu Ernie. »Etwa an den gedankenlosen Rennfahrer, der fast Bekanntschaft mit unserer Motorhaube gemacht hat?«

»Mik Carstens. Dessen Eltern die Eigentümer der abgebrannten Immobilie sind, zu der der Schlüssel gehört.« Ernie drehte das Tütchen in seiner Hand.

»Aber welches Motiv hätte der Junge, Titus Frank umzubringen?« Fred blinkte und bog in den Deichgrafenweg ein.

»Die Frage stelle ich mir doch auch. Aber Mik kam an dem Abend mit seinem Roller aus ebender Richtung des Ferienhauses. Das lässt sich nicht leugnen. Deswegen sollten wir ihn auf jeden Fall befragen. Selbst wenn er nichts mit dem Brand zu tun hat, vielleicht hat er zufällig etwas Auffälliges bemerkt.«

Fred hielt vor der Polizeistation. »Fragen kostet nichts.« Er schnallte sich ab.

»Und dann wäre da noch Begegnung Nummer zwei.« Ernie blickte starr nach vorne, als versuchte er, sich mit aller Macht an Details zu erinnern.

»Der Kollege deiner Schwester?«, fragte Fred.

Ernie sah ihn an und nickte dann. »Er kam fast zur selben Zeit vorbei, und ebenfalls aus der Richtung der abgebrannten Immobilie. Außerdem hat er als Chemielehrer ständigen Zugang zum Chemieraum. Erinnere dich mal, wie ertappt er reagiert hat, als ich ihn gegrüßt habe. Das war nicht normal.«

Fred hob die Schultern. »Vielleicht war er eifersüchtig, weil seine Frau das Treffen mit dem Schauspieler gewonnen hat. Rasend eifersüchtig. Inzwischen wissen wir ja, dass der Schauspieler kein Kind von Traurigkeit gewesen ist und nichts hat anbrennen lassen. Da kann man als Ehemann schon mal eine Kurzschlussreaktion haben.«

»Eben«, stimmte Ernie ihm zu. »Es wäre nicht schwer für ihn gewesen, das Waschbenzin aus dem Chemieraum mitgehen zu lassen. Als Chemielehrer weiß er bestimmt auch, wie man Brände legt, die groß genug werden, um ein Haus in Schutt und Asche zu legen.«

»Es passt nur nicht zusammen, dass er die angebrochene Flasche nicht längst wieder ersetzt hat. Selbst wenn es eine spontane Tat gewesen ist, glaubst du nicht, er hätte dafür gesorgt, dass es nicht auffällt?«, wandte Fred mit skeptischem Blick ein.

»Wahrscheinlich schon.« Ernie runzelte nachdenklich die Stirn. »Und dann die Sache mit dem Schlüssel. Wir müssen abklären, ob es für Mik überhaupt möglich gewesen wäre, an den Schlüssel zu kommen. Bestimmt haben seine Eltern für jede Immobilie genug Ersatzschlüssel.«

»Aber einen Brand, Ernie? Zu schnell Roller fahren, okay. Das machen viele in dem Alter. Aber der Junge hat in meinen Augen nicht wie jemand gewirkt, der gerade eine Immobilie seiner Eltern abfackelt und vorher noch einen prominenten Schauspieler in der Sauna eingesperrt hat. Traust du ihm das wirklich zu?«

Ernie seufzte und schüttelte den Kopf. »Wir drehen uns so sehr im Kreis, dass ich langsam echt einen Drehwurm bekomme.«

»Am besten, wir quatschen das mal mit Pannenbäcker bei einer schönen Tasse Kaffee durch. Danach sieht die Welt sicherlich gleich anders aus.« Fred lächelte ihn aufmunternd an.

»Das ist die beste Idee des Tages.« Ernie öffnete die Tür des Peterwagens und ging dann mit seinem Kollegen in die Polizeistation.

Nachdem sich Ernie und Fred sowie ihr Kollege Pannenbäcker mit Kaffee gestärkt hatten, waren sie einstimmig zu dem Ergebnis gekommen, Mik Carstens und auch den Chemielehrer einzeln befragen zu wollen. Pannenbäcker hatte die Aufgabe übernommen, bei Familie Carstens anzurufen und Mik in die Polizeistation vorzuladen. Gleichzeitig hatte er Frau Carstens beruhigt, dass es sich nur um eine rein routinemäßige Befragung handele und ihr mittlerweile volljähriger Sohn nichts ausgefressen habe. Frau Carstens hatte zugesichert, dass ihr Sohn sich unverzüglich auf den Weg zur Polizeistation machen würde. Und tatsächlich betrat der Junge schon wenig später das Revier.

Als Mik Carstens an einem der Tische im Polizeibüro Platz genommen hatte, wirkte er nervös. »Bekomme ich jetzt doch eine dicke Strafe aufgebrummt, weil ich Ihnen die Vorfahrt genommen habe?«, fragte er unsicher.

Ernie machte eine abwehrende Handbewegung. »Ach was! Die Sache ist doch längst vom Tisch. Uns würde aber interessieren, woher du an dem Abend kamst – als du fast in den Peterwagen gerauscht bist.«

»Na, wie immer, vom Strand. Ich bin gleich nach der Schule nach Ording gefahren. Dort war ich mit zwei Kumpels zum Surfen verabredet«, gab der Junge bereitwillig Auskunft.

»Können deine Freunde das bezeugen?«, fragte Fred.

»Ja sicher. Ich habe an dem Tag auch Fotos mit dem Handy gemacht.« Er stand auf und zog ein Smartphone aus der Gesäßtasche seiner Hose. »Hier, sehen Sie?« Er zeigte Ernie, Fred und Pannenbäcker bereitwillig die Aufnahmen, auf denen er mit zwei gleichaltrigen Teenagern zu sehen war.

Auf Ernie wirkte Mik völlig unschuldig. Dennoch fragte er: »Was hast du nach dem Surfen gemacht?«

»Nichts weiter«, kam es von dem Jungen wie aus der Pistole geschossen. »Ich bin zu meinem Roller gelaufen, den ich auf dem Parkplatz an der Strandüberfahrt abgestellt hatte, um nach Hause zu fahren, weil ich noch Hausaufgaben machen musste.« Mik verzog seinen Mund. »An der Kreuzung haben wir uns dann ja getroffen.«

Fred kratzte sich am Hinterkopf. »Du bist also auf direktem Weg vom Parkplatz zu dieser Kreuzung gefahren. Auf dem Weg müsstest du an dem Ferienhaus deiner Eltern vorbeigekommen sein, kurz bevor der Brand ausgebrochen ist. Ist dir dort was Ungewöhnliches aufgefallen? Vielleicht eine oder mehrere Personen, die sich merkwürdig verhalten haben?«

Langsam schüttelte Mik den Kopf. »Meine Eltern haben mich das auch schon mehrmals gefragt, aber es war alles wie immer.«

»Na gut!« Ernie stand von seinem Stuhl auf. »Dann war's das. Danke, dass du gekommen bist.«

»Ich kann wieder gehen?«, fragte Mik erstaunt.

Fred nickte. »Klar!«

»Es sei denn, du hast noch was zu beichten«, meinte Pannenbäcker und zückte die Handschellen. »In unserer Zelle ist noch Platz.«

Mik hob lachend die Hände. »Nein, nein! Ich geh schon.«

»Der Junge hat nichts damit zu tun«, war sich Ernie sicher, nachdem der Teenager die Polizeistation verlassen hatte.

»Das sehe ich genauso. Bleibt noch der Chemielehrer.« Fred gähnte hinter vorgehaltener Hand.

»Den knöpfen wir uns morgen vor, in seinem natürlichen Umfeld«, meinte Ernie.

Pannenbäcker grinste sie an und klopfte dann auf Holz. »Wenn ich mir das Ganze so überlege, mache ich ziemlich gerne Telefondienst. Da sieht man gleich, wer anruft, und muss nicht die Nadel im Heuhaufen suchen.«

Am nächsten Tag, kurz vor Beginn der ersten großen Pause, hielt der Peterwagen vor der Nordseeschule. Zuvor waren Ernie und Fred bei den Carstens gewesen und hatten sich zeigen lassen, wo mögliche Ersatzschlüssel der Ferienimmobilien aufbewahrt wurden. Dabei war herausgekommen, dass der Ersatzschlüssel der abgebrannten Immobilie nach wie vor in dem abschließbaren Schlüsselkasten hing. Niemand hatte ihn angerührt. Der Schlüssel, den Ilva und Ute gefunden hatten, stammte direkt aus dem Ferienhaus, wo stets zwei Schlüssel für die Mieter bereitgestellt wurden.

Herr Korte, der Direktor der Nordseeschule, wusste um ihr Kommen und bot ihnen einen freien Raum im Erdgeschoss für die Befragung des Chemielehrers an.

»Ich gebe dem Kollegen Schröter Bescheid, dass Sie da sind. Hoffentlich klärt sich dann endlich der Verbleib des verschwundenen Waschbenzins auf«, sagte er und verließ mit einer Sorgenfalte auf der Stirn das Zimmer, in dem an den Nachmittagen normalerweise Förderunterricht stattfand.

»Hoffentlich nicht nur das«, murmelte Ernie.

Ein paar Minuten später betrat der Chemielehrer den Raum. »Moin!«, grüßte er.

Ernie fiel gleich sein leicht gestresster Unterton auf. »Moin!«

»Guten Morgen. Hoffentlich halten wir Sie nicht vom Unterricht ab«, sagte Fred und bedeutete dem Lehrer mit einer Handbewegung, sich zu setzen. Sie hatten verabredet, dass Fred hauptsächlich die Befragung durchführen sollte. Dadurch sollte eine eventuelle Befangenheit von Ernie vermieden werden, schließlich handelte es sich bei Hajo Schröter um einen Kollegen seiner Schwester.

»Nein, nein.« Der Lehrer spielte hibbelig mit einem Schlüsselbund in seiner Hand und nahm ihnen gegenüber Platz. »Ich hätte jetzt nur eine Vertretungsstunde gehabt. Ein Kollege ist erkrankt. Aber deswegen sind Sie ja nicht hier.«

»Haben Sie mitbekommen, dass eine angebrochene Flasche Waschbenzin aus dem Chemieraum entwendet wurde?«, sprach Fred direkt die Angelegenheit an.

»Ja.« Er lehnte seinen Rücken gegen die Stuhllehne. »Herr Korte hat uns darüber informiert. Das ist noch nie passiert.«

»Es kann ja durchaus mal vorkommen, dass etwas verbraucht wird und man im Eifer des Gefechts vergisst, es zu notieren.« Fred blickte ihn stirnrunzelnd an.

»Kann es natürlich, aber es ist mir wirklich unerklärlich, wo die Flasche hingekommen sein könnte.« Hajo Schröter schien unwissend zu sein.

»Das nehmen wir dann mal so zur Kenntnis.« Fred warf Ernie einen kurzen Blick zu. »Da wir gerade so gemütlich beisammensitzen, möchte ich Sie auch noch fragen, was Sie am Abend des Brandes in Ording gemacht haben. Wir haben uns ja, kurz bevor der Notruf bei der Feuerwehr einging, an der Kreuzung getroffen. Sie kamen vom Strandweg, ist das richtig?«

»Ähm.« Für einen Augenblick wirkte der Chemielehrer, als hätte ihn Freds Frage aus dem Konzept gebracht. Er errötete leicht. »Ich habe einer Kollegin mit einer Lampe geholfen.«

Ernie runzelte die Stirn. Mit einer Lampe geholfen? Er erinnerte sich daran, dass Ilva ihm erzählt hatte, Hajo Schröter hätte davon gesprochen, sich mit einem Kumpel zu treffen. Und warum wurde er rot? »War der Besuch bei der Kollegin schon länger geplant?«, hakte er deswegen nach.

»Nein. Es war eine ganz spontane Angelegenheit. Ihre Lampe hatte einen Wackelkontakt, und da sie noch ein Schulprojekt vorbereiten wollte und dafür Licht brauchte, bin ich kurz entschlossen bei ihr vorbeigegangen und habe die Lampe repariert.«

»Wie heißt die Kollegin?« Fred zückte einen Kugelschreiber und einen Notizblock.

»Celina Töpfer. Sie leistet momentan ein Schulpraktikum bei uns ab«, gab Hajo Schröter bereitwillig Auskunft.

»Dann wird Frau Töpfer sicherlich Ihren Besuch bestätigen können.«

»Selbstverständlich.«

»Ich bitte mal Herrn Korte, die Kollegin zu holen«, sagte Fred und verließ den Raum.

»Und sonst ist Ihnen nichts Suspektes an dem Abend aufgefallen? Irgendwelche Personen, die sich auffällig in der Nähe des inzwischen abgebrannten Ferienhauses aufhielten, vielleicht?«

Der Chemielehrer schüttelte den Kopf. »Nichts dergleichen. Es war alles unauffällig. Wirklich schlimm, was da in Ording passiert ist.«

»Wie ich hörte, war Ihre Frau die glückliche Gewinnerin des Preisausschreibens.«

»Das war sie. Leider ist der Abend nicht so verlaufen, wie es geplant war.«

Fred steckte seinen Kopf durch einen Türspalt ins Zimmer. »Die Kollegin hat den Wackelkontakt der Lampe bestätigt, und auch, dass Herr Schröter sie repariert hat.«

Ernie nickte. »Dann sind wir so weit fertig. Danke für Ihre Mithilfe.«

»Da nicht für.« Der Lehrer erhob sich vom Stuhl.

Als Ernie an ihm vorbeiging, konnte er den erleichterten Gesichtsausdruck des Lehrers wahrnehmen. »Falls die Flasche mit Waschbenzin wieder auftauchen sollte, dann geben Sie uns doch bitte Bescheid.«

Auf dem Rückweg zur Wache hatten sie sich beim Bäcker ein zweites Frühstück einpacken lassen.

Ernie ließ die Brötchentüte auf seinen Schreibtisch fallen. »Wir sind wieder keinen Schritt weitergekommen. Irgendwie scheint der Fall von Tag zu Tag mysteriöser zu werden. Keiner hat was gesehen, niemand weiß was. Fast könnte man glauben, wir jagen ein Phantom.«

»Das bestimmt nicht. Uns fehlt einfach der entscheidende Durchbruch.« Fred schaltete seinen Computer an. »Wir müssen das private Umfeld von Herrn Frank weiter abklopfen. Notfalls alle seine verflossenen Liebschaften kontaktieren lassen. Und noch einmal die unehelichen Kinder des Herrn Frank unter die Lupe nehmen. Vielleicht ist doch einer von ihnen der Mörder. Oder am Ende beide.«

Pannenbäcker brachte drei Tassen mit Kaffee ins Büro. »Das wäre ein Ding!«

Ernie nahm ihm seine Tasse ab und griff nach der Kaffeesahne. »Darf ich daran erinnern, dass sie Schauspieler sind? Und dass sie sich angeblich nicht gekannt haben sollen, hätten sie uns allen auch nur glaubhaft vorspielen können. Das sind Profis.« Ernie trank einen vorsichtigen Schluck, bevor er weitersprach. »Am Ende war es vielleicht doch die perfekte Rache für ein Leben ohne einen liebenden Vater, der zwei zerstörte Kinderseelen zu verantworten hat.«

»Eben.« Fred versenkte einen vollen Löffel Zucker in seiner Kaffeetasse.

Kapitel 25

Am späten Mittag im Garten von Familie Feddersen in einer ruhigen Seitenstraße von St. Peter-Dorf, bei noch immer strahlendem Sonnenschein und 26 Grad

Ilva durchquerte den Garten ihrer Eltern, bis sie an der Stelle ankam, an der ein Teil des Rasens abgesteckt worden war. Eike und ihr Vater begutachteten einen Minibagger, der mittig in dem markierten Areal stand.

»Na, ihr zwei. Da komme ich wohl gerade rechtzeitig«, sagte sie.

»Moin, Ilva! Ist der nicht klasse? Den Bagger haben wir von Bauer Sörensen für unser Teichprojekt ausgeliehen«, erklärte ihr Vater, der eine blaue Latzhose trug. Aus einer Seitentasche guckte der obere Teil eines Zollstocks heraus.

»Wie bei den Profis! Geht es denn bald los?« Sie küsste Eike und ihren Vater jeweils auf die Wange.

»Wir fangen heute noch an«, bestätigte Eike.

»Dann kannst du demnächst im eigenen Garten schwimmen gehen.« Ihr Vater zwinkerte ihr zu.

»Ja? Wie tief soll der Teich denn werden?« Ilva inspizierte interessiert den kleinen Bagger.

»An der tiefsten Stelle so circa anderthalb Meter, auf 'ner Fläche von vier Quadratmetern, in der Flachwasserzone aber nur noch fünfundsechzig Zentimeter und im Bereich der Sumpfzone ungefähr zwanzig Zentimeter«, antwortete Eike.

»Toll! Ich freue mich schon, wenn der Teich fertig ist und ich abends das Quaken der Frösche hören kann.«

»Du kannst uns gerne beim Ausheben helfen«, bot ihr Vater ihr an.

»Das würde ich ja wirklich liebend gerne, aber mein technischer Baggerverstand hält sich in Grenzen. Außerdem muss ich in einer guten Stunde schon wieder in der Nordseeschule sein. Wir haben heute Nachmittag Probe für unser Theaterstück«, sagte Ilva. »Euch wünsche ich aber viel Spaß mit dem Bagger. Ich gehe derweil mal zum Hochbeet und ernte etwas Gemüse für mein Mittagessen.«

Ilva wusch gerade das Gemüse und befreite es von den letzten Erdresten und kleinen Schnecken, die sie aus dem Hochbeet mit hereingebracht hatte. Die Ausbeute war gut: Tomaten, Möhren, Radieschen, Petersilie und ein paar Salatblätter. Auf einem Holzbrett lag schon eine mittelgroße Salatgurke bereit, als plötzlich ihr Bruder in der Küche stand.

»Moin!«, sagte er und ging schnurstracks zum Kühlschrank.

»Moin!« Ilva beobachtete, wie Ernie eine Flasche Mineralwasser aufschraubte und dann die Hälfte des Inhalts in einem kräftigen Zug trank. »Gibt es bei dir und Heike kein Wasser?«

»Natürlich.« Er schraubte den Verschluss wieder auf die Flasche. »Aber hierhin ist es von der Polizeistation näher.«

»Was gibt's denn Neues? Ich habe gehört, dass ihr heute Hajo Schröter in der Schule verhört habt. Er war ganz aufgeregt wegen der verschwundenen Flasche Waschbenzin, und hat danach im Chemieraum alles auf den Kopf gestellt.«

»Verhör würde ich das nicht nennen. Wir haben bloß ein paar harmlose Fragen gestellt. Und es ist auch nicht viel dabei rumgekommen. Außer, dass wir nun wissen, dass er Lampen für junge Kolleginnen repariert.« Ernie setzte die Flasche erneut zum Trinken an.

Ilva legte das Messer ab und drehte sich zu Ernie. »Wer? Hajo?«, fragte sie ungläubig.

»Er hat am Abend des Brandes die Lampe von einer Frau Töpfer repariert, weil die einen Wackelkontakt hatte.«

»Aha? Ich wusste gar nicht, dass er näheren Kontakt zu unserer Praktikantin hat«, wunderte sich Ilva.

»Du musst ja auch nicht alles wissen.« Ernie stellte die leere Flasche in einen Wasserkasten.

»Überrascht bin ich trotzdem. So viel Hilfsbereitschaft hätte ich ihm gar nicht zugetraut.« Sie fuhr mit dem Schneiden der Gurke fort. »Was sind denn eure nächsten Ermittlungsschritte?«

»Auch wenn es dich eigentlich nichts angeht, wir befragen noch mal Gio Leone und Vivi Schilling. Sie sind beide uneheliche Kinder von Herrn Frank.«

Ilva unterbrach das Schneiden. »Nein! Wirklich? War das bekannt?«

»Angeblich nicht. Angeblich hat Frau Schilling bisher niemanden über ihre wahre Identität aufgeklärt. Ob es stimmt, wissen wir nicht. Vielleicht sind sie und ihr Halbbruder doch die Mörder und haben uns nur die trauernden Kinder vorgespielt.« Ernie stellte sich neben Ilva und stibitzte eine Karotte.

Ilva gab ihm einen Klaps auf die Finger. »Die Theorie klingt für mich völlig abwegig.«

»Wir werden sehen«, sagte Ernie und biss in die knackige Möhre. »Wo sind denn unsere Eltern?«, fragte er mit vollem Mund.

»Mutti ist noch mit ihrem Frauenklübchen walken, und Papa arbeitet mit Eike am Projekt *Gartenteich*. Stell dir vor, sie haben sich sogar einen Minibagger für die Aushebung des Teichs ausgeliehen.«

Ernie rieb sich die Hände. »Oh, da geh ich mal gucken. Vielleicht kann ich mithelfen.«

»Papa und Eike werden sich freuen.« Ilva schaute ihrem Bruder nach, als er aus der Küche ging. Natürlich konnte und musste sie nicht alles wissen. Aber seit wann war Hajo so selbstlos, dass er anderen Frauen die Lampen reparierte? Noch dazu blutjungen Studentinnen? Sie überlegte, ob sie die beiden schon mal miteinander hatte sprechen sehen. Sie konnte sich an keine konkrete Situation erinnern. Darüber musste sie unbedingt mit Ute reden. Vielleicht wusste sie etwas.

»So ein Mist!«, fluchte Ilva leise und steckte das Handy zurück in ihre Hosentasche. Sie ging zu der improvisierten Bühne, wo die Theatergruppe schon wartete. »Hört mal alle zu. Auf Evelyn müssen wir heute verzichten. Sie liegt mit starken Kopfschmerzen flach.«

»Und wer soll dann Frau Doktor von Zahnd spielen?«, fragte Mik und stemmte eine Hand in die Hüfte. Im Gegensatz zum regulären Unterricht hatte er für das Theaterprojekt einen ausgemachten Ehrgeiz entwickelt.

»Das kann ich doch machen«, meldete sich Celina Töpfer zu Wort, die die Aufgabe der Einsagerin für das Theaterstück übernommen hatte. »Als Souffleuse kenne ich ohnehin alle Sprechtexte auswendig.«

»Prima!«, freute sich Ilva über die unkomplizierte Lösung. »Evelyns Kostüm hängt auf dem Kleiderständer.« Sie musterte die junge Frau. »Es müsste dir eigentlich passen.«

Celina Töpfer nickte und nahm den Bügel mit dem Kostüm von der Stange. »Ich ziehe mich schnell um.«

Derweil half Ilva beim Aufbau der Kulisse, was ansonsten Utes Aufgabe gewesen wäre. Aber auch sie fehlte an diesem Tag entschuldigt, weil sie mit ihrer Mutter zu einem dringenden Arzttermin nach Husum musste. Ganz zu Ilvas Missfallen, so konnte sie ihr nicht von den neuesten Entwicklungen im Mordfall Titus Frank berichten.

Die Probe verlief fast fehlerfrei, und am Ende war sie richtig stolz auf ihre Schüler. »Das habt ihr sehr gut gemacht! Bis zur Premiere sind wir perfekt.« Sie legte einer Schülerin anerkennend die Hand auf die Schulter.

Beim Abbau des Bühnenbildes halfen vier Schüler und

auch Celina Töpfer mit. Zum Schluss ging Ilva noch einmal in die Aula, um zu kontrollieren, ob sie alles ordentlich aufgeräumt hatten, rückte hier und da ein paar Stühle zurecht und entdeckte in einer Ecke einen übrig gebliebenen silbernen Kerzenleuchter. Damit ging sie in einen kleinen Nebenraum, in dem sie das Bühnenbild und die Requisiten aufbewahrten. »Oh! Entschuldigung!«, sagte sie. »Ich wusste nicht, dass du dich umziehst.«

»Das macht nichts«, antwortete die junge Studentin und streifte den weißen Kittel ab, der zum Kostüm der Frau Doktor von Zahnd gehörte, sodass sie in Unterwäsche vor Ilva stand. »Heute ist die Probe richtig gut gelaufen. Fast keiner hatte einen Texthänger.«

»Ja, den Schülern scheint die Arbeit an dem Theaterstück eine Menge Spaß zu machen.« Ilvas Blick blieb an dem Knie der Frau hängen. Sie wollte nicht starren, tat es dann aber ungewollt doch. Eine auffällige Narbe zog sich quer über das Gelenk.

Celina Töpfer fiel ihr Blick auf. Schnell schlüpfte sie in eine Jeanshose. »Das ist halb so wild«, sagte sie schnell und versuchte, dabei zu lächeln.

»Entschuldigung. Ich wollte nicht taktlos sein.« Ilva wandte ihren Blick ab.

»Es ist schon gut.« Celina Töpfer machte eine beschwichtigende Geste. »Das ist alles schon so lange her. Als junges Mädchen habe ich mir die Verletzung mal bei einem Unfall zugezogen. Ich kann mich kaum noch daran erinnern.« Sie zog ein T-Shirt über den Kopf und band dann ihr braunes Haar zu einem Zopf zusammen.

»In diesem Fall ist es bestimmt ein Segen, wenn die Erinnerung nicht mehr vorhanden ist.« Ilva lächelte sie aufmunternd an. Die Studentin erwiderte ihr Lächeln, Ilva meinte aber, sehen zu können, dass sie schluckte. »Ich gehe noch mal in die Aula. Meine Tasche liegt dort auf einem Tisch«, sagte sie deshalb, um die junge Frau aus der scheinbar unangenehmen Situation zu befreien.

»Ist gut. Ich bin auch gleich fertig.«

Als sie am frühen Abend das Fahrrad in die Garage ihrer Eltern schob, hatte sie noch immer die Narbe der jungen Frau vor Augen. Das konnte kein kleiner Unfall gewesen sein. Vielmehr hatte es so ausgesehen, als ob das ganze Gelenk zertrümmert gewesen war. Obwohl Celina versichert hatte, keine Erinnerungen an das Unglück zu haben, hatte Ilva das Gefühl gehabt, einen wunden Punkt getroffen zu haben, und die junge Kollegin tat ihr leid. Erst jetzt fiel ihr auf, dass sie die Praktikantin sogar bei heißem Sommerwetter stets in langen Hosen gesehen hatte. Bestimmt würde sie gerne Röcke oder kurze Hosen tragen. Aber dies konnte Celina Töpfer kaum machen, ohne ungewollt Blicke auf sich zu ziehen.

Ihre Mutter saß wieder mit Kater Kuschel in der Hollywoodschaukel. Beide hatten die Augen geschlossen. Als Kuschel ihre Schritte vernahm, öffnete er ein Auge, schloss es dann aber sogleich wieder. Aus dem hinteren Teil des Gartens erklang Motorengeräusch. Ilva blieb neben der Hollywoodschaukel stehen. »Bei der Geräuschkulisse könnte ich nicht schlafen«, sagte sie.

Jetzt sah ihre Mutter sie an. »Ich auch nicht. Deswegen habe ich aus Solidarität mit Kuschel auch nur so getan.« Sie richtete sich auf und rückte ein Stück zur Seite, wobei sie sich Kuschel auf den Schoß hob. »Komm zu uns.«

Ilva setzte sich neben sie und gab ihr einen Kuss auf die Wange. »Wie weit sind die zwei denn?«

»Ich war vorhin einmal kurz gucken. Da sah es so aus, als wenn sie eine Gruft ausheben würden.« Ilvas Mutter lachte leise.

»Oha!«

Das Motorengeräusch verstummte plötzlich, und dann näherten sich Stimmen.

Ihre Mutter beugte sich zu ihr und senkte die Stimme. »Aber sag jetzt bloß nichts. Die zwei sind ganz stolz auf ihr Bauvorhaben.«

»Auf die Gruft?«, fragte Ilva und musste ebenfalls lachen.

»Sie nennen es Teich.«

Werner Feddersen und Eike erschienen auf der Terrasse.

»Wir machen für heute Feierabend«, verkündete Ilvas Vater. Seine Arbeitshose zierten inzwischen braune Erdflecken, und seine Hände waren ebenfalls dreckig.

»Wie lange wird es voraussichtlich dauern, bis ihr mit allem fertig seid?«, wollte Ilva wissen.

»Zehn Tage. Vielleicht auch ein oder zwei Tage länger.« Eike nickte Ilvas Vater zu.

»Dann können wir Fische kaufen«, freute sich Werner Feddersen.

»Fische?« Bille Feddersen schaute ihren Mann entgeistert an.

»Nicht?«

»Werner, wir haben einen Kater«, erinnerte sie ihren Mann. »Die Sache mit dem Teich der Möllers hast du wohl ganz vergessen.«

Ilva musste lachen. »Damals ist Kuschel unter die Angler gegangen und hat jeden Tag mindestens einen frischen Fisch nach Hause geschleppt«, erinnerte sie sich.

»Das ist schon vier Jahre her«, gab Werner zu bedenken. »Inzwischen ist Kuschel neun Jahre alt. Als Senior wird man ruhiger.«

»Von mir aus.« Ilvas Mutter winkte ab. »Wenn du jede Woche neue Fische kaufen willst, bitte!«

Ilva hatte keine Lust, sich an der Fischdiskussion ihrer Eltern zu beteiligen. Daher griff sie nach Eikes Hand. »Wir gehen mal rein.«

Eike wusch sich seine Hände im Gäste-WC, Ilva ihre nun auch dreckigen an der Küchenspüle.

»Dein Vater will gleich noch grillen«, sagte Eike beim In-die-Küche-Kommen, nahm sich gleich darauf eine Flasche Wasser aus dem Kühlschrank und trank in großen Schlucken.

»Das ist schön. Aber ohne mich. Ich halte mich lieber an Schonkost.«

»Hast du immer noch Magenprobleme?«

»Ein bisschen. Aber es ist schon viel besser geworden.«

Eike kam zu ihr und nahm sie in den Arm. »Geh doch noch mal zum Arzt«, schlug er fürsorglich vor.

»Ach was.« Sie wand sich aus seiner Umarmung. »So zartbesaitet bin ich nun auch nicht.«

»Stimmt. Du gehst ja lieber unter die Ermittler als zum Doc.« Er lächelte sie nachsichtig an, woraufhin sie ihn forschend fixierte.

»Was hat mein Bruder dir erzählt?«

»Och, er hat vorhin nur ein paar vage Andeutungen gemacht. Mir erzählst du ja nicht, dass du wieder auf Mörderjagd bist.«

»Von einer richtigen Mörderjagd ist sowohl die Polizei von St. Peter-Ording als auch meine Wenigkeit weit entfernt. Genauer gesagt, wir tappen im Dunkeln und hoffen auf eine Spur.«

Eike umarmte sie wieder. »Ich muss gestehen, das beruhigt mich.«

»Mich würde es viel mehr beruhigen, wenn der Mörder endlich dingfest gemacht werden würde und nicht weiter unbehelligt durch die Weltgeschichte spazieren könnte«, gab Ilva zu bedenken.

»Da hast du natürlich recht«, stimmte Eike ihr zu. »Noch ruhiger wäre ich aber, wenn wir endlich zusammenziehen würden.«

Ilva beugte sich vor und küsste ihn auf den Mund. Dann sah sie ihn liebevoll an. »Du machst es mir nicht gerade leicht wegzuziehen, mein Lieber.«

Eike schaute sie verständnislos an. »Wie das?«

Ilva deutete mit einem Finger auf ein Küchenfenster, das zum Garten hinausging. »Na, du und Papa, ihr legt gerade einen schönen Teich an. Da finde ich eher Gründe, um hier wohnen zu bleiben, und nicht, um dieses kleine Paradies zu verlassen.«

»Irgendwann wird der richtige Zeitpunkt kommen, an dem wir das mit dem Zusammenziehen schaffen«, meinte Eike zuversichtlich.

»Das wird so sein. Irgendwann.« Sie strich ihm zärtlich über eine Wange. »Und bis dahin lassen wir einfach alles auf uns zukommen.«

Kapitel 26

Eine Stunde später auf dem Norderdeich Richtung Utholmer Straße, die Sonne steht schon tief, und der Wind frischt auf, bei nur noch knapp 19 Grad.

Ede und sein Enkel Elias waren mit Distel unterwegs. Nun waren sie auf dem Rückweg einer großen Gassirunde, die sie auch zum Hundestrand nach Ording geführt hatte. Elias hielt stolz Distels Leine und achtete darauf, dass er sie kürzer nahm, sobald ihnen andere Hunde begegneten. Obwohl die Rauhaardackeldame nicht zu den größten ihrer Artgenossen gehörte, wusste sie sich lautstark zu behaupten. Auf der Höhe des Campingplatzes war viel los. Autos verließen den Strandparkplatz, Camper saßen draußen in dem kleinen Biergarten. Alle waren wie selbstverständlich mit ihrem Urlaub beschäftigt, und es machte nicht den Anschein, dass dieser Zustand in St. Peter-Ording jemals enden würde.

»Opa?«, fragte der Junge.

»Ja?«

»Kann ich nicht mit dir und der Omi nach Gelsenkirchen kommen?«

»Was?« Ede zog verwundert die Augenbrauen zusammen. »Wieso willst du denn mit uns nach Gelsenkirchen kommen? Gefällt es dir in St. Peter-Ording etwa nicht?«

»Dooooch, aber in Gelsenkirchen hätte ich dann Distel.« Der Junge hatte sichtlich Spaß beim Ausführen des Hundes.

»Dafür hättest du aber viele andere Dinge nicht. Wir haben zum Beispiel keinen tollen Strand und auch kein Meer«, sagte Ede.

»Aber dafür eine Fußballarena, und Schiffe fahren doch auf dem Kanal«, entgegnete Elias.

»Das stimmt schon. Trotzdem finde ich, du solltest besser hier bei deinen Eltern bleiben. In den Ferien kannst du uns und Distel doch besuchen kommen«, schlug er vor.

Elias presste die Lippen zusammen, nickte aber dann. »Na gut, Opa.«

Ede blickte zu dem Tante-Emma-Laden, der sich neben dem Campingplatz angesiedelt hatte. »Weißt du was, dafür kaufen wir uns jetzt ein Eis.«

»Au ja!«

Bewaffnet mit zwei Stieleis aus der Tiefkühltruhe, setzten sie ihren Weg wenig später zu dritt fort. Ede ließ seine Blicke wieder über das Geschehen um sie herum schweifen, während sein Enkel sich angeregt mit dem kleinen Hund unterhielt und ihm von seinem Eis vorschwärmte. Plötzlich blieb sein Blick an einem Haus mit mehreren Ferienwohnungen hängen. Es sah so aus, als ob sich dort jemand im Gebüsch versteckte. Der Sache musste er auf den Grund gehen. Kurz entschlossen drückte er seinem Enkel sein Eis in die Hand.

»Halt mal, mein Junge, und bleib genau hier mit Distel stehen. Ich muss mal eben was gucken gehen.«

»Darf ich dein Eis mit abschlecken, wenn es schmilzt?«, fragte der Junge.

»Aber sicher. Ich bin gleich wieder da. Nicht weggehen«, wiederholte er seine Anweisung.

»Okay, Opa.«

Ede lief über die Straße. Auf der anderen Straßenseite pirschte er sich an den Strauch heran. Je näher er kam, umso klarer wurde ihm, dass er sich nicht verguckt hatte. Da hockte tatsächlich jemand im Gestrüpp und machte Fotos mit dem Handy. Na warte!, dachte Ede. Diesem Spanner werde ich die Leviten lesen. Mit einem gezielten Griff packte er den Gaffer am Hemdkragen und zerrte ihn aus dem Busch heraus.

»Ah!«, rief der junge Typ und landete rücklings auf dem Fußweg.

Mit einem zweiten Handgriff nahm Ede ihm das Handy ab.

»Na, ich glaube, es hackt, Bürschchen!«, polterte Ede los. »Was denkst du dir eigentlich dabei, fremde Leute heimlich zu fotografieren? Wäre ich dein Vater, würde ich dich jetzt übers Knie legen.«

»Ich ... nein ... das, das war ...«, stammelte er nur und blickte Ede angsterfüllt an. »Ich habe mir nichts Böses dabei gedacht. Ehrlich!«

»Wie heißt du?«, blaffte Ede den Übeltäter an.

»Mik«, brachte er mit zitternder Stimme hervor.

»Ach ja? Und weiter?«

»Mik Carstens.«

»Vielleicht stehst du mal langsam auf, Mik Carstens, und hörst auf, hier rumzuwinseln. Die Ohren sollte ich dir lang ziehen. Wie alt bist du eigentlich?« Ede blickte zu dem Haus herüber, konnte aber keine Leute auf den Balkonen oder der Terrasse entdecken.

Mik klopfte sich Erde und Staub von seiner Hose. »Achtzehn.«

Erbost blickte er den Teenager an. »Da bist du volljährig und machst so einen Blödsinn?«

»Entschuldigung. Es tut mir wirklich leid!«

»Das kannst du alles der Polizei erzählen, denn denen werde ich dein Handy übergeben.«

»Bitte, keine Polizei!«

»Das hättest du dir vorher überlegen sollen, bevor du heimliche Aufnahmen machst. Volljährig zu sein bedeutet auch, Verantwortung für sein Handeln zu übernehmen.«

Mik blickte schuldbewusst auf den Boden. »Ich weiß.«

»Und warum verhältst du dich dann nicht so wie ein Volljähriger?« Ede bedachte den Teenager mit einem strengen Blick.

»Es war doch bloß Spaß.« Mik verzog schuldbewusst den Mund. »Ich habe mir nichts dabei gedacht.«

»Dann wird es Zeit, dass du ans Denken kommst«, schimpfte Ede. »Sieh zu, dass du Land gewinnst. Den Quasselkasten bringe ich zur Polizeistation.«

Nachdem Ede seinen Enkel und Distel bei seiner Frau und Schwiegertochter abgesetzt hatte, begab er sich auf den direkten Weg zur Polizeistation, berichtete, was vorgefallen war, und übergab seinem Sohn das Handy. »Mik Carstens heißt der Strolch!«

Ernie verdrehte die Augen. »Oh nee. Nicht schon wieder!«

»Dieses Mal sind wir aber nicht nachsichtig!«, stellte Fred unmissverständlich klar. »Die Schonzeit ist ein für alle Mal vorbei. Heimliche Bildaufnahmen sind strafbar!«

»Ihr kennt den Kollegen?« Ede stützte sich mit einer Hand an einem der Schreibtische ab.

»Er ist ein Oberstufenschüler von der Nordseeschule. Meine Schwester ist seine Deutschlehrerin«, erklärte Ernie.

»Seine Schüler kann man sich als Lehrer nicht aussuchen«, meinte Ede.

Fred schaltete das Handy ein. »Wie leichtsinnig! Noch nicht mal eine Sperre hat er drin. Da kann jeder Hans und Franz das Handy durchsuchen.«

»Dann mach doch mal«, forderte Ernie ihn auf.

»Bin schon dabei.« Fred wischte ein paarmal über das Display und musste dann schmunzeln. »Na, was haben wir denn hier?«

Ernie blickte ihm über die Schulter. »Das sieht für mich nicht nach Lampenreparieren aus«, sagte er ebenfalls belustigt. Auf den offensichtlich heimlich geschossenen Fotos waren Hajo Schröter und Celina Töpfer zu sehen. Sie umarmten und küssten sich. Fred wischte weiter. »Leckofanni! Ich glaub, ich muss mich mal setzen«, sagte er und reichte das Handy ohne ein weiteres Wort an Ernie weiter.

»Kerle Kiste!« Ernie nahm ebenfalls auf einem der Stühle Platz.

»Darf ich auch mal sehen?«, fragte Ede, griff, ohne auf eine Antwort zu warten, nach dem Gerät und betrachtete, was seinen Sohn und dessen Kollegen so aus der Fassung gebracht hatte. Die Aufnahmen waren mehr als aufschlussreich. Sie zeigten den Chemielehrer und auch den Schauspieler Titus Frank in Begleitung derselben Frau. »Kennt ihr etwa auch diese junge Dame?«

Ernie nickte. »Celina Töpfer. Sie ist Praktikantin an der Nordseeschule.«

»Ich habe sie erst heute früh befragt«, ergänzte Fred kopfschüttelnd. »Ich kann es echt nicht fassen!«

»Anhand der Fotos geht eindeutig hervor, dass beide Herren ein vertrauliches Verhältnis zu der Frau haben beziehungsweise hatten.« Ede gab seinem Sohn das Mobiltelefon mit ernstem Blick zurück. Ihm war unschwer anzusehen, was er von der ganzen Sache hielt. »Die letzten Fotos von dem Schauspieler und der Frau wurden kurz vor dem Brand geschossen.«

Ernie trommelte mit seinen Fingern auf der Tischplatte herum. »Dann hat Mik uns belogen. Er sagte doch, dass er zum Surfen am Strand war und danach mit dem Roller gleich nach Hause gefahren ist.«

»Dass er surfen war, wird auch stimmen. Aber er hat uns verheimlicht, dass er zwischen Surfen und seinem Heimweg noch kräftig Fotos gemacht hat.« Fred schüttelte den Kopf. »Den Clown müssen wir noch einmal zur Befragung einbestellen – und dann kann er sich auf was gefasst machen!«

Kapitel 27

Nur eine halbe Stunde später in der Polizeistation im Deichgrafenweg

Kurz nachdem Freds Vater gegangen war, klingelte es erneut an der Tür der Polizeistation.

»Ich geh schon.« Ernie öffnete die Tür. »Du?« Verwundert schaute er in Mik Carstens' Gesicht.

»Ich komme wegen meines Handys«, sagte er mit schuldigem Blick und hochgezogenen Schultern. »Das wurde mir vorhin von einem älteren Mann abgenommen. Er meinte, ich kann es hier abholen. Ich brauche es wirklich dringend. Ohne die abfotografierten Tafelbilder kann ich meine Hausaufgaben nicht machen.«

»Abfotografierte Tafelbilder«, schnaubte Ernie und öffnete die Tür dann so weit, dass Mik eintreten konnte. »So was gab es zu meiner Schulzeit nicht.«

»Ist ja schon etwas her. Inzwischen macht das jeder«, verteidigte er sich.

Sie blieben vor dem Empfangstresen stehen. »Wie wäre es ausnahmsweise mal mit Abschreiben? Mit einem Stift und auf Papier! Das soll ganz gut klappen, wie ich hörte.«

Fred kam zu ihnen. »Da ist ja schon der Fotograf.«

»Wurde mein Handy abgegeben?«, fragte Mik mit hoffnungsvollem Blick.

»Ja«, sagte Ernie.

»Kann ich es wiederhaben?« Der Teenager streckte eine Hand aus.

»Nein«, machte Fred mit einem Wort Miks Hoffnungen zunichte.

»Aber da sind wirklich wichtige Sachen drauf, ohne die ich aufgeschmissen bin.« Mik gestikulierte wild in der Luft herum.

»Dass da wichtige Sachen drauf sind, das haben wir längst herausgefunden.« Ernie warf seinem Kollegen einen auffordernden Blick zu, woraufhin Fred hinter den Tresen trat und eine Schublade aufschloss, der er das Handy entnahm. Er wischte mit einem Finger über das Display. Dann hielt er es vor Miks Nase. »Warum hast du uns nichts von den Schnappschüssen erzählt?«

»Mist!« Mik wich Freds Blick aus.

»Richtiger Bockmist, würde ich sagen. Du hast uns einiges zu erklären. Nach dir.« Ernie machte eine befehlende Armbewegung Richtung Büro. Mik folgte der Aufforderung ohne Murren und setzte sich etwas kleinlaut auf einen der bereitstehenden Stühle.

»Bitte.« Fred stellte ein Glas Wasser vor dem Jungen ab.

Der Schüler griff danach und trank zwei Schlucke, während auch Ernie sich einen Stuhl heranzog und sich neben Mik setzte.

»Und jetzt erzählst du mal, wieso du die Fotos gemacht und es uns verheimlicht hast.«

»Ich hatte einfach keine Lust auf noch mehr Ärger. Die Fotos waren doch nur Spaß.«

Ernie rollte mit den Augen. »Toller Spaß!«

»Wenigstens bist du geständig.« Fred nahm am Tisch gegenüber Platz. »Aber das ändert nichts an der Tatsache, dass die Fotos dich richtig in Schwierigkeiten bringen können, mein Freund. Dir ist doch wohl hoffentlich klar, dass die Aufnahmen von dem Schauspieler und der Schulpraktikantin ein paar Tage zuvor und sogar wenige Stunden vor dem Brand der Ferienimmobilie deiner Eltern entstanden sind?«

»Deswegen habe ich doch nichts gesagt. Ich möchte wirklich keinen Ärger«, betonte er nochmals. »Die Fotos habe ich aus Jux gemacht. Ich hab die Töpfer und den Schauspieler zufällig auf dem Balkon des Ferienhauses gesehen, und die Chance konnte ich mir nicht entgehen lassen. Eine Lehrerin in einer solchen Situation zu erwischen. Ein paar Freunden von mir habe ich sie gezeigt. Wir haben uns darüber kaputtgelacht, dass eine angehende Lehrerin sich an einen Schauspieler ranschmeißt. Das ist doch voll peinlich! Wie ein Groupie oder ein D-Promi, der versucht, darüber was vom Ruhm abzubekommen. Ein paar Tage später standen sie an der Haustür wieder zusammen.«

»Na ja.« Ernie setzte einen Ellenbogen auf der Tischplatte auf und stützte sein Kinn auf der Hand ab. »Was hattest du eigentlich mit den Fotos vor?«

»Nichts weiter.«

Fred schüttelte belustigt den Kopf. »Dir ist schon klar,

dass die Fotos wichtige Beweismittel in der Aufklärung der Brandstiftung sein könnten, oder?«

Mik runzelte die Stirn. »Wirklich? Nein, das war mir nicht bewusst. Aber jetzt, wo Sie es sagen ...«

»Tz!« Fred schnappte nach Luft, hatte sich aber schnell wieder im Griff. »Wir haben dich gefragt, ob du etwas Ungewöhnliches beobachtet hast. Nur so zur Info: Eine Lehrerpraktikantin, die mit dem Mordopfer auf Tuchfühlung geht, ist etwas Ungewöhnliches. Du hättest uns davon erzählen sollen.«

Mik nickte.

»Dir ist schon klar, dass der Mann in eurem Ferienhaus zu Tode gekommen ist?« Freds Fragen waren rein rhetorischer Art, um dem Jugendlichen den Irrsinn zu verdeutlichen.

Der Teenager zuckte bloß mit den Achseln. »Ich wollte einfach keinen Ärger bekommen«, wiederholte er zum dritten Mal seine Aussage.

»Das wissen wir inzwischen.« Fred wischte noch mal über den Bildschirm des Handys und rief die Aufnahmen von Hajo Schröter und der Studentin auf. Er drehte das Display Mik zu. »Und was hast du hierzu zu sagen? War das auch nur Spaß?«

Mik seufzte. »Ich bekomme wohl doch Ärger.«

»Könnte sein.« Ernie verschränkte seine Arme vor der Brust. »Von mir eventuell sogar persönlich, wenn du auch heimlich Fotos von meiner Schwester gemacht haben solltest. Fotos von jemand anderem ohne dessen Zustimmung anzufertigen erfüllt den Straftatbestand des Paragrafen 201a.«

Mik hob abwehrend die Hände. »Ich habe Ihre Schwester wirklich nicht fotografiert. Ich schwöre! Frau Feddersen ist nett. Im Gegensatz zu Herrn Schröter.«

»Habt ihr Schwierigkeiten miteinander?«, fragte Ernie.

Mik trank den Rest seines Wassers und stellte das Glas wieder auf dem Tisch ab.

»Herr Schröter will mich fertigmachen. Wegen ihm bekomme ich wahrscheinlich meine Zulassung fürs Abi nicht«, platzte es aus ihm raus. »Er legt mir, wo er kann, Steine in den Weg. Ich habe ihn so oft gebeten, ein Referat halten zu dürfen, um wenigstens meine mündliche Note verbessern zu können, aber Herr Schröter will mir einfach keine Chance geben. Selbst ein Mädchen in meiner Stufe, das mindestens genauso wenig Ahnung von Chemie hat wie ich, bekommt drei Punkte auf dem Zeugnis. Mir will er null geben. Das wäre so, als wenn ich gar nicht am Chemiekurs teilgenommen hätte. Dabei versuche ich es wirklich, aber diese ganzen Elemente machen mich irre. Ich kann mir das nicht merken.«

»Du bist ganz schön wütend auf Herrn Schröter«, stellte Fred fest.

»Wären Sie das denn nicht? Es ist einfach ungerecht, wie er mich behandelt. Ich bin zu allem bereit, um meine Note aufzubessern, aber er gibt mir dazu nicht die geringste Chance. Und dann war ich eben zufällig an dem Abend des Brandes in Ording unterwegs. Plötzlich habe ich ihn zusammen mit Frau Töpfer gesehen. Zuerst dachte ich, ich hätte mich verguckt. Sie standen vor einer Haustür und haben wild rumgeknutscht. Und das habe ich spontan fotografiert. Ich meine, erst küsst sie diesen Schauspieler, und dann knutscht sie auch noch mit dem Schröter.«

Fred stand von seinem Stuhl auf und ging zum Fenster. Er vergrub seine Hände in den Hosentaschen und drehte sich dann wieder um. »Hattest du vor, ihn damit zu erpressen?«

»Ach was!« Mik schüttelte den Kopf. »Ich gebe zu, dass ich gehofft habe, dass der Schröter mir eine bessere Note geben würde, wenn er wüsste, dass ich Fotos von ihm und seiner Affäre gemacht habe. Anfangs wollte ich ihm die Fotos zeigen, aber bis jetzt habe ich es nicht getan. Er weiß überhaupt nicht, dass es die Fotos gibt. Und vorhin dachte ich, ich hätte ihn wieder an dem Haus der Praktikantin gesehen. Ich wollte bloß noch ein paar lustige Fotos zusätzlich machen, um sie meinen Kumpels zu zeigen. Ist ja irgendwie wie eine Daily Soap.« Der Teenager legte seinen Kopf in den Nacken und rieb mit den Händen über seine Augen. »Hätte ich diese blöden Fotos besser sofort wieder gelöscht.«

»Oder gar nicht erst gemacht.«

»Hätte, hätte, Fahrradkette.« Ernie stand ebenfalls auf und holte aus einer Schublade den durchsichtigen Beutel mit dem Schlüssel hervor, den er inzwischen aus dem Labor wieder zurückerhalten hatte. Er zeigte ihn Mik. »Dazu kannst du uns bestimmt auch etwas sagen?«

»Sieht aus wie ein Schlüssel von einem Ferienhaus meiner Eltern.« Der Junge wirkte ahnungslos.

»Bingo.« Ernie drehte das Tütchen um, sodass er den

eingravierten Namen der Ferienimmobilie lesen konnte. »So einen hattest du nicht zufällig in letzter Zeit mal in der Tasche?«

»Nee. Ganz bestimmt nicht, Herr Feddersen. Was sollte ich damit auch anstellen? Ich bin doch kein Groupie, das sich an den Hals eines Schauspielers wirft.« Er grinste schief. »Hübsche Mädchen treffe ich am Strand.«

Ernie konnte sich ein Grinsen nicht verkneifen. »Also gut.«

»Bekomme ich denn jetzt mein Handy zurück? Ich lösche auch alle Fotos in Ihrem Beisein«, versprach Mik.

»Leider nicht, Sportsfreund.« Fred zog aus seiner Schublade einen durchsichtigen Spurensicherungsbeutel, in den er das Handy hineinfallen ließ. »Dein Telefon ist bis auf Weiteres als Beweismittel konfisziert.«

»Was?« Mik starrte Fred entgeistert an. »Was soll ich denn ohne Handy machen? Da ist mein ganzes Leben drauf«, sagte er in theatralischem Ton.

»Na, na! So dramatisch wird es schon nicht sein, wenn du dir noch nicht mal die Mühe machst, dein Handy durch eine PIN zu sichern.« Fred wirkte belustigt.

»Sei froh, dass wir dich ohne Anzeige laufen lassen«, gab Ernie zu bedenken.

Das Handy klingelte in dem Beutel.

Mik seufzte. »Fragen, ob ich rangehen darf, kann ich mir vermutlich sparen.«

»Kannst du«, bestätigte Fred. »Dafür kannst du jetzt gehen. Hausaufgaben machen und so ...«

Mik hatte gerade die Polizeistation verlassen, da schrillte

wieder sein Handyklingelton. Ernie nahm das Telefon nochmals aus dem Beutel und schüttelte den Kopf. »Eine Nachricht von *Digga3*.« Er stellte es aus. »Ist es eigentlich notwendig, immer und überall erreichbar zu sein? Das, was die Jungs und Mädels zu bequatschen haben, können sie sich doch auch am nächsten Tag in der Schule erzählen.« Ernie legte das Telefon in eine Schublade seines Schreibtisches.

»Können schon, aber es muss ja heute immer alles schnell und möglichst in Echtzeit geschehen.«

Pannenbäcker kam zur Dienstablösung ins Büro. »Moin, Chefs!«

»Moin!« Ernie setzte sich seine Polizistenmütze auf und lächelte seine Kollegen an. »Ich mache jetzt in Echtzeit Feierabend und werde bei dem schönen Wetter ein kühles Bier im Garten genießen. Bis morgen früh bin ich dann mal offline.«

Kapitel 28

Wenig später an der Strandpromenade von St. Peter-Ording, die Sonne hängt rot über dem Meer, und vom Horizont ziehen einige Wolken auf.

Ich rannte. So schnell ich konnte, solange mich meine Beine trugen. Seitdem ich in St. Peter-Ording war, fiel mir das Laufen leicht. Ich genoss den Wind, der mir ins Gesicht blies, und besonders das Gefühl, tief durchatmen zu können. Vielleicht lag das auch mit an der fast unendlichen Weite der Landschaft, die mir oftmals den Eindruck vermittelte, ich könnte bis zum Horizont laufen. Es war absurd, das war mir klar. Doch ich fühlte mich an diesem Ort so sicher wie noch nie zuvor. Jeder andere hätte an meiner Stelle längst die Sachen gepackt und sich heimlich abgesetzt. Nach Dänemark vielleicht oder gleich nach Schweden. Stockholm sollte schön sein. Doch so war ich nicht. Ein Blick in die digitale Welt der Zeitungen genügte, um zu wissen, dass die Fahndungen nach mir auf Hochtouren liefen. Sie nannten mich den »großen Unbekannten«, und die Schwester von Titus Frank hatte fünfzigtausend Euro Kopfgeld ausgelobt für die Ergreifung des Mörders. Ein hübsches Sümmchen!

Es hatte nicht lange gedauert, bis die Medien aus seinem tragischen Tod einen schrecklichen Mord gemacht hatten. Die Blätter waren voll damit, und die Fernsehsender überboten sich dabei, beliebte Filme und Serien mit Titus Frank zu wiederholen. Trotz allem ließ ich mich davon nicht verrückt machen. Ich behielt die Ruhe und genoss es, einen Schritt vor den nächsten zu setzen. Niemand schien mich gesehen zu haben. Keiner konnte wissen, dass ich es war. Wer wusste schon, ob sie jemals hinter die Wahrheit kommen würden. Ich lief nun über die Seebrücke und hörte meine Schritte auf dem Holz. Links und rechts war ich umgeben von Salzwiesen, und weiter vorne lag eine Dünenlandschaft. Um diese Uhrzeit waren nur noch wenige Menschen auf der Brücke unterwegs. Ich hatte freie Bahn. Auf den letzten Metern beschleunigte ich meine Schritte und lief, so schnell ich konnte. Die Schläge meines Herzens hämmerten in meinen Ohren und vermischten sich mit vereinzelten Möwenschreien, die über mir erklangen. Am Ende der Brücke sprang ich und landete mit den Füßen knöcheltief im Sand. Ich lachte und fühlte mich wie berauscht. Ich konnte von diesem befreienden Gefühl nicht genug bekommen.

Kapitel 29

Früh am nächsten Morgen in der Nordseeschule, bei einer zugezogenen Wolkendecke und Regen, die Temperatur liegt bei 15 Grad.

Der Direktor wartete wie verabredet am Seiteneingang. Auf seiner Stirn hatte sich eine Sorgenfalte gebildet. Ernie und Fred hatten ihr Kommen vorher angemeldet, aber nicht konkret gesagt, um was es dieses Mal ging. Vorab hatten sie überlegt, dem Chemielehrer einen Besuch in seinem Haus abzustatten, das jedoch vorerst verworfen, allein aus Rücksicht auf seine Frau. Es war nicht die Aufgabe der Polizei, ihr Kenntnis über den Seitensprung ihres Mannes zu verschaffen, solange sie für die Ermittlungen nicht relevant war.

Sie folgten Herrn Korte in sein Büro.

»Bitte«, sagte er, nachdem er die Tür hinter sich geschlossen hatte, und deutete auf zwei Stühle, die vor seinem Schreibtisch standen. »Wollen Sie sich wieder im Chemieraum umsehen?«

»Nein, heute nicht. Wir sind gekommen, um Ihre Kollegen Schröter und Töpfer noch einmal zu befragen. Sind beide schon da?«

»Frau Töpfer begleitet die sechste Klasse heute bei einem Wandertag auf Sylt. Die Klasse wird erst im Laufe des Abends am Bahnhof zurückerwartet. Herr Schröter ist schon im Unterricht«, antwortete der Direktor. Er blickte auf eine Wanduhr. »Die Stunde ist in guten acht Minuten vorbei. Dann braucht er etwa noch einmal drei Minuten, bis er im Lehrerzimmer ist.«

»Dann warten wir hier, wenn es Ihnen recht ist«, sagte Ernie.

»Ehrlich gestanden, ungern. Ich habe gleich einen Termin mit einer Mutter. Deshalb wäre es besser, wenn Sie das Gespräch mit Herrn Schröter wieder in unserem Förderraum führen könnten.«

»Kein Problem, dann empfangen wir ihn vor dem Lehrerzimmer.«

Eine knappe Viertelstunde später saß Hajo Schröter ihnen gegenüber. Er knetete nervös seine Hände und machte einen angespannten Eindruck.

»Wir haben dringenden Klärungsbedarf, Herr Schröter«, begann Fred die Befragung. Er schob eines der Fotos von Miks Handy in ausgedruckter Form über den Tisch. »Sind Sie das?«

Der Chemielehrer schaute auf die Aufnahme, wurde erst rot, dann schnappte er hörbar nach Luft. »Wer hat das Foto gemacht?«

»Das tut nichts zur Sache«, wiegelte Fred ab. »Also, erkennen Sie sich auf der Aufnahme?«

»Ja.« Er wich Ernies und Freds Blicken aus. »Das ist mir jetzt wirklich unangenehm.«

»Sie geben also zu, dass Sie das auf dem Foto sind?«, fragte Fred noch einmal.

Hajo Schröter zwinkerte nervös mit den Augen und nickte dann. »Ein einmaliger Ausrutscher. Es ging alles so schnell. Das war ganz spontan.«

»Wie der Wackelkontakt bei der Lampe«, rutschte es Ernie raus.

»Ja. Sie müssen mir glauben, dass ich das nicht geplant habe«, sagte er kleinlaut.

»Weiß Ihre Frau darüber Bescheid?«, bohrte Fred.

»Wie? Nein! Natürlich nicht.« Der Chemielehrer wich wieder Freds Blick aus. »An dem Abend ist es einfach über mich gekommen. Ich wollte nur helfen, aber dann hatte ich einen schwachen Moment. Meine Ehe mit Carola steckt schon länger in der Krise. Oft gibt es Streit, und ich habe das Gefühl, es ihr nicht recht machen zu können. Ich bin in die Sache mit der Kollegin irgendwie reingeschlittert. Wir haben uns auch erst dreimal außerhalb der Schule getroffen. Ich werde den Fehltritt meiner Frau beichten.«

Fred nahm den Ausdruck wieder an sich und betrachtete ihn. »Zufällig war dieses private Treffen genau an dem Abend, an dem Ihre Frau bei der Filmpremiere war und Herrn Frank hätte treffen sollen, der jedoch vorher zu Tode gekommen ist.«

Hajo Schröter nickte. »Das stimmt.«

»Wussten Sie, dass Frau Töpfer mit Titus Frank ebenfalls näher bekannt war?«, bohrte Fred weiter.

»Wie bitte? Ich meine, nein!« Hajo Schröter war nun sichtlich komplett von der Rolle. Das Zwinkern seiner Augen verstärkte sich, und ein Schweißfilm glänzte auf seiner Stirn.

Fred beugte sich nach vorn und sah dem Chemielehrer eine Weile in die Augen. »War es wirklich alles nur ein Zufall?«

Einen Moment wirkte er verwirrt, dann schüttelte er heftig den Kopf. »Ja doch! Sie können nicht ernsthaft glauben, dass ich etwas mit dem Tod des Schauspielers zu tun habe! Also, das ist ja absurd!« Er schnappte nach Luft.

»Man weiß nie ...«, sagte Ernie in ruhigem Ton. Er und Fred hatten sich vorab darauf geeinigt, ihn nicht mit der Tatsache zu konfrontieren, dass Celina Töpfer auch eine Liaison mit dem verstorbenen Schauspieler gehabt zu haben schien.

Hajo Schröter zwinkerte wieder. »Nein. Mir ist dieser Mann nie begegnet. Ich habe ihn nicht umgebracht.«

Da sie nichts Konkretes gegen den Mann in der Hand hatten, durfte Hajo Schröter nach der Befragung wieder zurück in den Unterricht gehen.

»Also, wenn du mich fragst, für mich ist der Chemiefritze rein vom Gefühl der Hauptverdächtige«, erklärte Fred auf der Rückfahrt zur Wache. »Schade, dass das Bauchgefühl nicht als Beweis zählt. Die junge Praktikantin schließe ich eher aus. Trotzdem müssen wir sie noch einmal unter die Lupe nehmen und fragen, warum sie uns von ihrem Verhältnis zu dem Schauspieler nichts erzählt hat.«

»Vielleicht wollte sie keinen Ärger bekommen«, merkte Ernie augenzwinkernd an. »Wie Mik Carstens.«

Fred verzog den Mund. »Keine gute Strategie.«

»Die beiden unehelichen Kinder von Titus Frank stehen auch noch auf unserer Liste«, sagte Ernie. »Wir müssen sie schnellstens aufsuchen, bevor sie wieder aus St. Peter-Ording verschwinden. Die Dreharbeiten gehen bestimmt nicht ewig.«

Fred setzte den Blinker und fuhr in eine Einfahrt. Dann nahm er sein privates Handy aus dem Handschuhfach.

»Was hast du vor?«

»Meinen Vater anrufen und fragen, wo die Dreharbeiten stattfinden.« Er hielt sich das Telefon ans Ohr. »Was du heute kannst besorgen, das verschiebe nicht auf morgen.«

Ohne es zu wissen, waren sie bloß ein paar Straßen vom aktuellen Drehort entfernt, wie sie aus dem Telefonat mit Ede Glabotki erfuhren. Heute stand eine Szene in der St.-Peter-Kirche und auf dem angrenzenden Friedhof auf dem Drehplan.

»Manchmal sind Handys eben doch nützlich«, sagte Fred, während er den Peterwagen auf dem Marktplatz parkte.

»Eigentlich ist es unübersehbar, dass hier gefilmt wird.« Ernie warf die Autotür zu und schaute zu einer Ecke des Parkplatzes unweit der historischen Stöpe. Dort standen die drei Trailer nebeneinander, die sie schon von ihrem Einsatz am Böhler Leuchtturm kannten.

Das Gelände rund um die Kirche und den Friedhof war abgesperrt worden. Schaulustige kamen nur bis kurz vor die Stufen, die zum Kirchengelände führten. Dort war ein Sichtschutz aufgebaut worden, vor dem sich Mitarbeiter einer Sicherheitsfirma postiert hatten. Einige Autogrammjäger sowie ein paar Pressemitarbeiter harrten nebenan bei Erfrischungsgetränken und Kaffee im *Olsdorfer Krug* der Dinge, wohl in der Hoffnung, dass sie Neuigkeiten über den Tod von Titus Frank erfahren würden.

Ernie und Fred zeigten ihre Dienstausweise, woraufhin die Mitarbeiter der Sicherheitsfirma sie auf das Kirchengelände ließen. Der kleine Friedhof lag verlassen vor ihnen. Bloß vor dem Eingang stand ein verwaister Regiestuhl.

Ernie schaute hoch zur Kirchenuhr in dem kleinen Turm. »Keiner zu sehen. Für eine Mittagspause ist es noch ein bisschen früh.«

»Psst!« Fred legte einen Finger an die Lippen. »Hörst du das auch?«, flüsterte er.

»Nein. Ich höre nichts. Nur den Wind in den Bäumen und ein paar Möwen.«

Fred hob einen Finger. »Da! Jetzt wieder!«

Ernie horchte angestrengt. »Nun höre ich auch was. Klingt, als würde sich jemand streiten. Aber ich sehe hier niemanden.«

»Das muss aus der Ecke da vorne kommen.« Fred deutete auf den separaten Glockenstapel, in dem sich die Kirchenglocken befanden. Das hölzerne Türmchen lag rechts des Kirchenschiffs.

»Mal sehen, was dahinter los ist.« Ernie und Fred liefen den Weg entlang.

»Aber ich konnte es doch nicht wissen! Niemand konnte das!«, rief ein Mann.

»Du bist schuld! Wenn du dich anders verhalten hättest,

würde er noch leben«, hörten sie eine aufgebrachte Frauenstimme.

»Glaubst du etwa, ich hätte mich nicht anders entschieden, wenn ich hätte ahnen können, was passieren würde?«, rief die Männerstimme wieder.

Kurz darauf stürmte Vivi Schilling an ihnen vorbei. Sie war tränenüberströmt und schien sie nicht wahrzunehmen.

»Soll ich ihr hinterherlaufen?«, fragte Fred.

»Lass uns erst mal mit ihrem Kollegen sprechen.« Ernie hatte Gio Leone entdeckt, der schräg hinter dem Glockenstapel stand und der jungen Frau hilflos hinterherblickte.

»Bleib doch hier!«, rief er ihr nach, aber sie steuerte entschlossen auf den Ausgang aus dem Friedhof zu.

Ernie und Fred gingen zu ihm.

»Hallo! Ist alles in Ordnung?«, fragte Ernie.

»Anscheinend nicht«, entgegnete der Schauspieler. »Ich weiß nicht, was in sie gefahren ist.« Er stutzte, dann musterte er Ernie und Fred. »Oh, Sie sind von der Polizei. Wollen Sie zu mir?«

»Unter anderem ja«, sagte Fred.

Der Schauspieler nickte. »Bestimmt geht es um meinen Vater. Ich habe schon damit gerechnet, dass sich die Polizei irgendwann bei mir melden wird.«

»Ach ja?« Fred schaute ihn aufmerksam an. »Haben Sie uns denn etwas mitzuteilen?«

Gio Leone schüttelte den Kopf. »Ich weiß ehrlich gesagt nicht viel mehr als alle anderen auch. Ich wünschte, es wäre anders.«

»Das klang gerade, als wäre es anders.« Ernie schaute zu

dem Sichtschutz, hinter dem die Schauspielerin verschwunden war. »Was hat sie Ihnen denn genau vorgeworfen?«

»Wenn ich das mal wüsste.« Der Schauspieler machte eine hilflose Geste. »Bevor ich sie fragen konnte, ist sie davongestürmt. Schon seit ein paar Tagen benimmt sie sich merkwürdig, und ich weiß nicht, warum. Mal möchte sie dringend mit mir sprechen, dann doch wieder nicht. Es geht die ganze Zeit hin und her. Mittlerweile mache ich mir wirklich Sorgen um sie.«

»Sie wird sich bestimmt wieder beruhigen«, versuchte Ernie, die Situation zu entschärfen. Er schaute zu Fred. Inzwischen waren sie ein so eingespieltes Team, dass oftmals nur kleine Gesten nötig waren, um sich zu verständigen. Als Fred nickte, wusste er, dass auch er davon ausging, dass der Schauspieler nicht ahnte, dass Vivi Schilling seine Halbschwester war.

»Hoffentlich.«

»Wie kam es eigentlich zu dem Streit?«, fragte Fred.

»Das frage ich mich auch. Wir sind aus der Kirche gegangen, um noch einmal die Szene durchzugehen, die wir gleich dort drehen wollen. Plötzlich ist die Stimmung ohne Vorwarnung gekippt. Als ich unseren Kollegen Benedikt Sommer erwähnt habe und dass mein Vater mit mir am Nachmittag vor der Filmpremiere gemeinsam joggen gehen wollte, ist Vivi plötzlich in die Luft gegangen. Ich hatte an dem Tag Kopfschmerzen, unser Treffen deswegen abgesagt und mich im Hotel hingelegt. Ich wollte für die Filmpremiere am Abend fit sein. Sie hat mir vorgeworfen, dass ich die Schuld am Tod meines Vaters tragen würde. Richtig hysterisch ist sie geworden.«

»Glauben Sie, dass sie damit recht hat?«, wollte Ernie wissen.

Gio Leone zuckte mit den Schultern. »Wäre ich mit ihm joggen gegangen, wäre er vermutlich nicht allein in seinem Haus gewesen, als das Feuer ausgebrochen ist. Wir wären zu zweit unterwegs gewesen, und niemand hätte ihn in der Sauna einsperren können. Somit hat sie natürlich theoretisch recht. Aber woher hätte ich denn wissen sollen, dass so etwas geschehen würde?«

»Woher haben Sie die Information mit der Sauna?«, hakte Fred nach.

»Das stand doch heute in der Presse. Alle haben darüber geredet. Vielleicht ist meine Kollegin deswegen so ausgerastet.« Er schüttelte traurig den Kopf. »Dabei geht es doch hier um meinen und nicht um ihren Vater. Ich hätte gerne noch länger Zeit gehabt, um ihn besser kennenzulernen, aber das ist nun nicht mehr möglich.«

»Wir möchten Ihnen natürlich auch unser Beileid aussprechen und hoffen, dass Sie den Verlust Ihres Vaters gut verarbeiten können«, sagte Ernie mitfühlend.

»Danke.« Gio Leone nickte gefasst.

»Wohin könnte Ihre Kollegin denn gelaufen sein?«, wollte Fred wissen.

»Sie ist bestimmt zum Catering-Trailer gegangen. Da verbringt sie oft ihre Pausen«, vermutete Gio Leone und musste lächeln. »Vivi ist eine kleine Kaffeetante. Ich habe noch nie jemanden getroffen, der so viel von dem Zeug trinkt.«

»Danke, wir schauen mal dort nach«, sagte Ernie.

Sie gingen den Weg wieder zurück, vorbei am Sichtschutz, den Securitys und den Autogrammjägern.

»Wenn wir meinen Vater treffen, müssen wir so tun, als ob wir ihn nicht kennen«, raunte Fred ihm zu. »Sonst war es das mit seinen verdeckten Ermittlungen.«

»Oh danke, da wäre ich ohne dich ja nie draufgekommen.« Er grinste seinen Kollegen breit an.

Fred musste ebenfalls grinsen. »Ich wollte es nur gesagt haben.«

»Hast du ja jetzt. Und danke dafür. Wenn ich dich nicht hätte.«

Sie nahmen Kurs auf die Wohnwagen, und tatsächlich stand in einer Tür Freds Vater. Als er sie sah, machte er eine unauffällige Kopfbewegung nach rechts und verschwand dann wieder im Innern des Wagens.

»Mein Vater hat wie immer den Überblick.«

»Ich habe mit nichts anderem gerechnet.«

Kurz darauf erreichten sie den Wohnwagen, an dessen Fensterscheibe ein weißes Blatt Papier mit der schwarzen Aufschrift *Catering* klebte.

Ernie stieg auf die erste Treppenstufe und lugte vorsichtig um die Ecke hinein, um sich einen ersten Überblick zu verschaffen.

»Hallo?« Er brauchte einen Moment, bis sich seine Augen an die dunkleren Lichtverhältnisse gewöhnt hatten.

Dann entdeckte er eine Gestalt, die weit hinten auf einer Bank kauerte. »Frau Schilling?«

»Ja?« Ein Schnäuzen erklang.

»Geht es Ihnen gut?«

»Es geht schon«, antwortete sie mit zitternder Stimme.

»Wir kommen zu Ihnen rein«, sagte Ernie, zog die Tür auf und trat ein.

Sie hatte beide Arme um ihren Oberkörper geschlungen, als würde sie frieren. Neben ihr auf der Bank stand ein Pappbecher mit dampfendem Kaffee. Ernie und Fred blieben vor ihr stehen.

»Mir geht es wirklich gut«, beteuerte sie ein weiteres Mal.

»So sehen Sie aber nicht aus«, sagte Fred geraderaus.

Daraufhin schenkte sie ihm ein strahlendes Lächeln. »So besser?«

Fred hob einen Daumen. »Oscarverdächtig.«

»Wir haben gerade mit Ihrem Filmpartner gesprochen«, begann Ernie. »Er versteht die Welt nicht mehr. Kann es sein, dass er nach wie vor nicht ahnt, dass er Ihr Halbbruder ist?«

»Ich werde es ihm im privaten Umfeld sagen. Aber erst in vier Tagen. Dann sind wir mit dem Dreh fertig.« Sie trank etwas von dem Kaffee.

»Besonders privat war Ihre Auseinandersetzung vorhin aber nicht. Sie haben ihm ziemlich öffentlich vorgeworfen, dass er die Schuld am Tod Ihres gemeinsamen Vaters trägt«, bemerkte Fred.

»Das ist einfach so aus mir herausgeplatzt.« Sie schüttelte den Kopf und blickte auf ihre Hände, in denen sie ein zerknülltes Taschentuch hielt. »Ich wusste nicht, dass er Gio gebeten hat, etwas mit ihm zu unternehmen. Es hätte so einfach sein können, dem Schicksal ein Schnippchen zu schlagen. Gio hätte nur Ja sagen müssen, dann wäre all das nicht passiert, und er würde noch leben. Dann hätte ich endlich meinen richtigen Vater. Ich wollte ihn noch so vieles fragen, ihn kennenlernen, und vor allem wollte ich endlich Kontakt zu ihm haben. Meine Mutter sagt immer, ich habe so viel von ihm geerbt. Nicht nur mein schauspielerisches Talent.« Sie blickte auf, und ihr Gesicht erstarrte. Sie sprang von der Bank. »Gio!«

Ernie und Fred drehten sich um. Der Schauspieler war unbemerkt in den Wohnwagen getreten. Entgeistert blickte er die junge Frau an.

»Bist du meine Schwester?«

Kapitel 30

Am frühen Mittag in einer Facharztpraxis neben der Dünen-Therme *in St. Peter-Bad, die Wolken haben sich verzogen, bei angenehmen 20 Grad.*

Ilva saß im Wartezimmer von Frau Doktor Bevens und blätterte in ein paar Illustrierten. In der zweiten großen Pause hatte sie mit Ute unter einem Baum auf dem Schulgelände gesessen und sie über den aktuellen Stand der Ermittlungen in Kenntnis gesetzt. Am letzten Abend hatte sie kurz mit ihrem Bruder gesprochen und die Chance genutzt, ihn nach den neuesten Entwicklungen zu befragen. Dabei hatte er ihr erzählt, dass Vivi Schilling in Wirklichkeit ebenfalls ein uneheliches Kind des verstorbenen Schauspielers war, und vage angedeutet, dass das Verhältnis zwischen der Schulpraktikantin und dem Chemielehrer wohl etwas über normale Hilfsbereitschaft hinausging. Nachdem sie Ute alles berichtet hatte, hatte sie einen Joghurt mit Müsli gegessen. Daraufhin war ihr speiübel geworden, und sie hatte sich auf der Lehrertoilette übergeben. Nachdem Ute ihr ein Glas Wasser gebracht, ihr gut zugeredet und eine andere Kollegin angeboten hatte, ihre letzte Deutschstunde zu übernehmen, hatte sie sich vom Unterricht freistellen lassen, um doch endlich zum Arzt zu gehen. Sie glaubte zwar nicht, dass es etwas Ernstes war, wollte aber nichts riskieren.

Nach zwanzig Minuten wurde sie ins Sprechzimmer der Ärztin gerufen. Ilva erzählte ihr, seit wann sie die Beschwerden hatte und wodurch sie glaubte, dass sie entstanden waren. Die Ärztin hörte aufmerksam zu, machte ein paar Notizen und untersuchte sie dann auf der Behandlungsliege.

»Alles so weit unauffällig«, sagte sie schließlich. »Wir nehmen aber vorsichtshalber morgen früh noch Blut ab. Falls die Blutprobe ohne Befund sein sollte und die Beschwerden in einer Woche noch da sind, würde ich Ihnen zu einer Magenspiegelung raten. Damit wären wir auf der sicheren Seite.«

»Eine Magenspiegelung?«, fragte Ilva wenig begeistert und fasste sich mit einer Hand an den Bauch. »Muss das denn wirklich sein?«

»Es wäre eine reine Vorsichtsmaßnahme. Eine Absicherung für Sie und auch für mich.« Die Ärztin lächelte sie verständnisvoll an. »Bisher hat noch keiner meiner Patienten mit Jubelstürmen reagiert, wenn ich eine Magenspiegelung vorgeschlagen habe.«

Ilva erhob sich von der Liege und zog ihre Bluse wieder an. »Dann machen wir das so«, sagte sie schließlich.

Die Ärztin verabschiedete sich von ihr. »An der Rezeption bekommen Sie einen Termin für morgen.«

Als Ilva aus dem Gebäude am Maleens Knoll trat, saß Ute auf einer der Bänke.

»Ute! Was machst du denn hier?«

Sie lächelte ihr entgegen. »Na? Wie ist es gelaufen? Ich bin gleich nach Schulschluss mit dem Fahrrad hergefahren. Ich muss meiner kranken Freundin doch beistehen.«

»Das ist lieb von dir!« Ilva setzte sich neben sie und wandte ihr Gesicht kurz der Sonne zu. »Bisher gibt es keinen Befund. Aber morgen früh bekomme ich noch vor der Schule Blut abgenommen. Frau Doktor Bevens hat mir auch zu einer Magenspiegelung geraten, um auf Nummer sicher zu gehen.«

Ute verzog das Gesicht. »Es gibt schönere Dinge.«

Ilva nickte zustimmend. »Aber wenn ich dann etwas Schlimmeres ausschließen kann ... Ich habe keine Ahnung, was das sein könnte. Vorhin habe ich mich richtig schlecht gefühlt, und nun ist wieder alles in Butter. Mein Befinden ist so wechselhaft wie das Wetter in St. Peter.«

»Vielleicht ist es eine Lebensmittelallergie?«, vermutete Ute. »Die kommt und geht.«

»Könnte sein.« Ilva zuckte mit den Schultern. »Ich bin jedenfalls sehr froh, dass Swantje ohne Vorbereitung meinen Unterricht vertreten hat. Wäre Celina nicht auf Sylt, hätte sie bestimmt auch nicht gezögert. Sie ist immer hilfsbereit und absolut im Stoff meiner Deutschkurse.«

»Sie ist jung, motiviert, talentiert und hilfsbereit«, zählte Ute auf.

»Waren wir damals im Studium auch so?«

»Na, hör mal! Wir sind all das auch jetzt noch. Außer jung vielleicht. Aber sonst? Ich finde, wir haben uns gut gehalten. Mit unserer Schulerfahrung kann doch kein Student mithalten.«

»Du hast recht, Ute. Man klopft sich viel zu selten auf die eigene Schulter. Dabei sind wir nicht bloß gute Lehrerinnen, sondern auch nebenbei talentierte Ermittlerinnen.«

»Im Moment treten wir irgendwie auf der Stelle«, gab Ute zu bedenken. »Oder gibt es seit der Pause neue Erkenntnisse, von denen ich nichts weiß?«

»Bisher hat sich nichts Neues bis zu mir herumgesprochen. Bestimmt sehe ich Ernie heute oder morgen. Er kommt ja regelmäßig bei meinen Eltern vorbei. Dann werde ich ihn ausführlich befragen.«

»Hilft er denn auch bei dem Teich-Projekt mit?«

»Sagen wir mal so, Papa und Eike erlauben ihm manchmal, einen Spaten für sie zu halten oder Erde in einen Eimer zu schaufeln. Das war's dann auch schon.« Ilva lachte. »Dabei würde mein Bruder sich gerne mehr einbringen, aber weder Papa noch Eike scheinen ihn dafür handwerklich für geeignet zu halten.«

Eine Tür der *Dünen-Therme* öffnete sich. Heraus kam Carola Schröter. Sie trug ein auffällig gestreiftes Kleid, das ihr bis zu den Fußknöcheln ging, über einer ihrer Schultern hing eine große Strandtasche, aus der ein Handtuch herausschaute.

»Carola!« Ute winkte ihr zu.

»Moin!«, rief Ilva.

»Ach, jetzt wäre ich fast an euch vorbeigegangen«, sagte sie. Als sie vor ihnen stehen blieb, stemmte sie eine Hand in die Hüfte. »Ich komme gerade von der Massage.« Sie drehte sich um und zeigte auf die *Dünen-Therme*. »Herrlich, sag ich euch. Das kann ich nur jedem empfehlen.« Sie drehte wohlig ihren Kopf. »Man fühlt sich gleich viel lockerer und leichter.«

Ilva nickte. »Ich war dort auch schon mal zur Massage. Das hat mir damals richtig gutgetan. Sollte ich vielleicht mal wieder machen.«

»Ja, unbedingt. Man wird ja nicht jünger, und die Korrekturen der Klassenarbeiten verspannen ganz schön.« Carola lachte.

»Warst du eigentlich an dem Abend lange auf der Filmparty?«, fragte Ute.

»Eine richtige Party war es ja gar nicht mehr. Eher ein Trauerspiel.« Carola seufzte. »Ich hatte mir so viel davon versprochen. Endlich ist mal was los in St. Peter-Ording, und dann ereignet sich gleich eine Katastrophe. Jeden Tag kann man etwas Neues darüber in der Zeitung lesen.«

»Mit Glück findet vielleicht wieder eine Filmpremiere in St. Peter-Ording statt. Für die aktuelle Krimifolge wird es vermutlich auch ein Previewing geben, bevor sie im Fernsehen läuft. Warum nicht wieder in St. Peter? Vielleicht wirst du dann ja eingeladen. Als Entschädigung für deinen Reinfall«, sagte Ilva.

Carola machte eine wegwerfende Handbewegung. »Lieber nicht. Damit bin ich fertig.«

»Ach?«, fragte Ute erstaunt.

»Das überrascht mich nun aber auch. Ich dachte die ganze Zeit, dass du ein großer Filmfan bist.«

»Das bin ich ja auch.« Carola setzte sich zu ihnen auf

die Bank. »Aber im Vorfeld der Veranstaltung hatte ich richtig Stress mit Hajo. Er fand es unmöglich, dass nur eine Karte verlost worden war und ich ohne Begleitung dort hingehen musste. Er hat sogar von mir verlangt, dass ich jemand anderem die Karte gebe. Ich war sehr überrascht, dass er so heftig reagiert hat. Immerhin sind wir schon viele Jahre verheiratet. Nie hat er so einen Aufstand gemacht, wenn ich mal ohne ihn unterwegs war. Umgekehrt genauso. Aber als er erfahren hat, dass ich den Gewinn abgestaubt habe, war er ungenießbar. Richtig eifersüchtig. Hat mir sogar eine Szene vor einer meiner besten Freundinnen gemacht. Ich würde ihn, ohne mit der Wimper zu zucken, gegen einen Fernsehfuzzi eintauschen, hat er gesagt.«

»Das hat er wirklich gesagt?« Ilva schüttelte ihren Kopf.

»So kenne ich Hajo gar nicht. Ist er nicht eher ein sachlicher Typ, den so schnell nichts aus der Ruhe bringen kann?«, fragte Ute.

»Normalerweise ja«, bestätigte Carola. »Doch da sind mit ihm die Pferde durchgegangen. Ich habe ihm einen Vogel gezeigt, und dann haben wir uns richtig gestritten. Ich hatte schon die Befürchtung, er reicht die Scheidung ein.«

»Auf der anderen Seite zeigt seine Reaktion doch auch, dass du ihm viel bedeutest«, fand Ute.

»Das stimmt zwar, aber trotzdem war sein Verhalten sehr verletzend. Wie kann er nur glauben, ich würde einfach mit Titus Frank durchbrennen? Allein, dass er mir so etwas zugetraut hat, ist schon ein starkes Stück.«

Da konnte Ilva ihr nicht widersprechen. »Diese Sorge braucht er in diesem Leben nun nicht mehr zu haben.«

»Inzwischen ist auch wieder alles gut mit uns. Er hat sich bei mir mehrmals entschuldigt. Seit dem Abend ist Hajo wie ausgewechselt. Gestern hat er mir sogar Blumen geschenkt. So aufmerksam war er schon lange nicht mehr. Vielleicht hält unsere Ehe ja doch ein Leben lang.«

»Manchmal muss es eben erst ordentlich scheppern, damit die Dinge sich wieder sortieren können.«

»Das hast du schön gesagt, Ute.« Carola stand von der Bank auf. »Ich würde ja liebend gerne noch weiter mit euch klönen, aber ich bekomme nachher Besuch von meiner Mutter, und bis dahin ist noch einiges vorzubereiten.«

Ilva blinzelte gegen die Sonne. »Kein Problem, Carola. Schön, dass wir uns unterhalten haben.«

»Finde ich auch. Dann bis demnächst.« Sie winkte ihnen.

Ute hob eine Hand. »Bis bald!«

»Kannst du dir Hajo eifersüchtig vorstellen?«, fragte Ilva, nachdem Carola weg war.

»Nö. Aber ich kann mir Hajo auch nicht verliebt vorstellen. Bis jetzt habe ich mit Hajo keine sonderlichen Gefühlsregungen verknüpft. Du etwa?«

»Keine Ahnung. Aber Gefühle haben wir doch alle. Es gibt kein Wesen ohne Gefühle. Bei manchen sind sie nur ein wenig verschüttet, aber sie sind da. Manchmal braucht es ein heftiges Ereignis, um sie wieder freizulegen.« Ilva machte eine Sprechpause, dann sah sie Ute an. »Wir konnten uns auch nicht vorstellen, dass Hajo und Celina vielleicht ein Verhältnis haben.«

Ute schüttelte den Kopf. »Das kann ich mir nach wie vor nicht vorstellen.«

»Carola scheint nichts davon zu ahnen und Hajos plötzliche Aufmerksamkeit auf echte Gefühle zurückzuführen.«

»Ist ein verdammt schlechtes Gewissen nicht auch ein extrem starkes Gefühl?«, gab Ute zu bedenken.

»Und wie!«, stimmte Ilva ihrer Freundin zu. »Ich weiß nicht, ob ich hoffen soll, dass sie es niemals erfährt oder dass Hajo ihr reinen Wein einschenkt.«

»In Carolas Fall würde ich es besser finden, wenn Hajo nichts sagt. Du hast doch gesehen, wie glücklich sie ist.«

»Apropos sehen, ist dir schon mal Celinas Narbe am Knie aufgefallen?«

»Bis jetzt nicht. Aber was ist daran so besonders?«

»Ich bin mir nicht sicher.« Ilva erzählte Ute von der Reaktion der Kollegin, als sie ihre Narbe entdeckt hatte. »Seitdem frage ich mich, ob sie mir die Wahrheit gesagt hat oder mehr dahintersteckt. Es muss eine schlimme Verletzung gewesen sein. Kann man solch ein Ereignis einfach vergessen?«

»Verdrängen auf jeden Fall. Aber ich kenne mich in der Gehirnforschung als Biologielehrerin zu wenig aus, um dir darauf eine ausführliche Antwort zu geben. Normalerweise vergisst unser Gehirn nicht. Es packt die Informationen lediglich in verschiedene Schubladen. Es kann sein, dass bei Celina die Erinnerungen an den Unfall in einer Schublade stecken, die ganz tief, in der hintersten Hirnwindung liegt.«

»Ich sollte Ernie davon erzählen. Vielleicht ist meine Beobachtung wichtig?«

Ute zuckte mit den Schultern. »Könnte sein. Oder auch nicht. Immerhin ist der Unfall vor langer Zeit passiert.«

»Du hast recht.« Ilva winkte ab. »Verrückt, dass ich mir darüber überhaupt Gedanken mache, aber es lässt mich nicht mehr los. Irgendwie tut sie mir leid.«

»Genau das mag ich an dir, liebe Ilva. Ich finde es wunderbar, dass du nicht so oberflächlich bist.«

»Danke für die Blumen.« Ilva lächelte Ute an und war froh, sie als beste Freundin an ihrer Seite zu haben.

Kapitel 31

Nachmittags in der Polizeistation im Deichgrafenweg, noch immer sonniges Sommerwetter und angenehme 22 Grad

Ernie legte die Beine auf einem Stuhl hoch und verschränkte seine Arme hinter dem Kopf. »An die Namen der Schauspieler können wir nun getrost einen Haken machen. Das war ja vorhin Drama pur.«

Fred warf einen Anti-Stress-Ball hoch in die Luft, den er irgendwann mal von seiner Frau geschenkt bekommen hatte, und fing ihn wieder auf. »Bühnenreif war das Ganze! In Hollywood bekämen sie den Oscar dafür. Endlich haben sich die Geschwister gefunden. Die nächste große Schlagzeile für die Presse. Eine Geschichte fast wie im Märchen.«

»Und wenn sie nicht gestorben sind, dann leben sie noch heute.« Ernie gähnte. »Dass Gio Leone sogar von einer unbekannten Schwester wusste und die ganze Zeit nach einer Viviane Hoppe gesucht hat.« Er schüttelte den Kopf. »Was für eine Story!«

»Tja.« Ein weiteres Mal warf Fred den Ball Richtung Decke. »Ohne die Verbindung zum Nachnamen Schilling zu haben, war es die berühmte Suche nach der Nadel im Heuhaufen. Nun hat sich ja alles geklärt.«

Pannenbäcker kam ins Buro. In einer Hand hielt er ein Stück Papier. »Chefs! Das Fax mit den Laboruntersuchungen kam gerade.«

»Wurde auch Zeit.« Ernie nahm die Füße vom Stuhl und streckte seinen Arm aus. Schnell las er das Schriftstück mit den Ergebnissen durch. »Aha! Am Müllbeutel wurden ebenfalls Spuren von Waschbenzin gefunden. Die chemische Zusammensetzung ist identisch mit der vom Tatort in Ording.«

Fred warf Pannenbäcker den Anti-Stress-Ball zu. Der Kollege reagierte sofort und fing ihn mühelos. »Das kann kein Zufall sein!«

Ernie schob Fred das Fax zu. »Ich fresse einen Besen, wenn es keine Verbindung zwischen der verschwundenen Flasche aus dem Chemieraum und dem Brand in Ording gibt. Nicht zu vergessen, zu dem gefundenen Schlüssel der Immobilie. Als Mörder kommen demnach drei Leute infrage. Ganz oben auf der Liste steht Hajo Schröter als Chemielehrer und eifersüchtiger Ehemann.«

Fred nickte. »Der Typ ist höchst verdächtig.«

»Und als Zweites wäre da Mik Carstens, der sich vielleicht doch im Besitz des Schlüssels befunden hat. Bei ihm weiß man das ja nie so genau.«

»Er könnte das abgestritten haben, um nicht noch mehr Ärger zu bekommen«, stimmte Fred zu.

»Daran habe ich auch schon gedacht. Nachdem er uns aus diesem Grund auch zuerst die Fotoaufnahmen unterschlagen hat.« Ernie stand auf und griff nach einer Gießkanne, mit der er einen Kaktus auf der Fensterbank wässerte. »Außerdem frage ich mich, ob an Ilvas Theorie, dass er mit seinem Chemielehrer gemeinsame Sache gemacht hat, vielleicht doch etwas dran sein könnte.«

Pannenbäcker warf den Ball wieder Fred zu. »Wenn er mit den Schnappschüssen seinen Lieblingslehrer noch nicht erpresst hat, hat er vielleicht einen anderen Weg gefunden, ihn zu einer besseren Note zu bewegen. Verzweifelte Schüler können durchaus kreativ werden.«

»Sprechen Sie aus eigener Erfahrung, Pannenbäcker?« Ernie blickte ihn von der Seite an.

»Könnte sein.« Pannenbäcker grinste schief. »Meine Kreativität stand aber immer auf legalen Füßen.«

»Das ist ja alles schön und gut. Und rein theoretisch möglich. Doch ohne handfeste Beweise bleiben wir bloß im Bereich der wilden Spekulationen. Wir müssen tiefer graben und endlich handfeste Beweise liefern.«

»Was schlägst du vor?«, fragte Ernie.

»Lass uns der Schulpraktikantin einen Überraschungsbesuch abstatten.«

»Ach, als ob uns das weiterbringt.« Ernie war wenig überzeugt.

»Immerhin lief da etwas zwischen ihr und dem Chemielehrer, und mit Titus Frank ist sie auf den Fotos auch auf Tuchfühlung gegangen«, argumentierte Fred.

»Und wenn schon. Was sollte sie denn davon haben, den Schauspieler umzubringen oder als Gehilfin des möglichen Mörders zu agieren? Eine Beziehung zu Titus Frank hätte ihr doch bestimmt einige Vorteile gebracht. Finanziell sowieso.

Das widerspricht doch der These, dass sie Hajo Schröter bei einem Mord geholfen hat. Zumal dies doch eher den Effekt gehabt hätte, die Ehe des Lehrers wieder ins Lot zu bringen. Am Ende hätte Frau Töpfer allein dagestanden. Der Chemielehrer wäre wieder glücklich mit seiner Frau vereint gewesen, während Titus Frank sich die Radieschen von unten anschaut.«

»Klingt für mich unlogisch«, fand Pannenbäcker.

»Ich möchte trotzdem wissen, was sie uns über ihre Verbindung zu Hajo Schröter und Titus Frank zu sagen hat. Für mich ist sie die dritte Verdächtige, denn wir wissen noch viel zu wenig von ihr, um sie wirklich beurteilen zu können.«

»Na gut!« Ernie stand auf und griff nach seiner Polizeimütze. Dann zog er die Schublade auf und nahm die Mappe mit den ausgedruckten Fotos von Mik Carstens' Handy heraus. »Dann machen wir uns aber gleich auf den Weg. Frau Töpfer wohnt am Deich, in der Nähe der Strandüberfahrt.«

»Woher weißt du das denn?«

»Ich habe da so meine Quellen. Außerdem kann man das Haus auf den Fotos erkennen.« Ernie zwinkerte seinen Kollegen zu.

Wenig später fuhren sie mit dem Peterwagen durch Ording. Alles wirkte friedlich. Touristen waren mit ihren Rädern oder zu Fuß unterwegs. Einige von ihnen saßen auf Bänken, die auf der Deichkrone standen. Celina Töpfer wohnte unweit des Deiches. Die abgebrannte Ferienimmobilie war bloß einen kurzen Fußmarsch entfernt.

»Wer weiß, ob sie überhaupt da ist«, sagte Fred, als er

vor einem Haus hielt, in dem sich mehrere Ferienwohnungen befanden.

Ernie löste seinen Gurt. »Einen Versuch ist es zumindest wert. Sollte sie nicht zu Hause sein, dann fahren wir morgen noch mal zur Nordseeschule.«

Fred runzelte die Stirn. »Der Direktor wird sich freuen, wenn wir wieder aufschlagen.«

Sie öffneten die kleine weiße Pforte und gingen durch einen hübschen Vorgarten bis zum Haus. »Appartement vier, hat Ilva gesagt«, murmelte Ernie und drückte schließlich auf einen Klingelknopf. Kurz darauf ertönte der Summer. Ernie drückte mit einem zufriedenen Lächeln die Tür auf. »Siehste!«

Die junge Frau stand an der Eingangstür und blickte sie überrascht an. »Guten Tag. Wollen Sie zu mir?«

»Moin, Frau Töpfer. Das wollen wir in der Tat. Dürfen wir reinkommen?«

»Natürlich.« Sie zog die Tür weiter auf und ließ sie eintreten. Die Ferienimmobilie war übersichtlich möbliert. Ein Tisch mit vier Stühlen, zwei Sessel und eine Schlafcouch. In einer Ecke befand sich eine Kochnische, und auf einem kleinen Tischchen stand ein Fernseher. »Ist etwas passiert?« Sie zog mit beiden Händen die leichte Strickjacke über ihrem Oberkörper zusammen. Es wirkte, als ob ihr kalt wäre.

»Uns sind da ein paar Dinge zugetragen worden, zu denen wir Sie gerne befragen möchten«, erklärte Ernie.

»Bitte.« Sie deutete auf die Stühle und räumte ein paar Schulbücher vom Tisch.

Ernie und Fred setzten sich ihr gegenüber.

»Sind Sie das auf den Fotos?« Ernie zeigte der Frau zwei der Ausdrucke von Mik Carstens' Handy, eine zusammen mit dem Chemielehrer sowie eine andere mit dem Schauspieler.

Celina Töpfer errötete und faltete ihre Hände auf dem Tisch. »Ja, das bin ich«, sagte sie und senkte ihren Blick. »Das ist mir jetzt ziemlich peinlich.«

»Warum haben Sie uns nicht erzählt, dass Sie Titus Frank kannten und, so sieht es jedenfalls auf den Fotos aus, eine engere Beziehung zu ihm hatten?«

»Es war bloß ein kurzer Flirt, der ein paar Tage gedauert hat. Ich kannte hier niemanden, und wir sind uns zufällig in einer Hotelbar begegnet. Wir fanden uns auf Anhieb sympathisch.«

Fred stützte seine Ellenbogen auf dem Tisch ab. »So, wie Sie auch Herrn Schröter sympathisch finden?«

Celina Töpfer schaute verlegen zur Seite. »Na ja. Das hätte ich mir vermutlich beides verkneifen sollen. Schließlich bin ich ja hier, um mein Schulpraktikum abzuleisten.« Sie seufzte. »Ich weiß auch nicht, was mich da geritten hat. In Herrn Schröters Ehe wollte ich mich zu keiner Zeit drängen, und etwas mit einem Kollegen anzufangen ist ohnehin absolut unprofessionell. Deswegen haben wir auch beschlossen, uns nicht mehr privat zu sehen und unsere Begegnungen rein beruflicher Natur zu halten. Ich bereue, dass ich so kopflos war. Das ist mit nichts zu entschuldigen.«

»Wie war denn Ihr Verhältnis zu Titus Frank? Haben Sie

viel Zeit zusammen verbracht? Worüber haben Sie sich unterhalten?«, wollte Ernie wissen.

»Wie gesagt, unsere Bekanntschaft war nur kurz. Wir kannten uns vier oder fünf Tage – nicht länger. Ich weiß nicht, ob man da überhaupt von einem Verhältnis sprechen kann. Wir haben uns abends getroffen, wenn wir beide freihatten. Ich habe ihn an der Hotelbar kennengelernt, wir sind ins Gespräch gekommen, und ich habe ihm erzählt, dass ich an der Nordseeschule ein Praktikum mache und eine Theater-AG betreue. Das fand er interessant. Wir haben uns viel über Filme und Literatur unterhalten. Einmal haben wir zusammen gekocht.«

»Hat er Ihnen auch private Dinge erzählt?« Ernie steckte die Ausdrucke zurück in die Mappe.

»Eigentlich nicht. Nur, dass er beruflich viel reisen muss und sich wünscht, mehr Zeit in seinem Haus verbringen zu können. Er erwähnte, dass er nicht gut in fremden Betten schlafen könnte, er oft Magenschmerzen von dem Essen in Hotels und Restaurants bekäme. Deswegen hatte er auf eigene Faust das Ferienhaus angemietet und war nicht mit der Filmcrew im Hotel untergebracht. Er wollte sich selbst verpflegen und nach der Arbeit mehr Ruhe haben. Ich glaube, das war mit das Privateste, was er mir in den paar Tagen erzählt hat.«

»Fanden Sie ihn attraktiv?«

Celina Töpfer blickte Fred irritiert an.

»Immerhin war er ein paar Jahre älter als Sie und hätte auch Ihr Vater sein können«, fügte Fred erklärend hinzu.

Die Frau hob beide Hände und musste lachen. »Also,

mein Vater war Herr Frank sicherlich nicht, wenn Ihre Frage darauf abzielen sollte, ob ich ein weiteres uneheliches Kind bin. Definitiv nicht! Mein Vater heißt Bernhard Töpfer und ist sogar noch etwas älter, als Herr Frank es gewesen ist.«

»Fanden Sie ihn attraktiv?«, blieb Fred hartnäckig.

Die junge Frau lehnte sich zurück und verschränkte die Arme vor der Brust. »Ich fand ihn interessant. Reicht das?«

Fred nickte.

»Hat er Ihnen gegenüber erwähnt, dass er Feinde hat? Oder fühlte er sich durch jemanden bedroht?« Ernie beobachtete genau die Reaktionen der Frau und versuchte, etwas Verräterisches zu entdecken.

»Nein.« Sie schüttelte den Kopf. »Er hat mir nur erzählt, wie nett die Filmcrew ist und dass er sich freut, dass sein Sohn und er sich endlich angenähert haben. Dabei fällt mir ein, er erwähnte, dass er mit ihm eine Reise nach Kenia machen wollte, damit sie sich noch besser kennenlernen können. Ihm hat es leidgetan, dass es so viele Jahre gedauert hat, bis sie zueinandergefunden haben. Ich weiß nicht, ob die Information relevant ist. Von Feinden hat er allerdings nie gesprochen.«

»Klingt nicht unsympathisch.« Fred erhob sich vom Tisch. »Danke für Ihre Zeit, Frau Töpfer.«

Ernie stand ebenfalls auf. »Falls sich noch Fragen ergeben sollten, melden wir uns bei Ihnen«, verabschiedete er sich und verließ gemeinsam mit Fred die Wohnung.

Auf dem Rückweg legten sie einen Zwischenstopp an der *Dünen-Therme* ein. Bei Pasquale erstanden sie Fischbrötchen auf die Hand und verbrachten auf einer nahe gelegenen Bank gemütlich ihre Mittagspause.

Ernie biss mit Appetit in sein Brötchen mit Bismarckfilet. »Genau das habe ich jetzt gebraucht«, sagte er zufrieden.

»Das war ein gehöriger Schuss in den Ofen mit der Praktikantin«, sagte Fred und zog ein Stück Zwiebel aus seinem Brötchen.

»Das kannst du wohl laut sagen. Außer Spesen nix gewesen. Langsam glaube ich, der Mörder ist schon längst über alle Berge, und wir suchen hier tatsächlich nach einem Phantom.«

»Scheint so.« Fred nickte zustimmend. »Ich hätte mich schon längst ins Ausland abgesetzt. Die dänische Grenze ist nicht weit. Vielleicht war der Mörder auch nur kurz hier und ist dann verschwunden.«

Ernie nickte. »Eine kurze Stippvisite nach St. Peter, mal eben einen Mord begehen und dann wieder weg. Keine Übernachtung, keine Zahlung mit der Kreditkarte. Alles analog. Nicht nachverfolgbar. Am besten noch mit einem älteren Auto, das kein Navi hat.«

»Wäre doch denkbar, oder?«

»Theoretisch schon. Dann würden wir auch nicht weiterkommen, wenn wir ganz St. Peter-Ording befragen und jeden Stein umdrehen.« Ernie wischte sich mit einer Serviette die Mundwinkel sauber.

»Selbst mein Vater und deine Schwester haben keinen konkreten Verdacht. Und das will was heißen«, merkte Fred kauend an. »Das tröstet mich ein bisschen.«

»Dann sind wir doch nicht ganz unfähig.« Ernie steckte sich den Rest des Brötchens in den Mund.

»Hast du ihr auch von dem zweiten Verhältnis der Praktikantin erzählt?«

»Nö. Das habe ich für mich behalten«, sagte Ernie mit sichtlich stolzem Gesichtsausdruck. »Und du weißt, wie schwer mir das meiner Schwester gegenüber fällt.«

»Schon klar. Trotzdem wurmt es mich. Was ist, wenn wir mit all unseren Theorien und Verdächtigungen bisher komplett falschliegen und der Mörder mitten unter uns ist? Er könnte morgens beim Bäcker neben uns stehen oder uns auf der Seebrücke begegnen, unsere Autos reparieren oder vielleicht Kaffee im Restaurant servieren. Was ist, wenn der Täter so unauffällig ist, dass wir gar nicht darauf kommen, ihn zu verdächtigen? Wir haben noch immer kein logisches Motiv für den Mord gefunden. Es könnte wirklich jeder sein.«

»Keine beruhigende Vorstellung.« Argwöhnisch beobachtete Ernie die Leute, die an ihnen vorbeigingen. Dabei benahm sich keiner von ihnen besonders auffällig. Fred hatte recht. Genau das konnte verdächtig sein.

Kapitel 32

Am nächsten Mittag im Garten der Familie Feddersen in St. Peter-Dorf, das sommerliche Wetter hält an, bei drückenden 26 Grad.

Ilva betrat die Terrasse, ließ ihre lederne Schultasche auf die Fliesen plumpsen und gähnte. Dabei reckte und streckte sie sich. In der Luft lag der Duft von Lavendel und Rosen. Es summte und brummte, alles stand in bunter Blüte.

»Man könnte glauben, du kommst gerade aus dem Bett und nicht aus der Schule.«

»Moin, Muddi!« Sie beugte sich runter zu einem Korbsessel, in dem ihre Mutter saß, und gab ihr einen Kuss auf die Wange. »Das drückende Wetter macht mich irgendwie ganz schläfrig.«

»Das hat unser Kuschelchen von dir.« Ihre Mutter schaute liebevoll zur Hollywoodschaukel, auf der der rote Kater auf dem Rücken lag und dabei alle vier Pfoten von sich streckte.

»Der Kater hat die Ruhe weg. Die Arbeiten am Teich scheinen ihn nicht sonderlich zu interessieren.« Ilva blickte in die Richtung des Gartens, aus der Stimmen und Motorengeräusche erklangen.

»Warte mal ab, bis die Fische kommen«, sagte Bille Feddersen mit erhobenen Daumen. »Dann soll mir keiner kommen und sagen, dass man das ja nicht hätte ahnen können.«

Ilva nickte. »Ich bin deine Zeugin.«

»Darauf komme ich zurück.« Sie stand von ihrem Korbsessel auf und nahm ein leeres Glas vom Terrassentisch. »Ich hole mir mal was zu trinken.«

»Mach das. Derweil schaue ich bei Papa und Eike vorbei. Wenn das so weitergeht, verbringt Eike seinen ganzen Urlaub bei uns im Garten.«

»Nicht, dass er auch noch bei uns einzieht.« Sie zwinkerte Ilva zu und ging ins Haus.

Ilva schlenderte über die Wiese und genoss den Anblick der blühenden Sträucher. Wieder einmal wurde ihr bewusst, wie schön ihr Garten doch war, und auch, wie groß das Grundstück ihrer Eltern. Neben der Garage hatten auch eine große Laube und ein kleiner Pavillon Platz gefunden. Und nun kam noch ein Teich dazu. Ilva blieb vor der ausgehobenen Grube stehen.

»Wow! Wenn ihr so weiterbuddelt, dann stoßt ihr noch auf Öl.«

»Oder auf einen Wikinger-Schatz.« Eike wischte sich mit einer Hand Schweiß von der Stirn. Er und Ilvas Vater trugen inzwischen Partnerlook: Beide steckten in blauen Arbeitshosen mit Latz, aus deren Taschen Zollstöcke, Kugelschreiber, zusammengerollte Zettel und kleine Taschenlampen hervorlugten.

Ilva ging ein Stück näher ran und betrachtete das Loch. »Das sieht wirklich tief aus.«

»Es wird ja auch ein Teich und keine Vogeltränke«, gab ihr Vater zu bedenken. »Bald legen wir alles mit Folie aus. Den Bagger geben wir morgen schon wieder zurück.«

»Ihr macht das schon«, war sich Ilva sicher. »Es wird toll aussehen, wenn es fertig ist.«

»Hast du für heute frei?«, fragte Eike.

»Leider nein. Ich würde euch ja wirklich gerne helfen und mir auch so eine schicke blaue Hose verdienen. Aber ich habe gleich noch Probe. Der Tag der Theateraufführung rückt immer näher.«

»Du kannst uns trotzdem ein bisschen unter die Arme greifen.« Ihr Vater hob zwei leere Wasserflaschen auf, die im Gras gelegen hatten. »Bringe uns doch bitte zweimal Sprudel. Bei dem Wetter muss man viel trinken, sonst bekommt man noch einen Hitzschlag.«

»Wird gemacht, Papa.« Sie nahm ihm die Flaschen ab und ging damit wieder zurück zum Haus. In der gemütlichen Küche traf sie auf ihre Mutter und Ernie. Ihr Bruder hockte in Uniform am Küchentisch und schaufelte Nudelsalat mit einer Fischfrikadelle in sich rein. »Moin, Bruderherz! Wohl bekomm's!«

»Danke«, nuschelte er mit vollem Mund.

»Lass mir auch noch was übrig, ja?« Sie schüttelte lachend den Kopf und stellte die Flaschen auf der Arbeitsplatte ab. Eigentlich hätte ihr klar sein müssen, dass ihr Bruder seine Mittagspause in die elterliche Küche verlegen würde, wenn es Nudelsalat und Fischfrikadellen gab.

»Ist noch genug für alle da.« Er deutete auf die halb volle Salatschüssel vor sich und eine silberne Platte mit ausreichend Frikadellen.

»Holst du Nachschub für die Teichbauer?«, fragte ihre Mutter.

Ilva nickte. »Zwei Flaschen Sprudel.«

»Lass mal ruhig. Ich übernehme das. Iss du in der Zwischenzeit, bevor du gleich wieder losmusst.« Bille Feddersen nahm zwei volle Flaschen aus dem Kühlschrank und verließ die Küche, während Ilva es sich neben ihrem Bruder bequem machte und sich Essen auf den Teller schaufelte.

»Und? Gibt es eine neue heiße Spur?«, hakte sie nach.

»Schön wär's. Nicht im Geringsten, aber dafür gab es eine Art Familienzusammenführung.« Ernie erzählte ihr die Geschichte von Vivi Schilling und Gio Leone. »Das war wie in einem Kinofilm.«

»Schön, dass die zwei sich gefunden haben. Aber man fragt sich schon, wie viele Kinder Herr Frank im Laufe seines Lebens wohl noch in die Welt gesetzt hat. Das würde vermutlich auch für einen gefragten Schauspieler ins Geld gehen, wenn er jedem gezeugten Kind Unterhalt zahlen müsste«, überlegte Ilva.

Ernie nahm eine zweite Frikadelle. »Das ist wohl wahr, aber bei Gio hat er das ja schon mal nicht getan. Gestern haben wir eure Schulpraktikantin noch einmal befragt.«

»Wegen der Fotos mit Hajo? Ich muss wirklich gestehen, ich war ziemlich überrascht, als du mir letztens davon erzählt hast. Ute übrigens auch.« Ilva tat sich noch einmal ein wenig Salat auf. »Das hätten wir beide nicht für möglich gehalten.«

Ernie zuckte mit den Schultern. »Man kann den Leuten nur vor den Kopf gucken.«

»Nach meinem Arzttermin hat mich Ute abgeholt, und kurz darauf sind wir Carola, Hajo Schröters Ehefrau, begegnet. Sie hat uns freudestrahlend mitgeteilt, dass Hajo ihr letztens Blumen geschenkt hat. Sie sagte, dass er total eifersüchtig gewesen sei, weil sie allein zur Filmpremiere gegangen ist. Es war so schlimm, dass sie schon an ihrer Ehe gezweifelt hat – wegen solch einer Lappalie.«

»Dabei hätte er sich gar keine Gedanken machen müssen. Mik hat nämlich noch weitere Schnappschüsse auf seinem Handy«, sagte Ernie gedankenlos.

»Ja?« Ilva blickte ihn neugierig an.

»Ach, Mist! Das wollte ich eigentlich für mich behalten.«

»Ernie! Wenn einer meiner Schüler da mit drinhängt, musst du es mir erzählen!«

»Na gut.« Ernie berichtete ihr von den anderen Fotos, die Celina Töpfer mit dem verstorbenen Schauspieler zeigten. »Sie hat bei unserer Befragung ein umfassendes Geständnis abgelegt, dass sie mit beiden Männern etwas gehabt hat. Allerdings bereut sie es. Besonders die Sache mit Hajo, weil er doch verheiratet ist.«

Ilva legte ihre Gabel auf dem Teller ab. »Das ist ja nicht zu glauben«, sagte sie kopfschüttelnd. »Ich scheine Celina komplett falsch eingeschätzt zu haben. Auf mich hat sie eher einen gewissenhaften Eindruck gemacht, und kürzlich sogar einen sehr verletzlichen.« Sie erzählte von ihrem Erlebnis mit der Studentin nach der Probe. Detailliert beschrieb sie die Narbe am Knie der jungen Frau und wie diese auf Ilvas Blick reagiert hatte. »Ich werde das Gefühl nicht los, dass ich eine wichtige Entdeckung gemacht habe.«

Ernie zog die Augenbrauen zusammen. »In Bezug auf den Mordfall?«

»Ja. Irgendwas verbirgt sie.«

»Quatsch. Eine Narbe ist keine Seltenheit. Und wie du ja schon sagtest, der Unfall liegt viele Jahre zurück. Was soll das mit dem Mord an dem Schauspieler zu tun haben?« Er schüttelte den Kopf. »Frau Töpfers Name steht in unserer Liste nicht auf der Seite der Verdächtigen. Nach unserem letzten Gespräch mit ihr waren Fred und ich uns einig, dass wir sie streichen können. Jetzt stehen da nur noch zwei Namen.«

»Die da wären?« Sie aß eine Gabel voll Salat.

»Hajo Schröter und Mik Carstens. Uns fehlen nur die Beweise.«

Ilva musste husten und griff zu Ernies Trinkglas. »Nicht euer Ernst!«

»Warum?« Ernie erläuterte ihr seine Theorie.

»Das ist absurd, Ernie. Hajo würde nie jemanden umbringen, dafür ist er gar nicht gemacht, und Mik sowieso nicht. Der ist doch noch ein Kind, auch wenn er bereits volljährig ist. Selbst für eine bessere Note würde er sich nicht zu so etwas hinreißen lassen. Da könnt ihr lange nach Beweisen suchen. Die gibt es nicht.«

»Darf ich dich daran erinnern, dass du der Praktikantin

auch keine Affären mit Schauspielern und Lehrern zugetraut hast?«

»Das ist doch was ganz anderes. Eine Affäre ist kein Mord. Wobei ich nach wie vor ein komisches Bauchgefühl habe, wenn ich an ihre Narbe denke.«

»Was hat der Arzt wegen deines Bauchs gesagt?«, wechselte Ernie das Thema, doch Ilva durchschaute ihn.

»Also, wenn das eine Anspielung sein soll, dass ich meinem Bauch nicht mehr trauen kann, dann muss ich dich enttäuschen. Es gab keinen Befund.«

Ernie grinste. »Na dann.«

Nachdem ihr Bruder wieder zur Polizeistation aufgebrochen war, ging Ilva die Treppen hoch zu ihrer kleinen Wohnung. In ihrem Kopf schwirrte es. Egal, was ihr Bruder glaubte, sie war sich sicher, dass weder Mik noch Hajo kriminell oder gar zu einer solchen Tat fähig waren. Die junge Praktikantin jedoch wurde ihr immer suspekter. Ihrer Meinung nach passte es gar nicht zu der scheinbar anständigen Frau, sich in eine Affäre mit einem verheirateten Mann zu stürzen und zeitgleich noch etwas mit einem Schauspieler anzufangen, der problemlos ihr Vater hätte sein können. Fast könnte sie den Verdacht bekommen, es mit zwei verschiedenen Personen zu tun zu haben. Hatte Celina Töpfer nicht mal von ihrer Schauspielerfahrung erzählt? Konnte es sein, dass sie am Ende alle getäuscht hatte und Titus Frank in Wirklichkeit schon viel länger kannte? Ilva setzte sich an ihren Laptop und versuchte, auf eigene Faust Beweise zu finden, die ihre Intuition stützten. Aber mehr als ein paar Erwähnungen in

Berichten über Theateraufführungen und zwei Social-Media-Profile zu dem Namen Celina Töpfer konnte sie nicht finden. Enttäuscht klappte sie das Notebook wieder zu. Es wäre auch zu schön gewesen, wenn sie den entscheidenden Hinweis zufällig im Internet gefunden hätte.

Ute und Mik schleppten einen weißen Paravent in die Aula und stellten ihn neben dem bereits fertigen Bühnenbild ab.

»Oh, was habt ihr denn da mitgebracht?«, fragte Ilva.

»Das war Miks Idee«, erklärte Ute. »Er hat uns den alten Paravent zum Bemalen gespendet.«

»Meine Eltern wollten ihn wegschmeißen. Dabei eignet er sich doch hervorragend, um ins Bühnenbild eingearbeitet zu werden. Und dann noch in Weiß! Ich habe das gute Stück vor dem Sperrmüll gerettet«, erzählte Mik mit einem gewissen Stolz in seiner Stimme.

»Oh, der ist ja toll!« Celina Töpfer war zu ihnen gestoßen und begutachtete den Raumtrenner.

Ilva warf Ute einen bedeutsamen Blick zu. Vor der Probe hatte sie ihre Freundin an die Seite genommen und über die aktuellen Ereignisse und ihr ungutes Gefühl bezüglich der Praktikantin informiert.

Mik nickte. »Finde ich auch.«

»Den Paravent könnten wir zum Beispiel als eine Art Bücherregal bemalen. Vielleicht zur Auflockerung noch eine Zimmerpflanze dazu«, schlug Celina Töpfer vor.

»Eine wunderbare Idee. Das werden wir bestimmt bis zur Theaterpremiere umsetzen können«, stimmte Ute begeistert zu. »Am besten, wir legen sofort los.«

Während Ilvas Freundin sich mit ein paar Schülern ihres Kunstkurses an die Umsetzung der Idee machte, probte sie selbst unterstützt von Celina Töpfer mit ihren Schülern das Theaterstück *Die Physiker*.

Sie konnte nicht anders, als die junge Frau immer wieder zu beobachten, doch auch heute machte sie einen absolut gewissenhaften Eindruck auf Ilva. Das, was sie sah, stand in völligem Gegensatz zu dem, was ihr von Ernie zugetragen worden war und was ihr Bauchgefühl signalisierte, wenn sie an die Narbe der Praktikantin dachte. Ilva fragte sich, was sie glauben sollte. Beschloss aber dann, sich zunächst auf die Probe zu konzentrieren.

»So, wir wären dann fertig«, sagte Celina Töpfer, nachdem sie das letzte Requisit weggeräumt hatte.

»Wunderbar«, lobte Ilva. »Wir sehen uns morgen. Schönen Feierabend.«

»Den wünsche ich dir auch. Bis morgen.« Die Frau verließ die Aula, während Ilva zu Ute ging, die vor dem teilweise bemalten Raumtrenner stand. Sie waren endlich allein. »Und? Bist du mit dem Werk zufrieden?«

»Es sieht schon ganz gut aus. Toll, dass Mik den Paravent mitgebracht hat.«

»Hat er ihn etwa auf seinem Roller transportiert?«

»Nein.« Ute machte eine abwehrende Handbewegung. »Ein Freund von ihm hat ein Auto. Er hat den Raumtrenner gebracht.«

»Na, da bin ich aber froh! Das hätte sonst wieder nur Ärger mit meinem Bruder gegeben. Wo er Mik doch auf dem Kieker hat.«

»Ich überlege, ob wir das gute Stück zum Trocknen in den Kunstraum stellen sollen. Wenn wir an der unbemalten Seite anfassen, dann verschmieren wir nichts.«

»Klar. Ich helfe dir beim Tragen«, bot Ilva an.

Der Kunstraum war im Fachraum-Trakt. Gleich nebenan befand sich der Musikraum, sodass Ute oftmals während des Unterrichts das Klavier hörte, wenn ein Musiklehrer seiner Klasse etwas vorspielte.

»Am besten, wir stellen ihn nach hinten in den Materialraum. Da geht so gut wie nie ein Schüler rein.« Ute schloss auf und führte Ilva bis zu einer weiteren Tür, hinter der sich noch ein kleiner, schmaler Raum befand, in dem allerhand Werkzeuge und Materialien für den Kunstunterricht aufbewahrt wurden.

»Da vorne, die Ecke am Fenster ist frei.«

Sie stellten den Raumtrenner ab. »Geschafft!«

Ute rückte ihn noch etwas zur Seite und nickte zufrieden. »Gut, dass er so leicht ist.«

»Aber ein bisschen sperrig«, meinte Ilva.

Dann verließen sie den Kunstraum wieder und schlenderten über den Flur in Richtung Lehrerzimmer. Plötzlich griff Ute nach ihrem Arm. »Moment!«, sagte sie leise und hielt einen Finger an die Lippen.

Ilva blickte sie irritiert an, aber dann hörte sie es auch. Zwei Personen unterhielten sich. Ein Mann und eine Frau. Die Stimmen kamen näher. Unwillkürlich öffnete Ilva eine Tür, die zu einem Putzraum gehörte, und zog Ute hinein. Sie ließ sie einen Spaltbreit offen stehen. »Das sind Hajo und Frau Töpfer«, raunte sie Ute zu.

»Ich weiß«, gab ihre Freundin zurück.

Die Stimmen waren nun so nah, dass sie verstehen konnten, was gesagt wurde.

»Ich setze wegen meinem kleinen Ausrutscher nicht meine Ehe aufs Spiel!«, erklang Hajos gereizte Stimme.

»Ausrutscher?«, hörten sie nun die von der Praktikantin, die sich schrill und fremd anhörte. »Du wolltest mir doch die Sterne vom Himmel holen. Ja, sogar mit mir durchbrennen.«

Sie blieben fast direkt vor der Putzkammer stehen, sodass Ilva durch den schmalen Spalt nun auch etwas sehen konnte.

»Das habe ich im Überschwang der Gefühle gesagt. Für mich ist diese Angelegenheit beendet.«

Celina Töpfer lachte bitter auf. »Denkst du, für mich nicht? Längst! Du glaubst doch wohl nicht im Ernst, dass ich mit dir irgendwo hingegangen wäre. Du bist viel zu alt für mich, könntest ja fast mein Vater sein.«

»Dann sind wir uns ja einig.«

»Wie deine Frau wohl reagieren würde, wenn sie das von uns erfährt? Es gibt Fotos von unserem Treffen. Wäre ja ein Ding, wenn eins davon zufällig zu ihr gelangen würde«, sagte die Praktikantin gehässig.

Ilva und Ute sahen sich ungläubig an.

Hajo Schröter hob einen Zeigefinger. »Wage es ja nicht.«

»Und wenn doch? Was willst du dann machen?« Sie lachte höhnisch auf und ließ ihn stehen.

Der Chemielehrer stand mit hängenden Schultern auf

dem Flur. Ilva konnte seinen verzweifelten Gesichtsausdruck erkennen. Schließlich ging er in die entgegengesetzte Richtung davon.

Ilva und Ute harrten noch eine Weile in dem Putzkabuff aus, bevor sie auf den Flur traten.

»So eine Gemeinheit«, sagte Ilva. »Armer Hajo!«

»Wie kann man nur so abgebrüht sein?«, fragte Ute. »War das gerade etwa die böse Zwillingsschwester unserer Praktikantin?«

»Ich weiß es nicht, Ute. Auf jeden Fall schien ihre Eitelkeit gewaltig gekränkt worden zu sein, als Hajo ihr klargemacht hat, dass er die Beziehung mit Carola nicht wegen ihr aufgeben würde.« Ilva schüttelte ratlos den Kopf. »Wer ist diese Frau wirklich?«

Kapitel 33

Am nächsten Tag um die Mittagszeit am Hundestrand in Ording, ein stürmisches Lüftchen treibt Wolken über den Himmel, bei kühleren 19 Grad.

Sand knirschte unter seinen Schuhen, als er mit dem Rauhaardackel über den Steg marschierte. Der Strandhafer wiegte sich rauschend im Wind, und immer wieder wehte ihm Flugsand ins Gesicht. Am Ende des Weges, der durch hohe Dünen hindurchführte, konnte er rechts in der Ferne den Westerhever Leuchtturm erkennen. Die Sicht war klar und die beiden baugleichen Häuser, die dem Turm zur Seite standen, mühelos zu erkennen. Dort wollte er auch noch hin, bevor sie wieder zurück ins Ruhrgebiet reisten. Doch zunächst musste er den Mordfall lösen.

Seine Frau war am Morgen mit Marina zum Shoppen nach Husum aufgebrochen, und sein Enkel verbrachte den Tag mit seiner Schulklasse im *Miniatur Wunderland* in Hamburg. Dadurch hatte er Zeit, um weitere Ermittlungen anzustellen.

Ede Glabotki stapfte durch den feinen Sand und kam an ein paar Klappstühlen vorbei.

»Guten Tag, Elfie!«, grüßte er freundlich die Schauspielerin, die er damals auf seinem Gepäckträger mitgenommen hatte und die gerade von einer Maskenbildnerin abgepudert wurde. »Moin, Uwe! Unterstützt du uns heute wieder tatkräftig?«

Er blieb stehen. »In der Tat. Aber ausnahmsweise nicht an der Kaffeemaschine oder bei der Garderobe. Heute haben mein Hund Distel und ich unseren großen Auftritt vor der Kamera.«

»Den hast du dir verdient. Dann bis später!« Sie winkte ihm zu.

»Bis nachher, Elfie.« Ede erwiderte ihr Winken gut gelaunt und ging dann weiter. Inzwischen gehörte er schon ein bisschen zur Filmcrew. Der Ruf seines Kaffees war legendär, und es hatten ihn sogar ein paar Schauspieler gefragt, ob er beim nächsten Dreh der Krimiserie auch dabei wäre. Aber nicht nur als Kaffeekocher wurde er geschätzt, sondern seit dem heutigen Tag auch als Statist. Das Filmteam hatte Komparsen mit Hunden für ein paar Szenen am nördlichsten Strand von St. Peter-Ording gesucht. Für Ede war es natürlich eine Ehrensache gewesen, mit seiner Hundedame dabei zu sein. Vor einer Düne hatten sich bereits mehrere Frauchen und Herrchen mit ihren Hunden versammelt.

»Es ist eigentlich ganz einfach. Wir drehen unsere Szene, und Sie spielen einfach im Hintergrund mit Ihren Hunden. Gehen spazieren, werfen Bälle oder Ähnliches, so als wenn keine Kameras da wären«, erklärte Yves Brucker. »Dafür können Sie sich gerne Spielzeuge aus der Kiste nehmen, die Sie natürlich auch behalten dürfen.« Er deutete auf eine Box, in der sich bunte Bälle und Gummiknochen befanden.

Ede wählte für Distel einen kleinen Gummiknochen aus, den sie gut in ihrem Mäulchen tragen konnte. Neugierig beschnupperte die Hundedame schwanzwedelnd einen braunen Cockerspaniel mit langen Ohren, der mit seinem Frauchen neben ihnen stand und ebenfalls begeistert zu sein schien. »Die beiden mögen sich«, merkte die Hundebesitzerin an. »Normalerweise knurrt Apollo gleich, wenn sich ihm ein fremder Hund nähert. Aber Ihren scheint er gut leiden zu können.«

Ede lachte. »Ihr Apollo ist vermutlich ein Gentleman, der sich einer Rauhaardackeldame gegenüber zu benehmen weiß.«

»So wird es sein.« Die Frau lachte und tätschelte ihren Hund liebevoll.

»Guten Morgen!« Benedikt Sommer betrat das Set und winkte fröhlich in die Runde der Anwesenden. Er trug ein buntes Hemd und dazu eine beige Cargohose. In seinem Haar steckte eine Sonnenbrille, und um seinen Hals hatte er einen Sommerschal gebunden. »Was für ein tolles Wetter!«, rief er begeistert und breitete die Arme aus. Dabei schloss er die Augen und atmete tief ein.

»Na, da ist aber einer gut gelaunt«, sagte Apollos Besitzerin an Ede gewandt. »Im Fernsehen sieht er irgendwie größer aus, finden Sie nicht?«

»Da könnte wohl eher meine Frau mitreden. Ich muss

gestehen, dass ich bisher nicht viele Filme mit ihm gesehen habe.«

Eine Maskenbildnerin ging auf den Schauspieler zu, um auch ihn der Puderprozedur zu unterziehen. »Für deine Frisur ist der Wind Gift.« Sie zupfte an ein paar Strähnen. »Da wird auch kein Haarspray helfen.«

»Mich stört es nicht, wenn ich etwas verzottelt aussehe. Außerdem ist es doch realistischer, wenn an der Nordsee nicht jedes Haar perfekt liegt.« Sein Blick blieb an Ede hängen. »Ah, Uwe!« Er hob die Hand und kam zu ihm.

»Guten Tag, Ben.« Ede nahm Distel ein wenig kürzer an die Leine.

Apollos Frauchen schien überrascht zu sein.

»Dann gibt es heute wohl wieder leckeren Kaffee.« Benedikt Sommer wandte sich der Frau und Apollo zu, der interessiert die Schuhe des Schauspielers beschnupperte. »Wir haben noch nie so einen guten Kaffeekocher am Set gehabt wie Uwe.«

»Guten Kaffee kochen kann nicht jeder«, stimmte die Hundebesitzerin zu.

»Alles eine Frage der Übung«, gab sich Ede bescheiden. »Aber für heute muss ich dich leider enttäuschen. Zusammen mit meinem Hund Distel habe ich einen Auftritt vor der Kamera.«

»Ach! Der niedliche Kerl ist deiner?« Er beugte sich runter zu Distel, um sie zu streicheln. Doch bevor er die Hündin berühren konnte, knurrte sie und fletschte drohend die Zähne. Blitzschnell zog er seine Hand zurück und lachte. »So klein, aber ziemlich angriffslustig. Dann viel Spaß! Wir sehen uns bestimmt später noch einmal.« Er ging zu dem Regisseur, der mit noch einem Schauspieler zusammenstand, und begrüßte beide überschwänglich.

»Da hat mein Apollo ja richtig Glück, dass Ihre Distel ihn zu mögen scheint. Herr Sommer war ihr wohl weniger sympathisch.«

»Scheint so.« Nachdenklich blickte Ede dem Schauspieler hinterher. Freundlich war er immer zu ihm gewesen, aber heute wirkte er fast ein wenig überdreht. Warum hatte Distel so aggressiv auf Benedikt Sommer reagiert? Der Mann hatte sich nicht unfreundlich verhalten, und Ede hatte nichts erkannt, was die Hündin hätte provozieren können. Normalerweise war sie ein gutmütiges Tier und knurrte nicht einfach so. Die Zähne hatte sie bisher nur wenige Male gefletscht – niemals grundlos. All dies weckte Misstrauen in ihm.

Was hatte die Hündin bemerkt, was ihm entgangen war? Er wusste, dass er sich auf Distels Spürnase hundertprozentig verlassen konnte. Das machte den Schauspieler für ihn höchst verdächtig.

Die Dreharbeiten verliefen ohne weitere Komplikationen. Nach guten zwei Stunden waren die Szenen im Kasten und Ede, oder vielmehr Uwe, mit Apollos Besitzerin, Irmgard aus Wuppertal, per Du. Obwohl die Zeit am Strand harmonisch verlaufen und es zu keinen weiteren Zwischenfällen gekommen war, ging ihm Distels Reaktion nicht aus dem Kopf. Der Sache wollte er unbedingt näher auf den Grund gehen.

Am Abend brach er wie gewohnt zu einer großen Gassirunde mit Distel auf. Elias begleitete ihn dieses Mal nicht, weil er zu groggy von der Klassenfahrt war. Seine Frau wollte den Tag auch lieber mit Marina bei einer Weißweinschorle gemütlich im Garten ausklingen lassen. Längere Fußmärsche waren Ede und seine Hündin gewohnt, und so liefen sie die knapp drei Kilometer vom Ortsteil Dorf nach St. Peter-Bad gemütlich am Deich entlang.

Edes Ziel war das *Hotel Ambassador* an der Seebrücke, in dem die Schauspieler untergebracht waren. Er wusste, dass manche von ihnen abends den Tag mit einem Spaziergang zum Strand oder einem Essen in den umliegenden Restaurants ausklingen ließen. Ede nutzte die Gelegenheit, um sich an der Eisdiele auf dem Seebrückenvorplatz eine Portion Gefrorenes mit Sahne zu genehmigen. Für Distel kaufte er ein Waffelhörnchen extra. Unweit des Gitters mit den Liebesschlössern setzte er sich auf eine Bank und legte das Waffelhörnchen vor seine Hündin auf den Boden, die sich begeistert darauf stürzte.

Der Wind hatte nachgelassen, und die Sonne wärmte angenehm seine Haut. Auf dem Seebrückenvorplatz war eine Bühne aufgebaut worden, die vermuten ließ, dass es dort noch Livemusik geben würde. Es waren viele Leute unterwegs, die Außenterrasse vom *Fischrestaurant Gosch* voll besetzt. In der Luft lag ein salziger Meeresduft, der sich mit dem von frisch gebratenem Fisch vermischte. Bislang war kein Schauspieler in Sicht, aber was nicht war, konnte ja noch werden.

Eine Weile später tat sich was auf der Bühne. Vier Musiker packten ihre Instrumente aus und machten einen Soundcheck. Bald schallten aktuelle Hits und Oldies über den Platz. Immer mehr Leute scharten sich um die Bühne. Je länger die Band spielte, umso ausgelassener wurde die Stimmung. Darunter entdeckte Ede schließlich auch ein paar der Schauspieler, die ebenso tanzten und die Lieder mitsangen – einer von ihnen war Benedikt Sommer. Na also!

Der Mime trug einen Strohhut und eine große Sonnenbrille auf der Nase. Vermutlich glaubte er, so nicht gleich erkannt zu werden. Ede versuchte, ihn im Auge zu behalten, aber das gelang ihm nur bedingt. Es strömten immer mehr Menschen zur Bühne, und so verlor er ihn irgendwann aus den Augen.

Sich selbst in die Menge zu stürzen kam für ihn nicht infrage. Distel hasste Menschenansammlungen – und das zu Recht. Er beschloss, einfach abzuwarten. Vielleicht erschienen die Schauspieler nach einer Zeit wieder von allein auf der Bildfläche.

Es dämmerte schon, als er wieder einen Strohhut in der Menge ausmachen konnte. Kurz darauf marschierte Benedikt Sommer mit Blick auf sein Handy an ihm vorbei. Offensichtlich hatte er ihn nicht bemerkt, was Ede nur recht war. Der Schauspieler ging flotten Schrittes über die Brücke, als hätte er ein konkretes Ziel vor Augen. Ede und Distel folgten ihm in gehörigem Sicherheitsabstand. Falls er sie doch bemerken sollte, würde sich Ede überrascht geben, ihn zufällig anzutreffen.

Am Ende der Seebrücke zog Benedikt Sommer seine Schuhe aus und marschierte barfuß weiter. Ede tat es ihm gleich und stapfte wenig später mit Sandalen und Leine in der Hand durch den Sand.

An diesem Abend waren nicht mehr viele Leute am Strand unterwegs. Die meisten hatte es zum Seebrückenvorplatz gezogen. Distel wuffte begeistert und ließ sich in den feinen Sand fallen, um sich ausgiebig zu wälzen. Für die Hündin schien es eine Wohltat zu sein. Derweil blickte Ede dem Schauspieler hinterher, der zwischen ein paar Strandkörben verschwand. Mit einem Leckerchen motivierte er Distel zum Weitergehen. Er wollte Sommer nicht noch einmal aus den Augen verlieren.

Suchend blickte er sich um. Wo war der Mann nur geblieben? Plötzlich musste er schnell hinter einem Strandkorb in Deckung gehen. Bloß vier Körbe weiter stand Benedikt Sommer. Ede versorgte Distel mit weiteren Leckerchen und lugte dann vorsichtig an der Korbhaube vorbei. Der Schauspieler schien mit jemandem zu sprechen, dessen Beine aus dem Strandsitzmöbel hervorschauten. Benedikt Sommer schaute sich ein paarmal um, als wollte er sichergehen, dass ihn niemand beobachtete.

Vorsichtshalber wich Ede hinter der Haube ein Stück zurück. Als er wieder einen Blick wagte, konnte er sehen, wie der Schauspieler aus seiner Hosentasche ein Geldbündel hervorholte und es in die Hand des Unbekannten drückte. Der wiederum gab ihm im Austausch dafür ein Tütchen, das Benedikt Sommer schnell in seiner Hosentasche verschwinden ließ. Dann setzte er seine Sonnenbrille auf und schlug den Weg zurück zur Seebrücke ein. Ede blieb, wo er war.

Wenig später verließ ein Mann den Strandkorb in Richtung Ording.

Na, das war ja ein Ding, dachte der ehemalige Kommissar. Nun wunderte ihn gar nichts mehr! Ede war sich sicher, gerade Zeuge einer Drogenübergabe geworden zu sein. Die Überdrehtheit des Schauspielers und auch Distels Reaktion auf ihn ergaben nun Sinn. Vermutlich hatte er beim Dreh eine Dosis Stoff dabeigehabt, und Distels feine Spürnase hatte gleich erschnuppert, dass er nach etwas Beängstigendem roch. Er kraulte seine Hündin hinter den Ohren und war unfassbar stolz auf sie. Dann zog er sein Handy aus der Hosentasche, um pflichtbewusst in der Polizeistation im Deichgrafenweg anzurufen.

Eine Viertelstunde später trafen Ernie und Fred mit dem Peterwagen auf dem Parkplatz des *Hotel Ambassador* ein. Ede und Distel hatten dort auf sie gewartet.

»Und du bist dir ganz sicher, dass du dich nicht verguckt hast?«, fragte Fred zum wiederholten Male.

»Ich habe es nicht selbst probiert, aber ich bin mir trotzdem absolut sicher! Ich weiß, was ich gesehen habe. Der Typ muss Drogen gekauft haben. Das Zeug war in einem durchsichtigen Tütchen«, bekräftigte Ede seine Beobachtung.

Fred verriegelte die Tür des Polizeiwagens. »Wir sind bei dem schon mal umsonst vorstellig geworden. Ein zweites Mal habe ich da keine Lust drauf.«

»Das wird nicht passieren. Distel hat ein feines Näschen, sie wird den Stoff im Nullkommanix aufspüren«, war Ede sich sicher.

Fred zog die Augenbrauen zusammen. »Ach? Du willst mit?«

»Natürlich. Ich bin schließlich der Hundehalter. Oder willst du das ganze Zimmer auseinandernehmen, um die heiße Ware zu finden?«

»Das ist ein Argument«, fand Ernie.

»Also gut. Du lässt dich ja ohnehin nicht abwimmeln«, gab Fred sich geschlagen.

»Eben.«

»Aber dir ist klar, dass du damit deine Tarnung aufgibst?«, warf er in einem letzten Versuch ein.

»Die Schauspieler werden St. Peter-Ording ohnehin in zwei Tagen verlassen, dann kann ich sowieso nichts mehr ausrichten.«

Fred nickte, und so steuerten sie das Hotel an. Ohne sich groß an der Rezeption aufzuhalten, stiegen sie direkt in einen der Fahrstühle. Schließlich wussten sie bereits, dass der Schauspieler ganz oben in der Spa-Suite wohnte.

»Die Drogenszene ist ja ziemlich brutal«, sagte Ernie unvermittelt.

»Was willst du damit andeuten?«

»Na ja, beim Geldeintreiben kennen die keine Gnade. Rein theoretisch wäre es doch möglich, dass Titus Frank ebenfalls was mit Drogen zu tun hatte. Vielleicht hatte er Schulden und musste deswegen sterben?«

»In der Künstlerszene ist Drogenkonsum jedenfalls keine Seltenheit«, sprang Ede dem Kollegen seines Sohns zur Seite.

»Genau. Und die Mafia klaut vorher Waschbenzin aus

dem Chemieraum der Nordseeschule und besorgt sich dann noch den passenden Schlüssel für das Ferienhaus, damit dann der Pate gemütlich zuschlagen kann.« Fred schüttelte den Kopf. »Als hätten diese Leute keine anderen Methoden.«

»Man würde zumindest nicht direkt eine Verbindung ziehen.«

Der Fahrstuhl hielt, und die Schiebetür ging auf. Ede nahm die Leine vorsichtshalber etwas kürzer, als sie vor der Tür zur Suite stehen blieben. Von drinnen erklang Musik.

»Er ist da«, flüsterte Ernie. »Ich klopfe an.«

Ede und Fred nickten.

Wenige Sekunden später öffnete der ahnungslos wirkende Schauspieler. Er trug noch die gleiche Kleidung wie kurz zuvor am Strand. Freundlich blickte er Ede an. »Ach, Uwe. Und das liebe Hündchen.« Als Antwort knurrte Distel ihn an, und wieder bleckte sie die Zähne. Dann wanderte sein Blick weiter zu Ernie und Fred, die ihm ihre Dienstausweise vor die Nase hielten. »Was machen Sie denn hier?«

»Herr Sommer, es besteht der dringende Verdacht, dass Sie gegen das Betäubungsmittelgesetz verstoßen haben«, sagte Ernie im strengen Ton.

»Was?« Er machte einen Schritt zurück ins Zimmer und blickte panisch umher.

Distel begann, wild zu bellen, und Ede ließ die Leine los. Die Hündin sprang auf Benedikt Sommer zu und an ihm hoch und kratzte wie wild an einer seiner Hosentaschen.

»Hilfe!«, schrie er und versuchte verzweifelt, sich des

Hundes zu entledigen. Dabei stürzte er zu Boden. »Aua! Das Biest hat mich gebissen.«

»So ein Unsinn. Sie versucht, etwas aus Ihrer Hosentasche zu ziehen«, schimpfte Ede. Der rote Striemen auf Sommers Hand kam eindeutig von Distels Pfoten, mit denen sie noch immer am Hosenstoff kratzte.

Und dann zerrte sie tatsächlich mit den Zähnen eine Plastiktüte aus der Hosentasche und legte sie schließlich schwanzwedelnd Ede vor die Füße.

»Brave Distel«, lobte er, hob das durchsichtige Tütchen auf und übergab es Fred. Dann belohnte er seinen Hund mit einem weiteren Leckerchen.

Fred zeigte dem Schauspieler den Fund. »Das hier sieht mir nicht nach Tütchenzucker aus.«

Benedikt Sommers Miene wurde noch kläglicher. »Drehen Sie mal vier Filme im Jahr, dann noch der ganze Presserummel, Marketingauftritte in Talkshows und so weiter. Das schafft man ohne diese Helferlein gar nicht.«

»Mir kommen gleich die Tränen«, sagte Fred ungerührt.

»Es ist doch nur für den Eigenbedarf. Bitte ...«

Ernie zückte unbeeindruckt die Handschellen. »Herr Sommer, wir nehmen Sie vorläufig wegen illegalen Drogenbesitzes fest. Sie haben das Recht auf einen Anwalt.«

Der Schauspieler warf Ede einen enttäuschten Blick zu. »Und ich dachte, du kannst einfach nur gut Kaffee kochen, Uwe.«

»Darin habe ich auch jahrzehntelang Erfahrung gesammelt – als Hauptkommissar im Polizeipräsidium Gelsenkirchen.«

Kapitel 34

Am nächsten Vormittag in der Polizeistation im Deichgrafenweg, am Himmel ein Sonnen-Wolken-Mix, bei milden 18 Grad

Ernie gähnte und rieb sich über die Augen. Dann nahm er seine Tasse in die Hand. »Schon wieder leer.«

»Wir können ja meinen Vater zum Kaffeekochen anstellen«, meinte Fred belustigt.

»Aber bitte erst nach der Saison. Sonst habe ich nichts zu tun.« Pannenbäcker griff nach Ernies und Freds Tassen. »Ich hole mal Nachschub.«

»Danke, Pannenbäcker.« Ernie verschränkte die Arme vor der Brust. »Das war eine verdammt kurze Nacht. Ein Glück für uns, dass sich die Kollegen in Husum um den Schauspieler kümmern.«

»Ich sehe immer noch die Szene vor mir, als wir Benedikt Sommer in Handschellen durch die Hotellobby abgeführt haben. Die Hotelgäste konnten es nicht glauben.«

»Nicht nur die. Der Regisseur hat einen Tobsuchtsanfall bekommen. Was ich aber auch irgendwie nachempfinden kann. Zuerst stirbt die Erstbesetzung seines Bösewichts, und dann wird die Zweitbesetzung verhaftet. So wird die Folge der Krimiserie nie fertig.«

»Der Brucker hat sich bestimmt wie im falschen Film gefühlt«, meinte Fred grinsend. »Und trotz allem sind wir in der Mordsache keinen Zentimeter weitergekommen. Langsam packt mich die Ungeduld.«

An der Tür klingelte es.

»Vielleicht ist das mein Vater, der uns Brötchen bringt.« Fred wollte sich gerade vom Stuhl erheben, als er hörte, dass Pannenbäcker schon öffnete.

Aus dem Vorraum erklang eine Frauenstimme. Ernie und Fred sahen sich fragend an, gingen dann zum Empfangstresen. Die Frau war mittleren Alters. Sie trug eine knielange Jeans und darüber ein weites gelbes Shirt. In einer Hand hielt sie eine Tageszeitung.

»Moin!« Ernie nickte ihr zu. »Was führt Sie zu uns?«

»Ich möchte etwas anzeigen«, sagte sie selbstbewusst. »Ich habe den Artikel gelesen und dann noch einmal genau nachgedacht. An dem Abend habe ich eine verdächtige Person beobachtet.«

»Um welchen Artikel geht es denn?«, erkundigte Fred sich.

»Hier.« Sie zeigte auf eine Meldung, in der für Hinweise und die Ergreifung des Mörders von Titus Frank fünfzigtausend Euro ausgesetzt wurden. »Ich habe jemanden gesehen, der muss es gewesen sein.«

Ernie, Fred und Pannenbäcker warfen sich kurze Blicke zu.

»Wie ist denn Ihr werter Name?«, fragte Ernie.

»Kloschke. Roswitha Kloschke. Mein Mann und ich machen drei Wochen Urlaub in Ording.«

»Dann kommen Sie mal mit Frau Kloschke.« Ernie führte die Frau ins Büro und ließ sie ihm gegenüber Platz nehmen. Fred stellte sich hinter ihn. »Was haben Sie denn genau beobachtet.«

»Also, das war so. Zuerst habe ich gedacht, dass es nicht wichtig sei, aber dann ist das Haus abgebrannt, und gestern habe ich diesen Artikel gelesen.« Sie zeigte wieder auf besagte Schlagzeile der Zeitung. »Und irgendwie kam mir das dann doch komisch vor. Mein Mann und ich haben eine Ferienwohnung ganz in der Nähe des Hauses angemietet. An dem Abend haben wir so einen jungen Spund mit blonden Haaren gesehen, wie er sich immer wieder umgesehen und dann in die Büsche geschlagen hat und erst eine Weile später wieder aufgetaucht ist. Ich glaube, er hat heimlich fotografiert – die Leute richtig ausgekundschaftet.« Die letzten Worte sagte sie hinter vorgehaltener Hand. »Stellen Sie sich das mal vor.«

Ernie lächelte. »Das ist wirklich nett und sehr löblich, dass Sie uns Ihre Beobachtungen mitgeteilt haben. Von jemandem, der an jenem Abend Fotos gemacht hat, wissen wir bereits. Wir konnten auch die Fotos sicherstellen. Trotzdem werden wir Ihren Hinweis aufnehmen und uns melden, sollten Ihre Hinweise zu einer Ergreifung führen.«

»Mehr nicht?«, fragte Frau Kloschke ein wenig pikiert. »Ich war mir so sicher, dass er der Täter sein muss.«

»Darüber können und dürfen wir Ihnen zum jetzigen Zeitpunkt keine Auskunft geben, aber seien Sie unbesorgt, wir werden weiter ermitteln«, beschwichtigte Fred die Dame.

»Okay.« Sie erhob sich vom Stuhl. »Dann hoffe ich, dass Sie den entscheidenden Hinweis noch bekommen.«

»Das hoffen wir auch. Warten Sie, ich bringe Sie noch zum Ausgang.« Ernie begleitete die Urlauberin und hielt ihr die Tür auf. »Einen schönen Urlaub noch, Frau Kloschke.«

»Wiedersehen.« Sie wirkte deutlich verstimmter als bei ihrem Eintreffen.

»Und sie war sich der fünfzigtausend Euro schon so sicher«, sagte Fred, nachdem Ernie die Tür geschlossen hatte. »Was für eine Enttäuschung für Frau Kloschke.«

»Ist ja auch ein hübsches Sümmchen.« Pannenbäcker schob ihnen die Kaffeetassen über den Tresen zu. »Ich wüsste, was ich mit dem Geld machen würde. Unbezahlter Urlaub, und dann drei Monate lang quer durch Australien, Tasmanien und Neuseeland reisen.«

»Schöner Traum. Mir würde schon reichen, wenn Schalke noch einmal zu meinen Lebzeiten Meister werden würde.« Fred trank von seinem Kaffee.

Es klingelte wieder an der Tür. »Vielleicht noch mal Frau Kloschke, die uns einen weiteren Verdächtigen melden möchte.« Fred öffnete. »Ach, Papa.«

»Guten Morgen.« Ede Glabotki betrat die Polizeistation mit seinem Hund und legte eine Bäckertüte mit Brötchen auf den Tresen. »Frühstücksservice.«

»Danke, Herr Glabotki. Wollen Sie vielleicht auch einen Kaffee?«, fragte Pannenbäcker.

»Da sage ich nicht Nein.«

»Ich mache das schon für meinen Vater.« Fred ging gerade in die kleine Küche, als sich das Faxgerät meldete. Kurz darauf entnahm Pannenbäcker das Schriftstück. »Von der Gerichtsmedizin.« Er gab es Ernie.

»Haben die Kollegen was Neues rausgefunden?« Fred übergab seinem Vater eine Tasse Kaffee.

Ernie nickte. »Titus Frank hatte ein künstliches Handgelenk. Das Gelenk ist schätzungsweise zehn bis fünfzehn Jahre alt. Sie versuchen nun, zu ermitteln, warum er es bekommen hat, und auch in welchem Krankenhaus.«

»War dieser Schauspieler vor fünfzehn Jahren schon bekannt?«, fragte Ede Glabotki.

»Keine Ahnung.« Fred sah Ernie fragend an. »Weißt du das?«

»Nee.«

»Das kann man ganz einfach rausfinden. Bestimmt hat er einen Eintrag bei Wikipedia. Dort ist meistens die Karriere von Schauspielern zusammengefasst, auch wenn natürlich nicht immer alles ganz genau stimmt. Schließlich kann dort jeder seinen Senf dazugeben.« Pannenbäcker setzte sich an den Computer hinter dem Tresen und tippte eifrig auf der Tastatur. »Er war seit den Achtzigerjahren erfolgreich im Filmgeschäft. In den Neunzigerjahren ist er in die erste Liga der deutschen Schauspieler aufgestiegen.«

»Wenn es ein Unfall war, dann haben bestimmt die Zeitungen in der Rubrik *Unterhaltung* darüber berichtet«, sagte Ede Glabotki.

Pannenbäcker schüttelte den Kopf. »Im Internet ist nichts über einen so schweren Unfall zu finden.«

Ede Glabotki stellte seine Kaffeetasse ab. »Ich gehe mit Distel mal unsere Runde weiter und telefoniere derweil mit Siggi Schlönzke. Er ist doch Redakteur bei der WAZ in Essen. Bestimmt gibt es dazu einen Artikel im Zeitungsarchiv.«

»Gute Idee. Danke, Papa.«

»Ich rufe an, sobald Siggi was rausgefunden hat«, versprach Ede Glabotki.

Am frühen Nachmittag klingelte Freds Handy. »Das ist mein Vater.«

»Bestimmt hat er Neuigkeiten.« Ernie und Pannenbäcker stellten sich zu Fred, um mitzuhören, was Ede Glabotki zu berichten hatte.

Fred stellte den Lautsprecher seines Smartphones an. »Hallo, Papa! Die anderen hören mit. Hat Siggi was rausgefunden?«

»Hat er. Über den Unfall wurde damals sogar überregional berichtet. Am besten, du machst dir Notizen. Hast du was zum Schreiben?«

Ernie schob ihm einen Notizblock und einen Kugelschreiber zu.

»Hab ich, Papa. Kann losgehen.«

»Das war damals ein richtiger Skandal und hätte ihn fast seine Karriere gekostet. Titus Frank hat damals erwiesenermaßen einen Verkehrsunfall verursacht. Er war an der Ostseeküste unter Alkoholeinfluss Auto gefahren und hatte einem Motorradfahrer und seiner Mitfahrerin die Vorfahrt genommen. Der Motorradfahrer verstarb noch an der Unfallstelle, während seine junge Mitfahrerin mit einem

Hubschrauber ins nächste Krankenhaus geflogen wurde. Titus Frank wurde ebenfalls schwer verletzt – Trümmerbruch des Handgelenks, das dann durch ein künstliches ersetzt wurde. Das junge Mädchen, sie war damals erst zehn Jahre alt gewesen, wurde in der Zeitung als Celina T. und der junge Motorradfahrer mit Torben T. benannt. Es ist nicht viel, aber vielleicht hilft das ja trotzdem weiter.«

Den Polizisten standen vor Überraschung die Münder offen.

Pannenbäcker nickte. »Jetzt ist alles klar.«

»Kerle Kiste!« Ernie musste sich setzen.

»Leckofanni, Papa. Du hast soeben den Fall gelöst.« Er schaute ungläubig auf das Handy.

»Wenn schon, dann haben Siggi und ich den Fall gelöst. Ehre, wem Ehre gebührt.«

»Von mir aus auch so, Papa. Vielen Dank! Wir werden der guten Frau T. nun einen Besuch abstatten.«

Ohne weitere Umschweife eilten Ernie und Fred zum Streifenwagen und machten sich auf den Weg zu Celina Töpfers Wohnung in Ording, doch dort trafen sie niemanden an.

»Was machen wir nun?«, fragte Fred zurück im Auto.

»Vielleicht weiß meine Schwester was. Bestimmt probt sie heute wieder. Die Theateraufführung ist doch nächsten Samstag.«

Fred startete den Motor. »Dann fahren wir direkt zur Nordseeschule.«

Als sie eine Viertelstunde später die Aula der Nordseeschule betraten, war die Probe in vollem Gange. Alle schauspielenden Schüler trugen ihre Kostüme, zwei weitere Schüler kümmerten sich um das richtige Licht. Ilva und Ute saßen in der ersten Stuhlreihe.

Ernie tippte seiner Schwester auf die Schulter. »Moin!«, flüsterte er. »Wir wollen gar nicht stören, aber kann ich dich mal kurz sprechen?«

»Natürlich. Wir sind eh in zwei Minuten fertig.« Ilva übergab Ute das Textmanuskript und folgte Ernie und Fred aus der Aula. »Was ist denn los?«

»Wir sind auf der Suche nach Celina Töpfer«, sagte Ernie.

Ilva verschränkte die Arme vor der Brust und blickte angesäuert. »Jo. Nach dieser Frau sind wir auch auf der Suche. Sie ist nicht zur Probe erschienen, obwohl das heute die letzte vor der Premiere war. Noch nicht mal abgemeldet hat sie sich. Das ist kein feiner Zug, wenn die Souffleuse die Schauspieler bei der Generalprobe einfach so hängen lässt. Ich kann mir das wirklich nicht erklären.«

»Wo könnte sie denn sein? Wir waren gerade an ihrer Wohnung in Ording, aber dort hat keiner aufgemacht.«

»Ich weiß es nicht.« Ilva hob die Schultern. »So gut kenne ich sie nicht. Ute und ich haben gestern nach der Probe mitbekommen, dass sie sich mit Hajo Schröter gestritten hat. Richtig gehässig ist sie ihm gegenüber geworden. Am Ende hat sie ihm sogar gedroht. Wir haben sie beide nicht wiedererkannt. Es war, als stünde eine ganz andere Person vor uns.«

»Das passt zu dem, was wir inzwischen wissen«, meinte

Fred. »Aber vom Erdboden kann sie ja nicht verschwunden sein.«

»Wenn ihr wollt, können wir zum Lehrerzimmer gehen«, bot Ilva ihnen an. »Hajo müsste noch da sein. Vorhin hat er angefangen, für den Unterricht der nächsten Woche Kopien anzufertigen. Das dauert meistens ein Weilchen. Vielleicht weiß er, wo sie sich aufhält.«

»Einen Versuch ist es wert«, stimmte Fred zu.

Als sie das Lehrerzimmer betraten, war Hajo Schröter gerade dabei, die kopierten Arbeitsblätter zu lochen.

»Moin!« Ernie und Fred nickten dem Lehrer zu.

»Moin!« Hajo Schröter wirkte unsicher.

Fred hob beschwichtigend die Hände. »Keine Sorge, Herr Schröter, wir sind nicht Ihretwegen hier.«

»Da bin ich froh!« Er wirkte erleichtert.

»Eine Frage hätten wir aber trotzdem. Wissen Sie eventuell, wo wir Frau Töpfer finden können.«

»Nein.« Er blickte mit einem steinernen Gesichtsausdruck auf die Arbeitsblätter. »Ich möchte mit dieser Frau nichts mehr zu tun haben.«

»Das können wir verstehen«, sagte Ilva in einem vermittelnden Ton. »Aber hast du nicht vielleicht eine vage Vermutung, wo wir fündig werden könnten? Sie ist auch nicht zu unserer Probe erschienen. Das ist das erste Mal. Das Theaterstück war ihr bisher wichtig.«

»Ich weiß es wirklich nicht. So gut kennen wir uns nicht«, antwortete der Chemielehrer.

Ernie nickte. »Danke trotzdem.«

Sie verließen das Lehrerzimmer wieder und blieben davor stehen. Niemand war auf dem Flur unterwegs. Ilva blickte Ernie prüfend an. »Hatte ich recht? Ist sie es gewesen?«, fragte sie mit leiser Stimme.

»Hattest du.«

»Hm.« Sie blickte Ernie triumphierend an.

»Wieso wusstest du es eigentlich wieder vor uns? Was ist dein Geheimnis?« Fred sah sie interessiert an.

»Die Kombination aus meinem Bauchgefühl und weiblichem Denken, würde ich sagen.«

Schritte erklangen auf dem Flur, und Ute eilte auf sie zu.

»Habt ihr die Probe erfolgreich beendet?«, fragte Ilva.

»Ja. Es ist alles bestens gelaufen. Jetzt kann die Premiere am Samstag kommen.« Ute hob einen Daumen. »Nur eine zuverlässige Souffleuse fehlt.«

»Wegen ihr sind wir hier«, sagte Ernie.

Utes Augen weiteten sich. »Habt ihr sie etwa gefunden?«

»Nö«, verneinte Ilva.

»Eine merkwürdige Person.« Ute strich eine Strähne ihres roten Haares hinter das Ohr.

Fred kaute auf seiner Unterlippe. »Mein Vater sagt immer, dass die Täter zum Tatort zurückkehren.«

»Meinst du ernsthaft, sie steht vor dem abgebrannten Haus in Ording?«, fragte Ernie. »Da sind wir doch gerade erst vorbeigefahren. Ich habe sie dort nicht gesehen.«

»Nicht in Ording. Es gibt doch gewissermaßen noch einen Vor-Tatort. Einen Tatort, wo sie die eigentliche Tat vorbereitet hat.«

Ernie überlegte kurz, dann nickte er Fred zu. »Der Chemieraum.«

Sofort öffnete Ilva erneut die Tür zum Lehrerzimmer und bat ihren Kollegen, ihnen den Chemiesaal zu öffnen.

»Ich bin wirklich immer gerne behilflich, aber in diesem Fall denke ich nicht, dass Sie meine Hilfe zum Erfolg führt.« Hajo Schröter ging voran. In seiner Hand hielt er den Schlüssel.

»Wir möchten uns nur vergewissern, Herr Schröter. Sollte sich niemand in dem Raum aufhalten, müssen wir anderweitig weitersuchen«, sagte Fred.

Vor der Tür zum Chemieraum blieben sie stehen. Der Lehrer steckte den Schlüssel ins Schloss und drehte ihn. »Wie ich schon vermutet habe. Es ist abgeschlossen. Bitte schön.« Er öffnete bereitwillig die Tür und erschrak. »Du lieber Himmel!«

Celina Töpfer lehnte rauchend an dem offenen Fenster und blickte ihnen entgegen. Langsam drückte sie ihre Zigarette in einem Reagenzglas aus. Dann strich sie ihre Haare ordentlich nach hinten und lächelte.

»Sie haben mich gefunden.«

Kapitel 35

Nachmittags in der Polizeistation im Deichgrafenweg in St. Peter-Ording, immer noch sonniges Wetter und 19 Grad

Celina Töpfer hatte sich widerstandslos Handschellen anlegen und aus der Schule abführen lassen. Sie hatte während der Fahrt geschwiegen und erst auf Pannenbäckers Frage hin, ob sie etwas trinken wolle, wieder gesprochen.

Celina Töpfer drehte das Wasserglas auf dem Tisch und versuchte, sich zu erinnern.

»Es war mitten in der Nacht. Im Mai. Soweit ich mich erinnere, war trockenes Wetter. Mein Bruder Torben und ich waren auf einer Geburtstagsfeier unserer Cousine gewesen. Er war zehn Jahre älter als ich und hatte einen Motorradführerschein. Ich durfte mit ihm mitfahren, weil er nie zu schnell und immer umsichtig fuhr, vor allem, wenn ich dabei war. Meine Eltern vertrauten ihm. Mit dem Motorrad war es weniger als eine Viertelstunde bis zu meiner Cousine gewesen. Auf dem Heimweg ist es dann passiert. Ich kann mich an den Unfallhergang nicht erinnern. Ich weiß nur, dass wir gut drauf waren. Der Abend war schön gewesen, und ich war wahnsinnig stolz, dass ich so lange hatte aufbleiben dürfen, und genoss die Fahrt durch die laue Nacht. Und dann setzt meine Erinnerung aus, und ich kann mich erst wieder an Dinge entsinnen, die weit nach der Beerdigung meines Bruders stattgefunden haben.«

»Wie war Ihr Verhältnis zu Ihrem Bruder?«, fragte Ernie in sachlichem Ton.

Die Frau schüttelte lächelnd den Kopf. »Torben war mein Held. Es gab niemanden, den ich so sehr geliebt habe wie meinen großen Bruder. Sein Tod hat mich nachhaltig traumatisiert. Ich war viele Jahre in Therapie, um das Geschehene zu verarbeiten. Bis heute kann ich mich an den Unfall jedoch nicht erinnern. Meine Therapeutin meint, das sei eine Schutzfunktion des Gehirns, damit ich überhaupt in der Lage bin weiterzuleben.«

Fred lehnte sich mit dem Rücken gegen einen Schrank. »Wussten Sie gleich, wer der Fahrer des Autos war? Oder haben Ihre Eltern Ihnen das später gesagt?«

»Das ist alles viel später passiert. Ich war damals erst zehn Jahre alt. Viel zu klein, um mich mit der Person des Unfallfahrers auseinanderzusetzen. Das kam erst einige Jahre später.«

Fred blickte sie konzentriert an. »Wann ungefähr?«

»Vielleicht mit achtzehn Jahren. Kurz vor meinem Abitur müsste es gewesen sein. Zu einem Zeitpunkt, wo mir klar wurde, dass ich mich gerne intensiver mit Schauspiel beschäftigen möchte.«

Ernie nickte. »Welche Gefühle hatten Sie während all der Zeit?«

»Nach dem Unfall habe ich lange gebraucht, um überhaupt wieder etwas zu fühlen. Meine Trauer wegen des Todes meines Bruders war so groß, dass ich innerlich völlig leer war. Da gab es gar kein Gefühl in mir. Die normale Trauerphase hat erst ungefähr drei Jahre später angefangen. Dann konnte ich zulassen, meinen Bruder zu vermissen, konnte zum ersten Mal weinen. Vorher ging das alles nicht. Mit vierzehn Jahren kann ich mich das erste Mal daran erinnern, dass ich an seinem Grab war.«

»Haben sich Ihre Gefühle später verändert?«, fragte Fred.

»Oh ja! Mit achtzehn habe ich zum ersten Mal ein Bild von Titus Frank gesehen. Dem Mörder meines Bruders. Das hatte eine Wucht wie eine Bombe. Es hat alles verändert. Mit der Zeit ist meine Trauer in Wut umgeschlagen. Titus Frank hat nicht nur meinem Bruder das Leben genommen, sondern auch meiner Familie. Meine Eltern können nicht mehr glücklich sein. Sie machen sich täglich Vorwürfe, dass sie uns nicht mit dem Auto gefahren haben. Dann wäre dieser schreckliche Unfall nie geschehen. Bis heute sind sie ihres Lebens nicht mehr froh geworden.«

»Das tut mir sehr leid für Ihre Eltern.« Ernie fühlte sich tief betroffen. »Und was geschah dann?«

»Ich wusste, dass er nicht einfach so davonkommen durfte. Er hat nach dem Unfall bloß eine lächerliche Geldstrafe erhalten und musste seinen Führerschein für eine Weile abgeben. Was ist das im Vergleich dazu, dass er jemandem das Leben genommen hat? Ich wollte endlich Gerechtigkeit für meinen Bruder. Die Wut in mir ist mit jedem

Tag, der verging, gewachsen. Ich wusste, erst wenn ihm das Gleiche widerfährt wie Torben, werde ich wieder atmen können.«

»Das heißt konkret?«, fragte Fred mit erhobenen Augenbrauen.

»Ich wollte Rache an Titus Frank nehmen für den Tod meines Bruders. Die letzten Jahre habe ich vergeblich versucht, an kleinere Rollen in Filmen zu kommen, in denen er mitgespielt hat. Niemand wollte mich. Deswegen habe ich die Chance genutzt und mich kurzfristig als Schulpraktikantin in St. Peter-Ording beworben, als sich andeutete, dass Titus Frank eine Rolle in der Krimiserie übernehmen würde. Es war alles völlig unauffällig, da ich dieses Praktikum sowieso für mein Studium brauchte.«

»Dann haben Sie sozusagen zwei Fliegen mit einer Klappe geschlagen«, Ernie nickte. In ihm stritten die Gefühle. Sollte er mit Celina Töpfer und ihrer Lebensgeschichte Mitleid haben oder sie als das sehen, was sie war? Eine Mörderin!

»Sozusagen.«

»Und wie ist es weitergegangen, als Sie in St. Peter-Ording angekommen sind?«

»Die Arbeit in der Schule hat mir richtig viel Spaß gemacht. Wirklich. Alle waren sehr nett, und die Proben für das Theaterstück waren ein Herzensprojekt von mir. Ich habe es geliebt zu sehen, wie sich die Schüler entwickeln und teilweise über sich hinauswachsen. Darüber habe ich manchmal meinen eigentlichen Plan vergessen.«

Fred setzte sich auf einen Stuhl und schlug die Beine

übereinander. »Wann sind Sie das erste Mal Titus Frank begegnet?«

»Das war, kurz nachdem er in St. Peter-Ording angekommen war. Sein Ferienhaus war nicht weit von meiner Ferienwohnung entfernt. Ich habe beobachtet, wohin er geht, und bin ihm gefolgt. Es war nicht schwer gewesen, unsere erste Begegnung nach einem Zufall aussehen zu lassen. Ich habe mich zwei Stühle von ihm entfernt an die Hotelbar gesetzt, und er hat mich angesprochen. Ich musste noch nicht mal den ersten Schritt machen. Es war fast schon zu einfach, um wahr zu sein.«

»Wie ging es mit ihm weiter?«

»Da wir fast Nachbarn waren, war es nicht schwer, sich über den Weg zu laufen. Irgendwann hat er mich zu sich eingeladen. Er hat schnell Vertrauen zu mir gefasst. Als dann der Zweitschlüssel des Ferienhauses eines Abends achtlos auf dem Tisch lag, habe ich ihn unbemerkt mitgenommen.«

»Hatten Sie da schon einen konkreten Plan, wie Sie ihn umbringen wollen?« Fred verzog keine Miene, während er die Frau befragte.

»Nein. Das kam erst später und ist mir genauso wie alles andere in den Schoß gefallen. Hajo Schröter hat sich irgendwann in einer Pause bei mir wegen seiner unglücklichen Ehe ausgeheult. Zunächst habe ich ihm gut zugeredet, später habe ich ihn dann getröstet. Er war sehr dankbar dafür, und so war es für mich nicht schwer, von ihm den Schlüssel für den Chemieraum zu bekommen. Dort habe ich den Brandbeschleuniger zunächst in eine neutrale Flasche umgefüllt und dann die Papiertücher und den leeren Behälter in einen Abfallkorb geworfen. Bevor ich den Chemieraum verließ, habe ich aber alles in eine gesonderte Mülltüte gepackt und entsorgt. Ich wollte keine Spuren hinterlassen.«

Ernie und Fred blickten sich an. Es entstand eine kurze Sprechpause. »Fassen wir mal zusammen, Sie hatten irgendwann den Schlüssel und den Brandbeschleuniger. Am Nachmittag vor der Premiere haben Sie sich mit Herrn Schröter getroffen und anschließend Herrn Frank umgebracht«, zählte Ernie auf. »Wieso?«

»Hajo ist zu mir gekommen, weil eine Lampe einen Wackelkontakt hatte und ich meinen Vermieter nicht erreichen konnte. Ich war froh, dass er so hilfsbereit war. Später hatte ich durch seinen Besuch natürlich das perfekte Alibi. Mit Titus wollte ich mich nach der Premiere treffen. Ich wusste, dass er vorher in der Sauna des Ferienhauses entspannen wollte. Die Gelegenheit war günstig. Ich bin mit dem Schlüssel ins Haus gelangt und habe die Saunatür mit einem Schrubber verkeilt, sodass er nicht mehr rauskommen konnte. Mithilfe des Waschbenzins habe ich den Brand gelegt. Den Rest wissen Sie.«

Fred stand wieder von seinem Stuhl auf. »Eine private Frage hätte ich allerdings noch an Sie. Geht es Ihnen jetzt besser?«

Celina Töpfer blickte Fred aus großen Augen an. Dann schüttelte sie langsam den Kopf. »Ich weiß es nicht.«

Kapitel 36

Samstagabend in der Nordseeschule an der Pestalozzistraße, das Sommerwetter hält an, und die Temperaturen bewegen sich um 20 Grad.

Ilva blickte in den Spiegel über dem kleinen Waschbecken im Lehrerzimmer und zog ihren Lippenstift nach. Mit einer Hand fuhr sie durch ihr blondes Haar und überprüfte noch einmal den Sitz ihrer Bluse.

»Ich glaube, ich bin aufgeregter als all unsere Schüler zusammen«, jammerte Ute.

Ilva drehte sich zu ihrer Freundin um. »So siehst du aber gar nicht aus!«

»Ich gebe mir Mühe, es zu verbergen.«

»Du bist anscheinend auch eine gute Schauspielerin.« Ilva ging zu ihr. »Weißt du, ich muss oft an Celina denken. Was für eine traurige Geschichte das doch ist.«

»Oh ja. Ich kann mir gar nicht vorstellen, was sie durchgemacht haben muss, um zu einem Mord fähig zu sein. Einfach schrecklich, wenn solch ein Schicksalsschlag eine Familie für immer zerstört.« Ute schaute betroffen.

Ilva steckte ihren Lippenstift in ein Seitenfach ihrer

Handtasche. »Ich kann es mir auch nicht vorstellen und bin, weiß Gott, dankbar dafür. Man möchte nicht mit ihr tauschen.«

»Hat Ernie schon gesagt, wie es mit ihr weitergeht?«, erkundigte Ute sich.

»Er meinte, sie wird schnellstmöglich dem Haftrichter vorgeführt. Es muss auch nachträglich überprüft werden, inwieweit sie überhaupt schuldfähig ist. Sollte ihre psychische Gesundheit beeinträchtigt sein, kann es sein, dass sie in eine psychiatrische Einrichtung verlegt wird.«

Ute seufzte. »Oje. Alles keine schönen Aussichten. Doch für Celina hoffe ich, dass es die Psychiatrie sein wird. Ein Gefängnisaufenthalt würde ihr bestimmt nicht weiterhelfen, während sie in einer psychiatrischen Anstalt vielleicht sogar Fortschritte machen kann.«

Ilva legte ihrer Freundin lächelnd eine Hand auf die Schulter. »Da bin ich ganz deiner Meinung. Wollen wir für sie das Beste hoffen.«

Ute linste zu der Wanduhr. »In einer Viertelstunde geht es los.«

»Dann sollten wir uns langsam unter die Gäste mischen. Bist du bereit?«

»Und wie!«

Als Ilva und Ute in die Aula kamen, war diese schon gerammelt voll. Das Bühnenbild wurde von einem warmen Licht angestrahlt, alle Requisiten waren griffbereit. Ilvas Familie war anwesend, ebenso wie die von Ernies Kollegen Fred. Für sie hatte Ilva Karten in der zweiten Reihe besorgt, während sie selbst und Ute ganz vorne saßen, um ihre Schützlinge genau im Blick zu haben.

»Schau mal, da vorne sitzen Hajo und Carola«, flüsterte Ilva Ute zu.

»Wo denn?«

»Gleich neben Herrn Korte. Siehst du sie?«

»Ach ja, jetzt sehe ich sie. Wie schick Carola ist. Der blaue Rock mit dem weißen Oberteil steht ihr gut. Sag mal, hat sie eine neue Frisur?«

»Kann schon sein. Aber schau doch mal. Die beiden halten Händchen wie Teenager. Ist das nicht niedlich?«, fragte Ilva belustigt.

»Dann hat Celina am Ende doch ein gutes Werk vollbracht. Wer weiß, ob es ohne diese Krise ein Happy End für Hajo und Carola gegeben hätte.«

»Man weiß erst am Ende, wofür manche Dinge gut sind«, stimmte Ilva zu. »Aber nun komm, wir setzen uns mal auf unsere Plätze. Es geht gleich los!«

Unter tosendem Applaus mussten sich die Schüler immer wieder vor dem Publikum verbeugen. Es war eine Vorstellung ohne Texthänger, aber dafür mit viel Herzblut der Darsteller gewesen. Ilva war unsagbar stolz auf ihre Schüler und klatschte so lange, bis ihr die Handinnenflächen brannten.

Als die Scheinwerfer erloschen, mischten sich die Schüler unter die Anwesenden. Eltern beglückwünschten und drückten ihre Kinder, Omas und Opas waren stolz auf ihre Enkel und taten das voller Begeisterung kund. Einer, der besonders strahlte, war Mik Carstens. Er lief in seinem Kostüm und mit dem Erlenmeyerkolben in seiner Hand zu seinen Eltern. Seine Augen leuchteten. Noch nie hatte Ilva ihn so gesehen: voller Stolz und Ehrgeiz. Sie sprach mit jedem ihrer Schüler ein paar Sätze. Schließlich ging sie auch zu Mik und seinen Eltern.

»Bevor du gehst, muss ich dir doch noch gratulieren. Dein Auftritt als Möbius war superklasse. Sogar noch besser als bei der Generalprobe. Du kannst wirklich sehr stolz auf dich sein.«

»Danke, Frau Feddersen. Das ist sehr nett von Ihnen.« Dem Jungen tat Ilvas Lob sichtlich gut.

»Wir wussten gar nicht, dass unser Sohn solch ein schauspielerisches Talent hat«, sagte seine Mutter.

»Ich glaube, das wusste Ihr Sohn bis vor Kurzem auch nicht.« Ilva lachte. »Damit ist deine Deutschnote für das Versetzungszeugnis auf jeden Fall gesichert.«

»Wirklich?« Mik schien es kaum fassen zu können.

»Definitiv.«

»Ja!« Er ballte vor Freude eine Faust.

»Entschuldigung für die Störung. Aber ich möchte auch gratulieren.« Hajo Schröter und seine Frau Carola waren ebenfalls zu ihnen getreten.

»Danke, Herr Schröter«, sagte Mik nun förmlich, fast ein bisschen steif.

»Du hast heute eine ganz andere Seite von dir gezeigt. Das gefällt mir«, sprach der Chemielehrer weiter. »Ich denke, wir sollten den positiven Schwung ausnutzen und ein Referat in Angriff nehmen. Das heißt, wenn du willst.«

»Ja, natürlich will ich.« Das Strahlen kehrte auf Miks Gesicht zurück.

»Dann komm doch einfach nach der nächsten Chemiestunde zu mir, und wir suchen das passende Thema aus«, schlug Hajo Schröter vor.

»Klar mache ich das. Danke für das Angebot, Herr Schröter. Ich werde mein Bestes geben.«

Ilva lächelte. »Na, siehst du. Nun kannst du auch deine Chemienote retten. Am Ende wird alles gut.«

Mik hob einen Finger. »Und wenn es nicht gut ist, ist es noch nicht das Ende, richtig?«

»So ist es, Mik!«, bestätigte sie und grinste ihren Schüler fröhlich an.

Als Ilva und Ute endlich die Schule verließen, standen Eike, Familie Feddersen und die Glabotkis zusammen auf dem Pausenhof.

»Na, hatten alle ihren Spaß?«, fragte Ilva in die Runde.

»Es war ganz wunderbar!«, sagte Gerdi Glabotki. »Erfrischend, so viele junge Leute zu sehen, die mit so viel Leidenschaft und Professionalität auf der Bühne stehen.«

»Für Kinder war es ein bisschen langweilig«, fand Elias und erntete dafür einen Knuff von Marina.

»Da hast du recht«, stimmte Ilva ihm zu. »Beim nächsten Mal führen wir was für Kinder auf.«

Damit gab der Junge sich dann zufrieden. Eine Weile unterhielten sie sich noch, bis Gerdi Glabotki verkündete: »Wir gehen mal langsam heimwärts.«

»Wir schließen uns an«, entschied Bille Feddersen und hakte sich bei Werner unter.

Ilva mit Eike, Ernie und Heike sowie Fred mit Marina und Ute blieben zurück. Es war noch früh am Abend, und so entschieden sie, noch irgendwo etwas trinken zu gehen.

Als sie in einem Biergarten in St. Peter-Dorf saßen, kam noch einmal die Sprache auf das Theaterstück.

»Ging es eigentlich nur mir so, oder hat euch das Theaterstück auch an unseren letzten Fall erinnert?«, fragte Ernie irgendwann.

Ilva nickte. »Celina hätte vermutlich ein hervorragendes verrücktes Fräulein von Zahnd abgegeben. Die wahnsinnigen Pläne der Irrenärztin können durchaus mit dem von Celina begangenen Mord mithalten. Eine durchgeknalltere Geschichte habe ich noch nie gehört.«

Alle nickten zustimmend.

»Wie lange bleiben deine Eltern eigentlich noch in St. Peter-Ording?«, fragte Ute.

»Nicht mehr lange. Morgen früh geht es für sie wieder Richtung Ruhrpott«, antwortete Fred.

»Ach, wie schade«, fand Ilva.

Fred grinste schief. »Wie man es nimmt. Mein Vater freut sich schon richtig auf zu Hause. Denn da kann er dann jedem in Gelsenkirchen erzählen, dass keiner den Mordfall in St. Peter-Ording ohne ihn gelöst hätte.«

Kapitel 37

Ein paar Tage später vor dem Haus von Familie Feddersen in einer ruhigen Seitenstraße in St. Peter-Dorf, bei herrlichem Sonnenschein und 23 Grad

Ilva war mit ihrem Auto unterwegs gewesen. Sie hatte einen Facharzttermin in Tönning gehabt und dabei Überraschendes erfahren. Auf dem Rückweg nach St. Peter-Ording hatte sie bei einem großen Supermarkt noch schnell den Einkaufszettel ihrer Mutter abgearbeitet. Am Abend stand die große Einweihungsparty für ihren Teich an, auf den Eike und besonders ihr Vater immens stolz waren, und Bille Feddersen wollte groß auffahren.

Ilva hielt vor dem Haus ihrer Eltern und schleppte die prall gefüllten Einkaufstaschen in die Diele.

»Ach, Ilvalein. Hättest du doch was gesagt, dann hätte ich dir geholfen.« Ihre Mutter erschien in der Diele und hielt die Haustür auf.

»Bloß nicht, Muddi. Du sollst doch wegen deiner Knochen nicht schwer heben«, sagte Ilva und stellte eine weitere

Tasche ab. »Ich bin nur froh, dass ich keine Getränke besorgen muss. Gut, dass der Lieferdienst das übernimmt.«

»Hast du alles bekommen, was ich aufgeschrieben habe?« Ihre Mutter warf einen prüfenden Blick in eine der Taschen.

»Ja, alles.«

»Auch den Waldmeister?«

»Alles, Muddi!« Sie griff in eine der Tragetaschen und zeigte ihr ein Bündel Waldmeister.

»Ah, sehr gut! Dann kann ich mich an die Bowle machen. Zwei Stunden muss sie ziehen.«

»Denkst du für mich an eine alkoholfreie Variante?« Ilva legte eine Hand auf ihren Bauch.

»Ach ja. Was hat denn die Ärztin gesagt?« Sie musterte sie mit besorgtem Blick.

»Schonen soll ich mich. Keinen Alkohol. Viel frisch essen. Vitamine und so.«

Bille Feddersen nickte. »Also das, was alle Ärzte sagen.«

»Genau.«

»Hast du noch viel im Auto?«

»Eine Tasche noch.«

Nachdem Ilva mit ihrer Mutter die Einkäufe ausgepackt hatte, war sie in ihre kleine Wohnung gegangen. Sie wollte sich eine Weile hinlegen und dann später in Ruhe duschen. Außerdem musste sie noch für sich verarbeiten, was sie von der Ärztin erfahren hatte. Bis zum Abend musste sie die richtigen Worte gefunden haben, um ihrer Familie das Untersuchungsergebnis mitzuteilen.

Ilva ging langsam die alten Holztreppen hinunter und blieb auf einer Stufe stehen. Sie erinnerte sich daran, wie sie und Ernie früher als Kinder die Treppen hinuntergesaust waren. Nur jede zweite Stufe, und wer hinfiel, hatte verloren. Ihre Mutter hatte jedes Mal fast der Schlag getroffen, wenn sie sie bei ihren Mutproben erwischt hatte. Ilva lächelte und war dankbar für diese schönen Erinnerungen. Sie seufzte und ging weiter.

Als sie die Terrasse betrat, blieb sie einen Moment stehen und genoss den wunderschönen Anblick. Ihre Mutter hatte zwar erwähnt, dass sie ein bisschen schmücken wollte, doch diese Bezeichnung war völlig untertrieben.

An vielen Ästen im ganzen Garten verteilt hatte sie bunte Lampions aufgehängt, die bunt leuchteten. Seitlich der Terrasse waren einige Fackeln in der Erde platziert worden, die später am Abend entzündet werden würden. Den Terrassentisch hatte sie mit kleinen Teelichten dekoriert, und auf den Fensterbänken standen Windlichter. Auf einem Nebentisch warteten Geschirr, Besteck und Gläser auf die Gäste.

Ilvas Vater bereitete gerade den Grill vor, und Heike half ihrer Schwiegermutter, Stühle aus der Garage zu tragen. Hinten am Teich konnte sie Ernie und Eike ausmachen. Sie ließ die Szenerie eine Weile auf sich wirken.

»Ach, Ilva!« Ihre Mutter winkte ihr zu. »Da bist du ja, dann können wir langsam die Bowle aus dem Kühlschrank holen und mit dem Grillen beginnen.«

Ihr Vater wandte sich ihr zu. »Isst du einen Gemüsespieß?«

»Ja, bitte.« Sie lächelte ihn an. Wie sollte sie ihnen das

gleich nur erklären? Sie ahnten nichts! Die richtigen Worte waren ihr auch noch nicht eingefallen.

»Hey, Schwester!« Ernie winkte sie zu sich. »Komm doch mal!«

»Sofort!« Ilva ging durch den Garten, bis sie den Teich erreicht hatte.

Eike legte einen Arm um ihre Schulter und blickte stolz auf sein angelegtes Biotop. »Na, wie findest du den Teich?«

»Da schwimmen Fische. Habt ihr sie durchgezählt?«, fragte sie.

»Wegen Kuschel?« Ernie grinste. »Der hat vorhin schon den ersten Angelversuch unternommen, dann aber schnell festgestellt, dass das Wasser ihm zu nass ist. Ich glaube, er bleibt doch lieber bei der Eichhörnchenjagd.«

»Den Fischen sei es zu wünschen!« Ilva blickte zur Terrasse. »Papa fängt mit dem Grillen an.«

»Dann sollten wir unsere Hilfe anbieten«, meinte Ernie.

Eine Dreiviertelstunde später saßen sie alle beim Essen. Es war dunkler geworden, und die Lampions leuchteten nun noch bunter. Ilva war ganz still beim Essen. Sie betrachtete all die lieben Menschen, die mit ihr am Tisch saßen, beobachtete, wie Heike Ernie mit einer Serviette Ketchup vom Kinn wischte und er sich bei ihr mit einem zärtlichen Händedruck bedankte. Ilva bemerkte, wie unbeschwert ihre Eltern miteinander umgingen, und konnte sich gut vorstellen, wie sie früher, in jungen Jahren, einmal miteinander gewesen waren. Ilva fühlte eine so große Dankbarkeit, dass sich ausgerechnet ihre Eltern getroffen hatten und daraus eine so schöne Familie entstanden war.

Eike stupste sie an. »Was ist denn los? Du bist so schweigsam?«

»Ach, ich genieße nur den schönen Augenblick.« Sie lächelte ihn an.

»Wie war denn der Arzttermin? Du hast noch gar nichts erzählt?«

»Ich …«

»Noch ein Glas Waldmeisterbowle, Ilva?« Ihre Mutter hielt eine Kelle in der Hand.

»Ja, gerne«, sagte sie schnell und trank hastig das erfrischende Getränk. Jetzt oder nie, dachte sie sich und stand unwillkürlich auf. Mit einem Messer schlug sie sachte gegen ihr Glas. »Darf ich um eure Aufmerksamkeit bitten?«

»Es ist doch nur ein Teich und kein Denkmal«, meinte ihr Vater und hatte die Lacher auf seiner Seite.

»Da wir nun so schön beisammensitzen, möchte ich gerne etwas verkünden.« Ilva holte tief Luft. »Sicherlich habt ihr schon mitbekommen, dass Eike mich, seine Verlobte, gefragt hat, ob wir nicht endlich zusammenziehen wollen. Ich habe bisher immer gesagt, dass der richtige Moment schon irgendwann kommen wird.« Sie machte eine Pause und wiegte den Kopf leicht hin und her. »Der Moment scheint in greifbarer Nähe zu sein.«

Eike schluckte. »Bei welchem Arzt warst du heute noch mal?«

»Bei Frau Doktor Wiemel in Tönning. Gynäkologie.« Ilvas Stimme klang kratzig. Rasch griff sie wieder zur alkoholfreien Waldmeisterbowle.

Bille Feddersen war die Erste, die die Fassung wiederfand. Sie klatschte begeistert in die Hände und umarmte Ilva. »Ich werde Oma!«

»Und ich Opa«, stellte Werner Feddersen mit leuchtenden Augen fest. »Das müssen wir feiern.«

Als alle mit einem Glas Bowle versorgt waren, stießen sie auf das zukünftige neue Familienmitglied an.

»Ich kann es noch immer nicht glauben. Ich werde Vater.« Eike war völlig überwältigt. »Dann muss ich demnächst anfangen, ein Kinderzimmer herzurichten. Am besten der Raum, der zum Garten raus liegt.«

Ilva gab ihm einen Schmatzer auf den Mund. »Das wirst du innerhalb der nächsten neun Monate schon schaffen.«

Eike nickte. »Aber eines musst du mir hoch und heilig versprechen. Mit der Ermittlerei ist ab sofort Schluss.«

Ilva lächelte und gab ihm einen Kuss. »Ich verspreche es. Hoch und heilig.«

Es war schon dunkel. Doch nicht dunkel genug, dass Ernie nicht sehen konnte, wie seine Schwester hinter dem Rücken die Finger kreuzte.

Rezepte

Bille Feddersens Waldmeisterbowle mit Alkohol

Zutaten:

1 Flasche Weißwein
1 Flasche Prosecco
10 Stängel Waldmeister
Zucker nach Geschmack

Zubereitung:

1. Eine halbe Flasche Weißwein in ein Bowlengefäß geben und den Waldmeister kopfüber mit den Blättern in den Wein legen.
2. Alles zwei Stunden ziehen lassen und zum Schluss den restlichen Weißwein dazugeben.
3. Nun nach Belieben Zucker und Limettensaft hinzufügen.
4. Vor dem Servieren mit Prosecco auffüllen.

Bille Feddersens Waldmeisterbowle ohne Alkohol

Zutaten:

750 ml Apfelsaft
500 ml Zitronenlimonade
10 Stängel Waldmeister
Minzblätter

Zubereitung:

1. Die Waldmeisterstängel zu einem Bündel zusammenbinden und kopfüber in ein Bowlengefäß geben. Minzblätter hinzufügen und mit Apfelsaft aufgießen.
2. Alles mindestens zwei Stunden ziehen lassen.
3. Zum Schluss die Bowle mit Zitronenlimonade aufgießen und mit Eiswürfeln genießen.